Narben Gold

Unter meiner Haut

Von Katharina Koch

FSC
www.fsc.org
MIX
Papier aus verantwortungsvollen Quellen
Paper from responsible sources
FSC® C105338

2. Auflage, Mai 2023

Lektorat: Sandra Florean
Covergestaltung: Isabell Schmitt-Egner

ISBN: 9783757930714

Impressum:
Claudia Harnoss
Hullmanns Damm 12
49525 Lengerich
KatharinaKoch.Autorin@gmail.com

Herstellung und Druck über tolino media GmbH & Co. KG, München.
Printed in Germany

Narben Gold

Unter meiner Haut

Von Katharina Koch

Dieses Buch ist all denjenigen gewidmet,
die jeden Tag gegen den Maulwurf unter ihrer Haut kämpfen.
Gebt nicht auf und macht euer Schicksal zu Narbengold.

1

Seine weichen Lippen lagen auf meinen. Ich entspannte mich und ließ mich fallen. Seine Hände wanderten langsam von meiner Achselhöhle an meiner Brust vorbei hinunter zu meiner Hüfte. Ein wohliges Kribbeln durchzog meinen gesamten Körper. Als sich seine Zunge zwischen meine Lippen drängte, wurde mir bewusst, dass wir schon bald einen Schritt weitergehen würden. Es war an mir, die Oberhand zu behalten.

Mit zartem Stupsen seiner Zunge verführte er mich zu einem feuchten Tanz. Es fühlte sich wunderbar an. Sanft drängte er mich gegen die Wand. Mit einem Mal waren seine Hände überall. Am Rücken. Am Bauch. An meiner Taille. Am Po. Auf den Oberarmen und dann wieder am Bauch. Sobald er den Versuch unternahm, seine Hand durch den engen Jeansbund zu schieben, stoppte ich ihn. Bis heute waren wir nie zuvor so weit gegangen.

„Nicht heute“, flüsterte ich zwischen zwei Küssen, dabei hielt ich sein Handgelenk umklammert.

Elias zog die Hand weg und stützte seine Handflächen gegen die Wand, drängte seinen Körper fester an mich. Mir wurde heiß. Dann ergriff er mein Gesicht und intensivierte den Kuss. „Du bist so sexy!“

Geschmeichelt sah ich zu Boden. Der Umgang mit Komplimenten war bisweilen kompliziert. Da mir keine Antwort einfiel, sagte ich nichts. Mir war bewusst, dass meine locker sitzende Jeans und die weinrote Bluse absolut nicht heiß waren.

Eher bieder.

Langweilig.

Durchschnittlich.

Er strich mir eine blonde Haarsträhne aus dem Gesicht und küsste mich erneut. Seine Finger streichelten über meine Taille, um sich dann an meine Hüften zu legen. Er drückte seinen Unterleib gegen meinen, sodass seine Beule deutlich zu spüren war. Mein Herz klopfte so schnell und meine Hände wurden feucht.

„Du bringst mich um den Verstand", wisperte er mit rauer Stimme.

Verunsichert biss ich mir auf meine Unterlippe. Seine grauen Augen waren vor Lust verschleiert. Dennoch labte ich mich an seinen Worten. In diesem Moment zählte nur, dass er auf mich stand und meinen Körper heiß fand.

Erneut küsste er mich leidenschaftlich. Ich schloss die Augen und gab mich den Schmetterlingen in meinem Bauch hin.

Nur kurze Zeit später versuchte er schon wieder, seine Hand durch den Jeansbund in mein Höschen zu befördern. Seine Fingerspitzen waren kaum in meiner Hose verschwunden, da hielt ich ihn erneut auf. Als er dennoch versuchte, sich weiter vorzukämpfen, ergriff ich sein Handgelenk und hielt ihn fest.

„Ich möchte das nicht", sagte ich leise, aber bestimmt. Das ging mir einfach viel zu schnell.

„Bitte, Louisa", flüsterte er mit durchdringendem Blick.

„Nein, nicht heute, Elias."

„Warum denn nicht? Wir daten mittlerweile seit fast drei Monaten. Ich habe schon begriffen, dass du nicht leicht zu haben bist. Wieso also noch weitere Spielchen?"

Mein Herz sank mir in die Hose. Warum war es ein Problem, ein Weilchen länger zu warten? Weshalb drängte er plötzlich so? Gab es mit Voranschreiten der Zeit eine unsichtbare Linie, die festlegte, dass der Moment gekommen war, intim miteinander zu werden? Wieso kannte ich diese Spielregel nicht?

Entmutigt begegnete ich seinem selbstbewussten Blick, unfähig etwas zu antworten. Er drängte unbeirrt seinen Unterleib an meinen Körper. Dass er trotz der klaren Zurückweisung weiterhin hart war, beunruhigte mich so sehr, dass mein ganzer Körper anfing zu zittern.

„Ich möchte heute einfach nicht", versuchte ich es erneut, hörte aber selbst, wie dünn und eingeschüchtert meine Stimme klang.

„Also wenn du deine Tage hast, das stört mich wirklich nicht", sagte er mit einer Selbstverständlichkeit, die mir endgültig die Schuhe auszog.

„I-I-ich …" Doch da gab es keine weiteren Worte in meinem Kopf für diese Unverschämtheit. Ich war wie erstarrt, war schlicht nicht fähig, mich zu bewegen, zu handeln oder auch nur verbal zu reagieren.

Er nutzte den Moment und küsste meinen Hals. Seine Hände fuhren wieder über meinen Körper nach hinten zu meinem Po, den er kräftig drückte.

Mit was für einem Mann hatte ich die vergangenen Monate meine Zeit verbracht?

Ja, wir waren einige Male ins Restaurant gegangen, hatten Filme im Kino gesehen und zusammen in Diskotheken gefeiert. Ich stand auf ihn. Wirklich. Er war ordentlich und gepflegt. Seine Fingernägel waren immer sauber, was mir außerordentlich wichtig war. Den Spleen besaß ich schon länger. Außerdem verhielt er sich normalerweise charmant, nett und lustig. Wir hatten so viele Abende lachend verbracht. Ich hatte mich so wohl in seiner Nähe gefühlt. Er hatte meine Welt an dem Tag auf den Kopf gestellt, als wir uns kennengelernt hatten. Ich dachte, er wäre endlich mal jemand mit Verständnis und Geduld.

Wer war der Mann, der heute versuchte, um jeden Preis intim mit mir zu werden? War das wirklich noch Elias oder sein bösartiger Zwilling, von dem er mir bisher nichts erzählt hatte?

„Elias, stopp“, brachte ich endlich hervor, sobald seine Hand wieder auf meinem Bauch lag. Es klang zwar zittrig, aber zumindest sagte ich überhaupt etwas.

„Stell dich nicht so an, Süße!“ Er hob seine Hand an meine Wange. Mit dem Daumen strich er über meine erhitzte Haut.

Sein Blick drang tief in mich ein und löste ein Schaudern aus. Aber keinen von diesen guten, die er mir schon so oft beschert hatte, sondern einen fiesen, der mir eine unbehagliche Gänsehaut über den Rücken trieb und alles unangenehm erzittern ließ.

„Wirklich! Ich will das nicht!“, wiederholte ich etwas bestimmter.

Er trat einen Schritt von mir zurück. Ihm war die Kränkung deutlich anzusehen, während er die Stirn in tiefe Falten zog. „Bist du noch Jungfrau, oder was?“

Der forsche Tonfall war wie ein Schlag in die Magengrube. Keuchend sah ich ihn an. „Nein!“

„Na also. Wo ist das Problem?“

Ich war unschlüssig, ob ich nicht lieber verschwinden sollte. War es nicht besser, wenn ich diese Entscheidung traf, statt mich wieder bloßstellen zu lassen? Es schien nicht so, als würde er die Wahrheit verstehen.

„Ich will nicht. Fertig. Aus!“

Die Wut in meinem Bauch wuchs. Ich spürte, wie sie die Kontrolle übernahm. Ganz egal, welchen Grund ich hatte: Er musste das Nein einfach akzeptieren. Das war mein Körper! Niemand sonst hatte zu bestimmen, ob ich mit jemandem intim wurde oder eben nicht.

„Bläst du mir wenigstens einen?“

Mit großen Augen sah ich ihn an. War das sein verdammter Ernst?

„Willst du mich verarschen?“ Mein Körper löste sich aus der Starre und ich stieß ihn von mir weg. „Nein heißt nein!“

Verständnislos sah er mich an.

„Mach´s dir gefälligst selbst!“ Ich warf ihm einen kurzen, angewiderten Blick zu. Ohne ein weiteres Wort rauschte ich aus dem Zimmer und durch den Flur. Im Vorbeigehen stieß ich an ein schwarzes Schränkchen, das extrem abgenutzt aussah mit der abgeplatzten Farbe. Irgendetwas fiel klirrend zu Boden, doch ich achtete nicht weiter darauf, sondern lief schnurstracks aus seiner Wohnung.

Er rief mir etwas hinterher, aber ich hörte gar nicht hin. Selbst das war mir egal. Ich hatte genug. Was bildete er sich ein? Wie hatte ich mich so in Elias täuschen können?

Den gesamten Heimweg zermarterte ich mir den Kopf. Zuhause angekommen, fühlte ich mich tieftraurig. Die Wut war längst verflogen, sodass Platz für Selbstmitleid war. Anscheinend war alles meine Schuld, weil es mich beschämt, die Wahrheit zu sagen. Meine Erkrankung war zu ekelerregend. Ich hasste die Umstände selbst und würde es so gern ändern, aber ein Vergessen all der erniedrigenden Erfahrungen war schlicht unmöglich. Ich konnte nicht mehr losgelöst und völlig entspannt mit einem Mann ins Bett steigen. So wie früher.

„Du bist echt ekelig. Kein Wunder, dass du vor mir so lange Single warst!“, hörte ich das Echo meines letzten Ex-Freundes wieder, so als hätte er das gestern erst zu mir gesagt.

Und das war nur eine von vielen. Ich kniff die Augen zusammen, um die weiteren Erinnerungen abzuschütteln. Das Verarbeiten all dieser Erlebnisse erschien mir unmöglich, weil meine Erkrankung mit all den Schmerzen und Narben jeden Tag präsent war.

Gern würde ich jemandem die Schuld für all das geben, doch wen sollte ich anklagen? Wer konnte etwas dafür? Die Ärzte sagten wahlweise, es wäre das Übergewicht oder dass ich mich nicht ausreichend waschen würde. Dann gab es wieder Doktoren, die genau das Gegenteil sagten, dass ich mich zu viel wusch und dann ausschließlich über meine Ernährung schimpften, ohne je zu fragen, was ich überhaupt aß. So oder so – all die studierten, selbsternannten Experten suchten die Schuld bei mir.

War ich wirklich schuld?

Hatte nur ich diese Hauterkrankung?

Bei all den Gedanken juckte meine Haut wieder. Mal wieder war passiert, was immer geschah, wenn ich einen Mann kennenlernte und versuchte, mich auf ihn einzulassen. Sobald es zum körperlichen Anteil kam, wurde es für mich kompliziert. Nur mit dem Unterschied, dass ich dieses Mal die Bremse gezogen hatte, bevor es demütigend wurde. Heute Abend machte ich nicht einfach mit, nur um ihm zu gefallen. Er konnte nicht sehen, wie abstoßend ich war. Vielleicht hatte ich richtig gehandelt. Ja, es tat jetzt weh. Unglaublich weh! Doch ich sollte stolz sein. Ich hatte mich selbst gerettet vor einem Mann, der mich vielleicht genau wie all die anderen verletzt hätte. Ich wollte ihn, aber ich war noch nicht an dem Punkt, ihm alles zu gestehen, ihm zu zeigen, was mich tagein tagaus quälte. Heute hatte er mir gezeigt, wie ungeduldig er war. Wäre er verständnisvoll, wenn ich ihm all die Narben zeigte? Würde er es verstehen? Die Schmerzen und das unendliche Leid, das ich versteckte?

Es war meine Schuld, dass die Situation aus dem Ruder gelaufen war. Auch wenn es jetzt wehtat, wie groß wäre der Schmerz gewesen, wenn ich mich auf das Spiel aus Lust und Liebe eingelassen hätte und er nicht verständnisvoll gewesen wäre? Ich war zum ersten Mal für mich eingestanden und hatte mich nicht überreden lassen. Das machte mich so unglaublich stolz auf mich.

Was wäre jedoch geschehen, wenn ich, wie bei vielen anderen Dingen in meinem Leben, genauso inkonsequent gewesen wäre? Ich mochte es mir gar nicht ausmalen. Dafür reichten die Erinnerungen an vergangene Abende mit anderen Männern. Der innere Schweinehund war normalerweise stärker als ich. Keine einzige Diät hielt ich jemals lang genug durch. Aber heute … heute hatte ich gesiegt und trotz der Lust aus Selbstschutz nicht mit ihm geschlafen.

2

Der nächste Morgen sah nicht besser aus als der vergangene Abend und ich fühlte mich noch genauso beschissen. Mein Körper schmerzte. Im Bad entdeckte ich die gewohnten Flecken in der Unterwäsche. Die quälenden Beulen hatten mich wieder traktiert. Ich warf den Slip in den Wäschekorb und putzte mir die Zähne. Luft tat gut bei den offenen Wunden. Gleich würde ich mich darum kümmern, doch meine Motivation hielt sich in Grenzen. Bei meinem Glück würde es heute sowieso etliche Male wieder aufreißen.

Genervt holte ich mir einen neuen Slip, um dann im Bad nach Pflastern zu suchen. Ich sprühte etwas Desinfektionsmittel auf die Wunde, nahm den gewohnten heftigen Stich wahr und klebte mit viel Mühe vor dem Spiegel die Pflaster auf die frischen Verletzungen.

Ich hätte gern gewusst, was diese schmerzenden Eiterbeulen hervorgebracht hatte, wieso sie mich schon so viele Jahre quälten und einfach nicht gänzlich verschwanden. Außerdem würde ich so gern wissen, wie diese Krankheit hieß.

Ich kontrollierte meinen Busen und stellte fest, dass dort ebenfalls wieder neue, fast zwei zentimetergroße Schwellungen prangten. Sie waren rot und heiß, schmerzten aber bisher nicht. Geduldig schmierte ich etwas Zugsalbe darauf. Der Geruch nach Teer löste den gewohnten Würgereiz aus. Auch hier klebte ich Pflaster auf, damit mir nicht schon wieder ein BH versaut wurde. Danach kontrollierte ich meine Achseln und fand mit Erleichterung keine neuen entzündlichen Stellen. Die Letzte dort war schon fast verheilt. Ich schmierte ein wenig Wundsalbe drauf und puderte dann die Achsel mit Babypuder aus, um Reibungen zu verhindern. In all den Jahren, in denen die Ärzte mir nicht hatten helfen können, hatte ich selbst herumgedoktert in der Hoffnung, wenigstens Kontrolle über die Schmerzen und die Häufigkeit der Entzündungen zu bekommen. Ich schlug mich so durch, doch egal, was ich machte, ich wurde das Gefühl nicht los, dass es immer mehr wurden und sie auch häufiger auftauchten.

Sobald ich in den Spiegel sah, erschrak ich über meine eigene, traurige Erscheinung. Die grünen Augen waren gerötet von den Tränen der vergangenen Nacht. Risse zierten meine sonst so vollen Lippen, die dank meines blassen, runden Gesichts röter erschienen als sonst.

Müde wandte ich den Blick ab und trottete zurück ins Schlafzimmer. Heute war Sonntag und ich musste glücklicherweise nirgends hin. Es würde leicht werden, mich vor der Welt zu verstecken und mich in meinem Leid zu suhlen.

Einige Stunden später klingelte es und ich schlurfte, noch immer im weiten Nachthemd, zur Tür. Ich erwartete keinen Besuch, daher machte ich mir nicht die Mühe, mich vorher umzuziehen.

Als ich die Tür öffnete, blickten mir ausgerechnet Elias' unschuldige graue Augen entgegen. Dazu hielt er mir einen Strauß rosa Rosen und weiße Gerbera hin.

„Louisa, es tut mir so leid", sagte er mit einem schuldbewussten Ton in der Stimme.

Ungläubig sah ich ihn an. Hatte ich ihn doch nicht in die Flucht getrieben?

„Ich war nicht ganz bei mir. Ich wollte dich wirklich nicht drängen!"

Ich war unschlüssig, was ich darauf erwidern sollte. Dachte er, ich würde nach der Aktion weitermachen, als wäre nichts gewesen? Ich verschränkte die Arme vor der

Brust und war mir so unsicher. Einerseits mochte ich ihn sehr. Andererseits war ich aber noch nicht in der Lage, mit ihm zu schlafen, und wusste nicht, wann ich es je sein würde.

„Louisa, komm schon! Sei mir nicht mehr böse. Ich bin doch auch nur ein Mann!“ Seine grauen Augen bettelten mich förmlich an.

Es fiel mir schwer, hart zu bleiben, aber wollte ich einen Freund, der sich so verhielt?

„Elias, denkst du ernsthaft, mit einem Blumenstrauß ist es getan?“

Auch wenn ich einen großen Anteil an der Eskalation hatte, war sein Verhalten absolut unangemessen gewesen.

Er kratzte sich am Kopf und trat von einem Fuß auf den anderen. „Wir haben uns doch so gut verstanden.“

„Ja, bis du über meine Grenzen getrampelt bist wie ein Berserker im Puppenhaus.“

Ich wollte es ihm auch nicht zu leicht machen. Er musste begreifen, dass er das beim nächsten Mal nicht wiederholen durfte.

„Das war doch nur ein kleines Missverständnis!“

Ich verdrehte die Augen. „Ein kleines Missverständnis? Du wolltest mich zum Sex drängen!“

„Drängen? Nein, das nicht.“

„Ich habe mehrfach Nein gesagt. Aber du wolltest es nicht hören.“ Ich wollte eigentlich gar nicht weiter diskutieren, aber ich war einfach zu neugierig, was er noch zu sagen hatte. Daher blieb ich und hörte ihm mit vor der Brust verschränkten Armen zu.

„Ich konnte doch nicht ahnen, dass das dein Ernst war. Ich dachte, das gehört vielleicht zu deinem Spiel dazu. Von wegen, wenn sie nein sagt, meint sie eigentlich ja. Das Lied kennst du doch auch.“

„Ich spiele keine Spiele."

„Als du abgehauen bist, ist mir das auch klar geworden."

Ich schüttelte den Kopf. „Ehrlich gesagt, kann ich dir im Moment nicht mehr vertrauen. Es ist besser, wenn du jetzt gehst." Das zu sagen, kostete mich unglaublich viel Kraft. Ohne seine Antwort abzuwarten, trat ich einen Schritt zurück und schlug ihm die Tür vor der Nase zu.

Verdammt! War ich verrückt geworden? Ich presste meine Hände auf meinen Mund, um ein Wimmern zu unterdrücken.

Elias klingelte erneut. Es fiel mir schwer, aber ich ignorierte es. Er war schon der Typ Mann, mit dem ich mir eine Beziehung vorstellen konnte. Grundsolide. Gutaussehend. Ein Macher. Doch nach dem, was ich in der vergangenen Nacht über ihn gelernt hatte, war ich da noch bereit, den Preis zu zahlen, den es mich unter Umständen kosten würde, diese Beziehung weiterzuführen?

Wenn er ein Nein nicht wie ein Erwachsener akzeptieren konnte, wie würde er sich erst bei der Offenbarung meiner Hautkrankheit verhalten?

Das wollte ich bei aller Schwärmerei und Verliebtheit beileibe nicht durchleben. Diese Erfahrung hatte ich in der Vergangenheit zur Genüge gemacht. Vielleicht hätte ich die Karten von Anfang an auf den Tisch legen sollen, als wir uns das erste Mal in einer Knutscherei verloren hatten, dass ich Sex nicht so einfach konnte … Dass es für mich Überwindung bedeutete und ich dafür sehr viel Vertrauen und Zeit brauchte.

Ich hörte Elias einige Male klingeln und klopfen, doch ich rührte mich nicht mehr. Es war zwecklos, weiter mit ihm zu diskutieren. Ich würde ihm heute nicht auf die Nase binden, was für eine abartige Krankheit ich vor ihm versteckte, denn ich mochte ihn zu sehr, als dass ich bereit war, von ihm verletzt zu werden. So verletzte ich mich nur selbst. Es war ihm gegenüber unfair, aber ich sah ja schon das Unverständnis im Freundeskreis und auch in der Familie. Keiner kapierte, was überhaupt mit mir und meiner Haut los war. Alle hatten gut gemeinte Ratschläge, die aber nichts wert waren, weil nichts davon half und das meiste ausgemachter Quatsch war.

Der stechende Schmerz der Beulen an der Brust frustrierte mich noch mehr. Ich kuschelte mich an mein kleines, weiches Kuschelkissen. Mir war nach Schreien und Heulen zumute. Dass dies nichts brachte, war mir klar, doch konnte ich nicht anders. Ich war müde, erschöpft und traurig. Lustlos holte ich mir mein aktuelles Strickprojekt, eine Mütze. Masche für Masche kam ich mühsam voran. Die fiesen Gedanken und auch die Angst blieben dennoch präsent.

Warum ausgerechnet ich? Wieso traf mich diese schreckliche namenlose Krankheit, die kein Arzt heilen konnte oder vielleicht auch wollte? War eine extreme Gewichtsreduktion die einzige Chance auf Heilung? Hatte der letzte Arzt recht und mein Übergewicht, das ich bei Kleidergröße 44 gar nicht so übertrieben fand, war der ausschließliche Grund für diese furchtbaren Monsterbeulen? Waren das tatsächlich entzündete Fettzellen, die mich so quälten? Hatten das alle dicken Frauen? Was war mit den fülligen Männern? Blieben die verschont? Warum konnte mir keiner sagen, wie das hieß?

Ich würde so gern jemanden kennenlernen, der das nachvollziehen konnte und mich verstand. Jemanden, mit dem ich mich austauschen konnte und der ein paar funktionierende Tipps und Tricks hatte, diese Eiterbeulen in Schach zu halten. Doch wie sollte ich das machen? Ich hatte nicht mehr als diese Verdachtsdiagnosen von Karbunkel,

Furunkel und eingewachsenen Haaren. Dass die alle falsch waren und willkürlich wirkten, hatten meine Recherchen bereits bestätigt. Auch die Aussage, dass es vom Rasieren käme, schien mir unzutreffend. Ich rasierte mich nicht unter den Brüsten und dennoch wurde ich dort besonders häufig von den Eiterparasiten gepiesackt. Das passte doch alles nicht zusammen.

Ich sah zum Fenster und starrte in den blauen Himmel. Es war ein sommerlicher Tag. Der perfekte Tag, sich draußen zu bewegen, doch ich vergrub mich im Bett und war antriebslos, was mich verdammt wütend machte.

Da spürte ich es – den entlastenden Schmerz der aufplatzenden Beule an meiner Brust. Die Erste war endlich offen. So unangenehm dies auch war, brachte es für den Moment die ersehnte Erlösung. Der schmerzende Druck war weg, bis der Heilungsschmerz auf dem Plan erschien. Seufzend legte ich mein Strickzeug beiseite. Genau davor hatte ich Angst gehabt. Was wäre geschehen, wenn diese Beule vergangene Nacht geplatzt wäre, während Elias auf mir gelegen hätte?

Im Bad riss ich das Pflaster ab, was verhältnismäßig wenig wehtat im Vergleich zu all den Schmerzen, die ich mittlerweile gewöhnt war. Mir stieg ein unangenehmer Duft in die Nase. Es verlangte mir einiges ab, um den Würgereiz unter Kontrolle zu halten. Ich hasste den Geruch. Nahmen den alle um mich herum wahr oder war er nur so intensiv, weil ich davon wusste?

Mit einer Mullbinde drückte ich den Rest des Eiters heraus und wartete einen Moment. Das Desinfizieren schmerzte wie gewohnt, doch ich biss die Zähne zusammen. Ich klebte ein frisches Pflaster auf und wusch mir nochmal gründlich die Hände. Um das kräftige Aroma aus der Nase zu bekommen, spritzte ich ein bisschen Parfüm auf meine Haare. Dann schmierte ich noch etwas Lippenbalsam auf die rissigen Lippen. Ich sah immer noch furchtbar aus. Was fand Elias nur an mir, dass er trotz allem nochmal hier gewesen war? Mochte er mich genau so sehr wie ich ihn? Konnte ich ihm mein Geheimnis anvertrauen?

3

Am Montag klingelte mein Wecker früh und rief mir damit ins Bewusstsein, dass ich wieder arbeiten musste. Es fiel mir schwer aufzustehen. Heute stand Frühschicht auf meinem Arbeitsplan. Nachdem ich alle Pflaster aufgefrischt hatte, zog ich die unbequeme Arbeitskleidung an und machte mich wie immer zu Fuß auf den Weg zur Arbeit. Obwohl ich die Eiterbeule abgeklebt hatte, drückte und spannte sie jetzt schon so schmerzhaft, dass ich mir kaum vorstellen konnte, wie ich den Tag durchstehen sollte. Ich biss die Zähne fest zusammen und versuchte, den Schmerz zu ignorieren.

Als ich am Nachmittag zurück nach Hause kam, zog ich die Kleidung aus und eilte ins Bad. Sorgsam reinigte ich die Haut vom Schweiß und drückte vorsichtig auf den Biestern herum. Leider war das Ding in meiner Leiste größer als heute Morgen und spannte schmerzhaft. Hoffentlich würden die bald alle aufgehen.

Nur mit dem kuscheligen Bademantel bekleidet, verließ ich das Bad und lief in die Küche. Jeder Schritt war eine Qual. Genervt von der Gesamtsituation bereitete ich mir einen heißen Kakao zu. Dabei überprüfte ich, ob meine Kräutertöpfe gewässert werden mussten, und setzte mich anschließend hinaus auf meinen Balkon. Es war sonnig und angenehm warm. Der Frühsommer hatte endlich Einzug gehalten. Ich guckte schräg auf einen kleinen See, der heute im Sonnenschein wie tausende Diamanten glitzerte.

Genussvoll trank ich und versuchte, mich auf meine Umgebung zu konzentrieren, anstatt auf meine Schmerzen. Ein leichter Wind fuhr mir durch die Haare und ein paar blonde Strähnen wehten mir ins Gesicht. Die Vögel zwitscherten in der Ferne und das Geschnatter einer Ente schallte vom See zu mir herüber. Der Tag wäre perfekt, wären da nicht die Schmerzen. Ein wenig war ich neidisch auf die anderen Menschen, die in der Ferne am See Frisbee spielten oder sorglos auf Handtüchern in der Sonne lagen.

Zu meiner anderen Seite stand ein Mehrfamilienhaus in Hochparterre, das baugleich zu dem Haus war, in dem ich wohnte. Es hatte ebenfalls vier Mietparteien. Mir war schon aufgefallen, dass die Wohnung unten rechts aktuell unbewohnt war. Voller Neugier sah ich hinüber, doch noch immer waren die Jalousien zugezogen und der Balkon unmöbliert. Ich war gespannt, wann sie einen neuen Nachmieter finden würden.

Nach einer Weile zogen dunkle Wolken auf, der Wind wurde stärker und die Temperaturen sanken. Da es mich aber fröstelte, blieb mir nichts anderes übrig, als zurück in die Wohnung zu gehen. Nur im Bademantel zu sein, hatte zwar den Vorteil, dass meine Beulen nicht durch die Reibung von Kleidung weiter belastet wurden, aber dadurch war es zu frisch, um draußen zu verweilen.

Sobald ich den Fernseher sah, stellte ich ihn ein. Ich schaltete durch die Programme, nur um festzustellen, dass nichts Interessantes lief, das mich von meinen Schmerzen ablenkte. Auf der Stelle durchzog mich das kalte Gefühl von Langeweile.

Innerlich spürte ich den Drang aufzustehen und mir etwas zu Essen zu holen, doch war mein Gehirn schlau genug zu wissen, dass der Bauch gar nicht hungrig war. Woher kam dieses Verlangen? Immer wieder lenkte ich mich mit Essen ab, wenn ein unangenehmes Gefühl aufkam.

Um gegen diesen Drang anzukämpfen, stand ich auf, zog mir eine lockere Jogginghose sowie ein weites T-Shirt an und verließ die Wohnung. Mit Musik auf den Ohren machte ich einen kleinen Spaziergang zum See und lief dort einige Zeit auf dem Weg am Ufer entlang. Obwohl ich gute Laune machende Elektro-Musik hörte, war ich frustriert. Die Schmerzen bei jedem einzelnen Schritt konnte ich nicht verdrängen. Für diese Erkrankung musste es doch irgendeine verdammte Lösung geben! Konnte es so schwer sein? Dieser Mist schränkte mein ganzes Leben ein. Schmerzende Bewegungen, beschämende Situationen mit Mitmenschen, wenn mal wieder das typische Aroma der Eiterbeulen an mir haftete, und die Gewissheit, niemals jemanden zu finden, der bereit sein würde, mit all dem klarzukommen. Wenn ich wenigstens eine sichere Diagnose hätte, würde ich bestimmt auch ohne Hilfe von Ärzten eine Lösung finden.

Mit jedem Schritt wurde ich wütender. Das ganze Gesundheitssystem war doch für die Tonne. Ich war erkrankt und keinen kümmerte es. Niemand fühlte sich dafür zuständig, mir auch nur eine helfende Hand zu reichen. Ich hatte mehrere Dermatologen konsultiert, zweimal den Hausarzt gewechselt und auch einige Male die Notaufnahme besucht, wenn die Biester wieder besonders schlimm waren. War ein Gewichtsverlust die einzige Lösung?

Wie ich aber abnehmen sollte mit schmerzenden Beulen, die meine Bewegung einschränkten und Energie stahlen, konnte mir keiner sagen. Immerhin war ich heute laufen gegangen, statt wieder meine Langeweile mit Essen zu betäuben. Das war ein Minifortschritt und irgendwie machte mich das stolz. Dennoch fehlte mir die Kraft für eine weitere Diät.

Nachdem ich das erlösende Gefühl spürte, das mir bestätigte, dass die fiese Monsterbeule in der Leiste endlich aufgegangen war, hielt ich kurz inne. Ich schloss die Augen, atmete die kühle Abendluft tief ein und genoss den Sieg. So winzig dieser war, dieses fiese Monster hatte ich überstanden. Es kriegte mich nicht klein. Wieder gab ich nicht auf, sondern versuchte, weiter durchzuhalten.

Da die Sauerei weggemacht und die Wunde desinfiziert werden musste, machte ich mich so schnell wie möglich wieder auf den Heimweg.

Dort wiederholte ich den üblichen Ablauf, den die Versorgung meiner Hauterkrankung mit sich brachte.

Nachdem ich endlich auf der Couch saß, überprüfte ich mein Smartphone und entdeckte eine neue Nachricht.

Elias, 15:58 Uhr: Willst du ernsthaft alles wegen eines Fehlers wegwerfen?

Die Nachricht war schon eine Stunde alt. Ich hatte keine Ahnung, was ich darauf antworten sollte. Einerseits hatte er recht. Gewiss war mein Verhalten übertrieben, denn er hatte sich entschuldigt und erklärt. Andererseits hatte er Unrecht, denn nein heißt nein! Was würde beim nächsten Mal passieren, wenn ich nicht wollte?

Ich wog das Für und Wider ab. Letztlich gewannen meine Gefühle für ihn, denn eigentlich wollte ich ihn nicht aufgeben. Ich wollte diese Chance auf die Liebe mit ihm, daher ergriff ich wieder mein Smartphone.

Louisa, 17:00 Uhr: Eigentlich nicht.

Vielleicht sollte ich nachgiebiger sein. Ihm eine zweite Chance geben, die mir so oft verweigert wurde. Ich musste ihm nur sagen, dass ich noch nicht mit ihm schlafen konnte. Oder würde ich erneut in meiner Angst flüchten, statt Klartext zu reden? Der Eingang einer neuen Nachricht unterbrach mich in meinen Gedanken.

Elias, 17:03 Uhr: Welche Schicht hast du morgen?

Louisa, 17:04 Uhr: Frühschicht

Elias, 17:05 Uhr: Lass uns morgen beim Italiener in Ruhe über uns und unsere Zukunft quatschen. Ich hole dich um 19 Uhr ab.

Sein Vorschlag klang vernünftig. Außerdem glühte der kleine Funken Hoffnung wieder auf, dass aus uns wirklich etwas werden konnte. Ich mochte ihn so sehr. Trotz allem, was passiert war. Es bestand die Möglichkeit, dass genau das der entscheidende Unterschied zu all den vorherigen Männern war:
Er wollte mich, obwohl ich aus seiner Sicht bestimmt einen gewaltigen Knall hatte, und ich konnte ihm auch nicht lange böse sein.

Es war an der Zeit, das Zweifeln aufzugeben. Morgen ergab sich unsere Chance, auf den richtigen Weg zurückzukehren.

Von der Hoffnung beflügelt sprang ich von der Couch auf und tänzelte vom Wohnzimmer ins Schlafzimmer. Voller Enthusiasmus durchwühlte ich meinen Kleiderschrank nach dem perfekten Outfit für den morgigen Abend. Ich konnte es kaum erwarten.

4

Nachdem der nächste Tag nicht weniger quälend vorüberzog, präparierte ich meinen Körper mit Pflastern. Die meisten Beulen waren aufgegangen. Mich umwehte wieder dieser ekelhafte Geruch. Egal, wie gründlich ich mich wusch, ich nahm ihn weiterhin wahr. Bei der Menge Parfüm, die ich schon auf mich gesprüht hatte, könnte ich glatt als Mitarbeiterin einer Parfümerie durchgehen. Dennoch stach mir der Duft weiterhin in die Nase. Wenn ich ihn so deutlich wahrnahm, würde Elias das ebenfalls riechen?

Besorgt lief ich durch die Wohnung. Was sollte ich nur tun? Ich stellte mich nach draußen auf den Balkon. Wie wahrscheinlich war es, dass das Auslüften etwas bewirkte?

Sobald ich dort stand, der Wind durch meine Haare fuhr und die Panik langsam abflaute, bemerkte ich, wie die Jalousien in der verlassenen Wohnung nebenan hochgezogen wurden. Das lenkte mich augenblicklich von meinem Problem ab. Hatten sie endlich einen neuen Mieter gefunden? Ich konnte nur eine Gestalt wahrnehmen, doch leider fiel die Abendsonne so ungünstig, dass ich nichts weiter erkennen konnte.

Da ich nicht starren wollte, drehte ich mich um und hob die Arme an. Hoffentlich brachte das hier etwas, damit dieser elendige Geruch des Blut-Eiter-Gemisches verschwand. Es war kühl und ich verzweifelt. Diese dämlichen Beulenmonster! Ausgerechnet heute rochen sie wieder so stark.

Mein Herz schlug mir bis zum Hals. Ich war so aufgeregt. Das Treffen mit Elias war mir unglaublich wichtig. Es würde über eine gemeinsame Zukunft entscheiden. Vielleicht würden wir den nächsten Urlaub zusammen verbringen und ferne Länder erkunden. In ein paar Jahren könnten wir unser Eigenheim haben, verheiratet sein und eine Familie gründen. Bei den Gedanken wurde mir ganz warm.

Der Geruch meiner Beulen stieg mir erneut in die Nase und brachte mich auf den Boden der Tatsachen zurück. Zuerst mussten wir alles klären, dann konnte ich mir Zukunftspläne ausmalen. Angespannt hopste ich von einem Bein auf das andere. Wie verhielt ich mich nur, wenn der Geruch nicht verschwand? Sonst war es nie so extrem gewesen oder bildete ich mir das nur ein, weil mir der Abend so wichtig war?

Ich schloss die Augen und atmete tief durch. Das wiederholte ich einige Male, bis ich mich entspannte. Es wird schon alles gut gehen. Wenn er dich nicht aufregend finden würde, hätte er längst aufgegeben. Ihm war das klärende Gespräch genauso wichtig. Elias hätte dich einfach gehen lassen, wenn ihn nur der Sex interessiert hätte. Leise sprach ich auf mich ein. Mein Kopf musste es nur laut hören, um es zu begreifen. Da war ich mir sicher.

Sobald ich zurück in die Wohnung trat, nahm ich den Geruch von Neuem wahr. Mutlos ließ ich mich auf den Sessel sinken, der so gar nicht zu den anderen Möbeln passte, aber urgemütlich war, und schaute mich nachdenklich in meinem Wohnzimmer um. Was könnte mir nur helfen?

Ich sah zu der Duftkerze mit dem weihnachtlichen Zimtduft, die schon seit dem letzten Weihnachtsfest auf dem Bücherregal stand, schüttelte aber sofort den Kopf. Das wäre zu verrückt. Mein Blick wanderte zum automatischen Duftstecker, der hin und wieder einen Stoß Ozeanfrische abschickte. Ich verdrehte sofort die Augen. Wenn er mir für einen Kuss nahekam, würde er mich mit Sicherheit für verrückt halten, weil ich wie ein Raumspray roch.

In meiner Verzweiflung eilte ich zurück ins Bad und durchwühlte das Körbchen mit den Parfümflaschen. War das Aufgetragene zu billig, dass es den Geruch nicht überdecken konnte? Ehe ich mich entschied, welches Duftmisch-Experiment ich vollziehen sollte, klingelte es.

Da war er schon. Warum war er nur so verdammt pünktlich?

Nach einem letzten kurzen Blick in den Spiegel sauste ich zur Tür, die ich schwungvoll aufriss.

„Hey!“

„Hi“, grüßte ich zurück.

Er sah so verdammt schnuckelig aus. Seine hellbraunen Haare waren nach hinten gegelt. Die funkelnden, grauen Augen sahen mich von oben bis unten an.

„Bist du so weit? Können wir los?“

Ich nahm eine Jacke von der Garderobe, ergriff meine Lederhandtasche und zog die Tür hinter mir zu. Er lief vor, schloss das Auto auf und öffnete die Beifahrertür für mich.

Ob er wohl merkte, wie nervös ich war? Wir hatten schon so viele Abende miteinander verbracht. Dennoch war es heute anders als sonst. Ich fühlte mich unbehaglich, roch immer noch diesen dämlichen Geruch der Eiterbeulen und war total nervös. Hoffentlich würde der Abend nicht in einer Katastrophe enden. Das würde ich heute nicht überstehen.

„Ich habe einen Tisch bei unserem Italiener reserviert“, sagte er, während er das Auto anließ.

Wir waren schon ein paar Mal zusammen dort gewesen, daher freute ich mich ungemein auf die mit Hack gefüllten Cannelloni und die leckere Tomatensauce.

„Wie war dein Tag?“, fragte ich.

„Stressig. Wir haben eine neue Baustelle angefangen.“

Seine Antwort lenkte mich von all den Sorgen über den Geruch ab. Elias arbeitete als Fliesenleger und bildete sich nebenher zum Meister weiter. Sein Traum war es, in Zukunft selbstständig zu sein, um endlich unabhängig von irgendwelchen Chefs zu agieren, die ihm sein Arbeitsleben diktierten. Ich war mir sicher, dass er das schaffte. Sein Selbstbewusstsein und sein Fleiß würden ihm dabei helfen, sein Ziel zu erreichen.

Nachdem er seine Geschichte über den Arbeitsalltag beendet hatte, wollte er wissen, wie es mir ging. Leider fiel mir keine geeignete Antwort ein. Noch wusste er nichts über meine körperliche Verfassung und jetzt während der Autofahrt war nicht der richtige Moment, davon zu berichten. Daher hangelte ich das Gespräch an meinem Arbeitstag entlang und vermied es, die Frage konkret zu beantworten.

Sobald wir an unserem Tisch saßen, schauten wir schweigend in die Karte.

„Ich denke, ich nehme die Pizza Margarita."

„Ich nehme mal wieder die Cannelloni." Ich schloss die Karte.

Ein Kellner brachte uns die bestellten Getränke und nahm unsere Bestellung auf. Da die Kerze auf dem Tisch bisher nicht brannte, zündete er sie an und verließ uns.

„Hör zu, wegen neulich …", begann Elias das Gespräch, doch ich war mir nicht sicher, ob wir das weiter besprechen sollten.

Elias sah mich mit großen Augen an. „Es tut mir wirklich leid."

„Ich weiß und ich nehme die Entschuldigung an, aber lass es uns nicht weiter zerkauen. Passiert ist eben passiert."

Vielleicht kam ich dann darum herum, mich jetzt offenbaren zu müssen. Ich hatte einfach zu große Angst und brauchte noch ein wenig mehr Zeit.

„Sicher?“

Ich nickte schweigend.

Sein Blick drang in meinen. Ich versank in seinen grauen Augen. Mein Herz schlug mir bis zum Hals und meine Hände wurden schwitzig.

„Ich finde aber schon, dass wir das klären sollten.“

„Was möchtest du denn dazu noch besprechen?“

Die Angst schnürte mir die Kehle zu. Ich wusste, dass ich es ihm irgendwann sagen musste, aber in mir sträubte sich alles. Würde er einfach fortrennen und mich hier zurücklassen?

„Ich wüsste gern, was ich falsch gemacht habe.“

„Zuallererst darfst du ein Nein nicht einfach ignorieren.“

„Ja, schon klar.“

„Ich werde dir schon signalisieren, wenn ich bereit bin.“

Wenngleich ich zum jetzigen Zeitpunkt nicht abschätzen konnte, wann dieser Moment eintreten würde, musste ich ihm Zugeständnisse machen.

Für mich war es schwierig, meinen Körper nackt zu zeigen und jemandem genug zu vertrauen, um ihm meine Krankheit zu offenbaren. Sie stank und war ekelhaft. Ausgerechnet an all den Stellen, die intim und so verwundbar waren.

Er legte eine Hand auf meine und strich mit einem Finger über meinen Handrücken. Seine grauen Augen funkelten mich weiterhin an. Ich wünschte, ich könnte über meinen Schatten springen, denn das hier könnte der erste Abend von vielen sein, die wir in Zweisamkeit als Paar verbringen würden.

„Habe ich dir schon gesagt, wie schön du bist?“, flüsterte er.

Seine Worte waren wie Balsam auf meiner geschundenen Seele. Kaum merklich schüttelte ich den Kopf. Mein Blick senkte sich auf den Tisch.

„Du bist hier die Schönste. Ich bin froh, dass du hier bist und mir noch eine Chance gibst."

Seine Worte umschmeichelten mich und ließen sofort Hitze in meinem Gesicht aufsteigen. Verunsichert biss ich mir auf die Unterlippe. Wieso fiel es ihm nicht schwer, so etwas zu sagen? Ich sah an mir herab. Genau wie vorgestern trug ich eine locker sitzende Jeans und eine Bluse, die meine Rundungen durch die weite Passform kaschierte. Es war nichts Besonderes, aber komfortabel. Bei der Auswahl in meinem Kleiderschrank gab es für dieses eher kühle, frühlingshafte Wetter auch nicht so viel Schönes.

Aber Geschmäcker waren bekanntlich verschieden. Vielleicht gefiel ich ihm wirklich. Er beugte sich über den Tisch. Sein Gesicht war nur wenige Zentimeter von meinem entfernt. Ich überwand die Distanz und gab mich seinem Kuss hin. Seine weichen Lippen waren genau so, wie ich es in Erinnerung hatte. Die Schmetterlinge in meinem Bauch tanzten wie verrückt zu ihrem ganz eigenen Takt. Ich genoss das Gefühl, das mich dazu brachte, mich tiefer in den Kuss hinein sinken zu lassen.

Nach einer gefühlten Ewigkeit lösten wir uns voneinander. Schweigend tranken wir einen Schluck. Kaum hatte Elias sein Glas abgestellt, erzählte er mir weitere Anekdoten aus seinem Arbeitsalltag.

Schließlich wurden wir unterbrochen, weil unser Kellner mit dem Essen am Tisch stand.

„Die Pizza Margarita", fragte er, was Elias mit einem Nicken als seine Bestellung bestätigte.

„Die Cannelloni."

Ich blickte dem Kellner für einen kurzen Augenblick direkt in die Augen. Sie waren braun. Leuchtend. Schön. Sofort vergaß ich alles um mich herum. Versank regelrecht in diesen funkelnden Edelsteinen. Eine wohlige Gänsehaut kroch über meinen gesamten Körper und es schauderte mich ein wenig. Etwas passierte mit mir, doch konnte ich es nicht einordnen.

„Können wir noch eine neue Karaffe Rotwein bekommen?“, unterbrach Elias den Moment.

„Sehr gerne.“ Ohne einen weiteren Blick verließ der Kellner unseren Tisch, doch hinterließ dies eine Spur der Verwirrung in mir. Was war das nur gewesen?

5

Es war mehr Rotwein geflossen, als ich zu trinken geplant hatte. Leicht schwankend taumelte ich zur Haustür. Zum Glück hatte ich am nächsten Tag Spätschicht.

Elias hatte es sich nicht nehmen lassen, mich zu bringen. „Und du bist sicher, dass du es allein schaffst?“, fragte er erneut, obwohl ich ihm das schon mindestens drei Mal auf dem Weg zur Tür beteuert hatte.

„Ich bin nur ein bisschen angetrunken.“ Ich winkte ab, doch ohne erkennbaren Grund sprang das Türschloss vor meinen Augen umher. „Na komm schon“, stieß ich beim nächsten Versuch, es mit dem Schlüssel zu treffen, genervt hervor.

Elias nahm mir wortlos den Schlüsselbund ab und schloss für mich auf.

„Das Schloss ist auf deiner Seite“, entgegnete ich, was mich aber dann doch zum Kichern brachte.

Er schob mich in den Hausflur und ließ die Tür hinter mir zufallen. „Vielleicht sollte ich heute Nacht besser bei dir bleiben.“

„Nein, ich kann das schon. Ich bin ein großes Mädchen.“ Ich hörte selbst, wie wenig überzeugend ich, mit meinem vom Alkohol verzerrten Gequatsche, klang.

Versehentlich warf ich die Metallschale, in der ich meine Schlüssel aufbewahrte, zu Boden. „Ups.“

Elias bückte sich und hob sie auf. Ich legte den Schlüsselbund hinein und streifte mir beim Gehen die Schuhe von den Füßen. Fast fiel ich dabei hin, aber zum Glück konnte ich mich gerade noch am Türrahmen festhalten. Wein war echt tückisch. Wie viele Gläser hatte ich getrunken? Drei? Vier? Bei den Karaffen und dem ständigen Nachfüllen von

Elias und dem Nachschub, den der Kellner gebracht hatte, konnte ich das nicht mehr nachvollziehen.

„Keine Widerrede. Ich bleibe bei dir."

„Das geht nicht", sagte ich abwehrend und hickste laut. Na toll – jetzt kam auch noch Schluckauf dazu.

„Warum geht das nicht?"

„Nein heißt nein!" Mit erhobenem Finger wiederholte ich, was ich vorhin zu ihm gesagt hatte.

„In diesem Fall wäre es für dich besser, wenn ich bleibe."

Ich ließ mich auf den Sessel sinken. So groß die Sehnsucht auch war, die Nacht nicht allein verbringen zu müssen, genau so groß war die Scham, dass er meine Krankheit entdecken würde. Für die Reaktion war ich nicht bereit.

„Ich bin ekelig. Das geht einfach nicht", sprach mein betrunkener Körper schneller, als ich ihn aufhalten konnte.

Verdammt.

„Was soll das denn heißen? Du bist nicht ekelig." Elias hatte sich mittlerweile vor mich hingehockt. „Du bist wunderschön. Weißt du das denn gar nicht?"

Ich sah in seine grauen Augen. Verwirrt überlegte ich, wie ich aus der Situation herauskommen sollte, konnte meine Gedanken aber nur mühsam fokussieren. Verdammter Wein.

Er beugte sich vor und strich mir ein paar blonde Strähnen aus dem Gesicht. „Ich mag dich so, wie du bist."

Ich biss mir auf die Unterlippe. Wenn er die Wahrheit wüsste, würde er vollkommen anders von mir denken. Vermutlich sollte ich es endlich hinter mich bringen. Sofern er felsenfest davon überzeugt war, dass ich bildschön war, würden ihn meine verdammten Narben und Beulen nicht stören. Ich knöpfte langsam die Bluse auf. „Willst du mich?" Dank des Alkohols war ich selbstsicherer als sonst.

Er beäugte mich argwöhnisch.

Ich zog die Bluse von meinen Armen und schmiss sie zu Boden. „Elias! Willst du mich?", wiederholte ich mit drängendem Ton.

Ich beugte mich vor und küsste ihn. Er schmeckte nach Tomate und Cola. Eine merkwürdige Kombination. Da fiel mir wieder ein, was er gegessen hatte. Das brachte mich zum Kichern.

„Ist das dein Ernst?"

„Ja, komm mit!" Ich zog ihn hinter mir her ins Schlafzimmer. Langsam schob ich ihn zum Bett. Mit zittrigen Fingern zog ich ihn aus, knöpfte die Jeans auf. Ich versuchte, zu verdrängen, wie ich aussah und wie viele Pflaster auf meinem Körper verteilt klebten. Den Geruch hatte ich längst vergessen. Wenn ich bildschön war, würde es ihn zudem nicht stören. Dann wäre es wie ein Muttermal, das niemand in Frage stellte. Gewiss hatte ich es mir nicht ausgesucht.

Ich nahm meinen ganzen Mut zusammen. Ich wollte es. Er war heiß, sympathisch und ein Kandidat für eine langfristige Beziehung. Warum länger warten?

Je tiefer meine Gefühle für ihn wurden, desto größer wäre die Enttäuschung, sofern er sich deswegen von mir abwenden würde. Wenn er nicht akzeptierte, dass mein Körper nicht perfekt war und es niemals sein würde. Endlich löste sich Elias aus seiner Starre, zog mich in seine Arme und küsste mich leidenschaftlich.

„Aber nicht, dass du mir nachher vorwirfst, ich hätte ausgenutzt, dass du betrunken warst", brachte er zwischen den Küssen hervor.

„Ich will das."

Seine Hose sank endlich zu seinen Knöcheln. Ehe ich mich versah, drängte er mich aufs Bett. Seine Hände fuhren über meinen Körper. Er schob das Top hoch und zog es mir aus.

Wenn er jetzt genau hinsah, würde er sehen, was unter meinen Achseln los war, doch er beachtete es keinen einzigen Moment. Die Angst wurde unaufhaltsam größer. Ich kniff die Augen zusammen und ließ schnell die Arme sinken. Erste Hürde geschafft.

Seine Lippen strichen über meinen Hals. Dabei öffnete er meine Jeans, schob sie eilig von meinen Hüften und warf sie zu Boden. Es ging mir ein wenig zu schnell. Aber es hatte dennoch etwas Gutes, dass er sich keine Zeit ließ: So würde er gar nicht bemerken, wie viele Narben ich versuchte zu verstecken.

„Du bist so schön." Er seufzte genüsslich, während er meinen Brustansatz küsste. Dann zog er den Cup hinunter und umspielte meine Brustwarzen. Solange der BH an blieb, würde er nichts sehen, was er nicht unbedingt angucken musste. Dennoch war ich total unentspannt und spürte kaum Erregung. Die Nervosität, wann er endlich mein Geheimnis entdecken würde, brachte mich fast um den Verstand.

Er schob seine Hand in meinen Slip. Ich zog zischend die Luft ein und wartete auf das Unheil. Es passierte aber nichts. Er fuhr unbeirrt fort, dabei musste er doch das Pflaster bemerkt haben. Seine Finger drangen zwischen meine Schamlippen. Mein Herz klopfte mir bis zum Hals. Ich war völlig trocken, daher war das nicht sonderlich angenehm, doch versuchte ich, mir nichts anmerken zu lassen. Wenn er bis jetzt nichts bemerkt hatte, dann würde er heute gar nichts mitkriegen. Beruhigend sagte ich mir das immer wieder im Geiste vor, damit ich mich endlich entspannen und seine Zärtlichkeiten genießen konnte. Seine

Küsse wurden drängender und er schob seine Zunge erneut in meinen Mund. Dann drang sein Finger in mich ein.

„Oh, bist du feucht." Er keuchte und rieb seinen Schwanz gegen meinen Oberschenkel.

Mir war zwar nicht klar, was er mit dem bisschen meinte, doch stimmte ich mit ein: „Und du so hart." Dabei kam ich mir blöd vor, aber es schien ihm zu gefallen.

„Ich will dich so sehr." Er seufzte kehlig.

Wieder küsste er mich und ich versuchte zu entspannen. Eventuell war er ja ungeduldig genug, das Höschen nur zur Seite zu schieben, statt es auszuziehen. Dann würde er gar nichts sehen.

Sein Finger stieß mit einem schnelleren Rhythmus in mich hinein. Es törnte mich zwar an, dennoch war es mir unmöglich, mich ausreichend fallenzulassen, um es vollends zu genießen.

„Bitte sag ja." Seine Stimme war vor Lust ganz rau. „Lass mich dich bitte ficken."

„Ja", presste ich hervor und ehe ich mich versah, holte er seinen Schwanz aus seinen Shorts.

Er zog meinen Slip beiseite und drang in mich ein. Ich keuchte überrascht auf und spürte, wie er tief in mich hinein glitt.

Er zog meine Beine auf seine Schultern und fing an, mich in einem schnellen Rhythmus zu nehmen.

Ich schloss die Augen und ließ endlich los. Es hatte etwas Beflügelndes, wieder Sex zu haben. Seine volle Länge in mir zu spüren. Begehrt zu werden. Das Gewicht dieses harten, männlichen Körpers auf mir zu spüren. Es brachte mich um den Verstand. Keuchend krallte ich mich in die Laken.

„Du fühlst dich so gut an."

Seine Worte beflügelten mich und endlich konnte ich mich so richtig fallenlassen. Er trieb mich höher und eine Welle der Erregung brach in mir zusammen. Stöhnend ließ ich ihn meinen Orgasmus hören.

Ehe ich mich versah, drehte er mich um, zog den Slip komplett aus und drang von hinten erneut in mich ein.

All die Sorgen waren völlig umsonst gewesen. Er schaute nicht einmal hin. Es schien ihm sehr zu gefallen. Sein Stöhnen war so lustvoll, dass es mich noch mehr erregte.

Elias gab mir einen sanften Klaps auf den Po. Schnell pumpte er wieder in meinen bebenden Körper. Ich konnte mich kaum auf den Beinen halten, doch Elias griff in meine Hüften und hielt mich an Ort und Stelle.

Immer tiefer drang er ein, bis ich wieder stöhnend in tausend Teile zerbrach und der Orgasmus über meinen Körper hinweg rollte.

„O ja, Baby! Komm für mich!"

Er stieß nochmal fest zu und zog sich aus mir heraus, um seinen Saft auf meinen Po zu spritzen. Die warme Flüssigkeit lief über meine Haut und sein Penis klopfte rhythmisch darauf.

Dann ließ er sich neben mich auf das Bett fallen, um wieder zu Atem zu kommen.

Rasch griff ich nach einem Taschentuch und rieb mich ab. Ich stand auf und wollte mich aus dem Schlafzimmer stehlen. Es war mir wichtig, mich wieder anzuziehen, damit er nichts sah. Ich wollte diesen perfekten Sex nicht zerstören, indem er mein Geheimnis sah. Doch er hielt mich auf und zog mich zurück auf das Bett und in seine Arme.

„Nicht so schnell", forderte er und küsste mich. „Du brauchst dich noch nicht sauber machen. Gib mir eine kleine Pause, dann kriegst du einen Nachschlag."

„Alles gut.“ Ich winkte ab, darauf bedacht, die Hand so zu legen, dass mein Schambereich verdeckt war.

Ehe ich noch mehr sagen konnte, zog er mich in einer fließenden Bewegung auf seinen Schoss und drang wieder in mich ein. Überrascht, dass er mich trotz meines Übergewichts so spielend einfach auf sich ziehen konnte, saß ich plötzlich auf seinem Schwanz – vollkommen schutzlos. Schon bemerkte ich seinen Blick auf meinen Intimbereich. Er sagte nichts, doch sein Ausdruck sprach Bände. Der Drang, mich zu erklären, stieg in mir auf, aber ich hatte keine Ahnung, was ich sagen sollte.

„Warum sind da so viele Pflaster?“, fragte er, ohne den Blick abzuwenden.

„Ich habe mich beim Rasieren geschnitten.“ Mir war klar, dass er diese Aussage als Lüge enttarnen würde.

„Du bist nicht sonderlich geschickt, so viele Narben, wie du da hast.“ Er räusperte sich. „Hast du dich unter der Brust auch rasiert?“

Ich sah an mir herab. Der BH war verrutscht. Das eine Pflaster war zu sehen. Mist. Wie erklärte ich das nur? Panik erfasste mich. Mein Herz schlug mir schmerzhaft gegen die Brust. Ich stieg von ihm herunter, da es mir so nahezu unmöglich war, mich zu konzentrieren.

„Nein, habe ich nicht.“ Ich zog den BH zurecht.

Er setzte sich auf und sah mich besorgt an.

„Das ist eine Hautkrankheit.“

Seine Augen weiteten sich. „Und das sagst du mir erst jetzt?“

Ich zuckte hilflos mit den Achseln und Tränen stiegen mir in die Augen.

„Ist das ansteckend?“

Instinktiv schüttelte ich den Kopf.

Elias stand auf, ergriff seine Shorts und schlüpfte hinein. „Hätte ich das gewusst …“, setzte er an, doch er ließ das Ende unausgesprochen.

Ich zog die Decke Schutz suchend über meinen halbnackten Körper. „Dann was?“, fragte ich angriffslustig, obwohl ich mich klein und wehrlos fühlte.

Schweigend zog er sich an.

„Dann was?“, wiederholte ich. Dabei war ich mir gar nicht sicher, ob ich die Wahrheit von ihm hören wollte. Die Tränen brannten in meinen Augen.

„Dann hätte ich nicht mit dir geschlafen“, antwortete er, ohne mich anzusehen.

6

Ohne weitere Worte nahm er seine Schuhe. Er verließ die Wohnung schneller, als ich realisieren konnte, was hier überhaupt passiert war.

Sobald die Tür ins Schloss knallte, schreckte ich auf. Hatte er mich ernsthaft sitzengelassen, nachdem er mit mir geschlafen hatte? Er hatte bekommen, was er haben wollte, und verließ mich, sobald es unbequem wurde? War ich echt so dämlich? Wie konnte ich nur? Dieser verdammte Alkohol. Wieso hatte ich mich nur davon mitreißen lassen?

Die Wut brodelte in meinem Körper. Ich sprang auf. Wie blöd war ich, direkt mit ihm zu schlafen?

Von mir selbst genervt, eilte ich ins Bad. Ich musste duschen und ihn von mir waschen. Er hatte nicht mal ein Kondom benutzt und ich war zu intensiv mit meinen Unzulänglichkeiten und der Erkrankung beschäftigt gewesen, um ihn davon abzuhalten. Hoffentlich hatte er keine ansteckenden Krankheiten.

Sobald ich aus der Dusche stieg, war ich nicht mehr wütend, sondern tieftraurig. Ich sah in den beschlagenen Spiegel und wischte einen Streifen Kondenswasser weg. Meine traurigen, grünen Augen schauten zurück. Nasse, lange blonde Haare umrahmten mein Gesicht. Ich spürte endlose Leere in mir.

Erst das Klingeln meines Smartphones in der Handtasche riss mich aus meiner Starre. Mit einem Handtuch umwickelt, trat ich in den Flur und schaute darauf.

Elias, 23:53 Uhr: Lösch die Nummer. Ich will dich nie mehr wiedersehen!

Erschrocken starrte ich auf seine Nachricht. Tränen schossen mir in die Augen. Warum war er denn gleich so drastisch?

Louisa, 23:54 Uhr: Was ist denn dein Problem?

Elias, 23:55 Uhr: Du hast mich belogen. Lass mich bloß in Ruhe mit deiner abartigen Krankheit. Nicht, dass du mich damit ansteckst!

Geschockt schaute ich auf die Zeilen und zitterte.

Louisa, 23:57 Uhr: Wer sagt mir, dass du mich nicht mit irgendeinem Scheiß angesteckt hast, als du entschieden hast, kein Kondom zu benutzen?

Ob das clever war, wollte ich gar nicht wissen. Es kam keine Antwort zurück. Scheinbar hatte er mich blockiert.

Enttäuscht ließ ich mich auf die Badewannenkante sinken und spürte heiße Tränen meine Wangen hinunterrinnen. Hatte ich das verdient? Was hatte ich nur verbrochen, dass das Schicksal mir immer wieder solche Widerlinge schickte? Wie oft musste ich mich noch täuschen lassen, um zu merken, dass es da draußen nur Schweine gab?

Eine kleine, leise Stimme in meinem Kopf versuchte, es auf die Sehnsucht zu schieben, aber mein Verstand war lauter denn je und ließ sich nicht beruhigen. An dieser Misere war ich ganz allein schuld.

Morgen würde ich zu allem Übel auch noch losgehen und einen HIV-Test machen lassen. Sicher war sicher. Wer wusste schon, ob dieser Drecksack das nicht immer so machte und die Kondome wegließ?

Ich wälzte mich einige Stunden im Bett. Wenngleich ich wusste, dass es nichts brachte, in diesem Karussell aus Gedanken weitere Runden zu drehen, konnte ich trotz allem nicht aufhören. Es war zu leicht, sich selbst zu hassen und fertigzumachen.

Stunde um Stunde verging, doch der Schlaf blieb aus. Seit seinem Abgang war ich nahezu nüchtern.

Um sieben Uhr gab ich jeden zusätzlichen Versuch, weiterzuschlafen, auf. Nach einem Kaffee rief ich bei meiner Frauenärztin an. Zum Glück bekam ich einen Notfalltermin.

Nach einer Belehrung über Safer Sex und die Risiken von Geschlechtskrankheiten nahm sie endlich einige Abstriche.

„Soll ich Ihnen eigentlich mal eine Salbe gegen die Abszesse aufschreiben?", fragte sie, während ich mich wieder anzog.

„Abszesse?"

„Ihre Akne Inversa. Haben Sie die Abszesse noch an anderen Körperstellen?"

Ich zog den Vorhang zur Seite und schaute sie ungläubig an.

„Das heißt Akne Inversa?"

Sie nickte.

„Ich habe das auch noch unter den Achseln und der Brust", erklärte ich, obwohl mein Kopf schon anfing zu rasen.

Endlich! Meine Eiterbeulen hatten einen Namen! Abszesse! Das Grauen hieß Akne Inversa. Verdammt nochmal! Eine Diagnose!

„Zeigen sie mal her."

Ich zog das Shirt aus und hob die Arme an. Sie tastete die Achsel ab. Danach zog ich den BH hoch und sie schaute auf meine Brüste. Ihr Gesicht blieb regungslos. Dafür war ich ihr immens dankbar. Auch dort tastete sie alles ab.

„Was kann ich tun?“

„Enge Kleidung meiden, damit die Reibung verringert wird“, antwortete sie.

„Ist es meine Schuld? Sind das wirklich entzündete Fettzellen? Ist Abnehmen bewiesenermaßen der einzige Weg zur Heilung? Oder kommt es vom Duschen? Ich dusche jeden Tag. Manchmal sogar zweimal. Muss ich das noch häufiger machen?“

„Wer erzählt Ihnen denn all diesen Quatsch?“

Verdattert ließ ich die Arme sinken. „Mein Hautarzt.“

Sie verdrehte die Augen, setzte sich hinter ihren Schreibtisch und zog eine Schublade auf.

„Ich habe hier einen Flyer, der wird ihnen das Meiste widerlegen. Nein, sie duschen nicht zu wenig, sogar eher zu viel. Zweimal täglich? Lassen sie das bitte.“

„Aber das riecht doch so komisch ranzig-buttrig.“

„Das kommt von den Bakterien. Ich schreib ihnen eine Waschlotion auf.“ Sie unterbrach sich und tippte auf ihrer Tastatur herum. „Es sind übrigens keine entzündeten Fettzellen. Vielmehr geht man davon aus, dass es entzündete Haarfollikel sind. Aktuell ist die Krankheit nicht genug erforscht, um das einhundert Prozent sicher zu sagen. Abnehmen sollte auf jeden Fall nicht schaden, da dann die Reibung von Haut auf Haut verringert wird. Brauchen Sie noch Mullkompressen?“ Sie guckte von ihrem Computer auf und ich nickte.

Sie tippte wieder. Ich schaute auf den Flyer und schluckte schwer. Der Teufel hatte endlich einen Namen: Akne Inversa. Das klang fies.

Der Drucker setzte sich in Gang und wenige Sekunden später reichte sie mir das rosafarbene Rezept. „Soll ich Sie krankschreiben?"

Überrascht sah ich sie an. „Dafür kann man krankgeschrieben werden?"

„Ja, das tut doch weh oder etwa nicht?"

„Doch, ich quäle mich schon so lange. Ich hatte ja gar keine Ahnung, dass ich da eine Wahl habe."

„Sie sind damit nicht allein. Suchen Sie sich eine Selbsthilfegruppe. Viele Patienten werden depressiv. Vielleicht hilft Ihnen der Austausch mit anderen Betroffenen. Wie lange haben Sie das schon?"

„Schon einige Jahre, aber immer wenn ich hier war, hatte ich untenrum gerade nichts … und irgendwie … hab ich mich geschämt … nach all den schlechten Erfahrungen bei anderen Ärzten." Ich hielt kurz inne und sah zu Boden.

Mir war das schon wieder so unangenehm. „Aktuell ist es besonders schlimm."

Sie lächelte mich verständnisvoll an. „Wenn was ist, können Sie sich gerne jederzeit an mich wenden. Wir können das zwar nicht heilen, aber es wenigstens ein wenig bekämpfen." Dann reichte sie mir den Krankenschein.

Sie hatte mich die ganze Woche krankgeschrieben.

„Sollten wir bei den Tests was finden, melden wir uns bis Freitag."

Geplättet von all den Informationen, zog ich meinen BH wieder zurecht und bedankte mich stotternd.

„Ich wünschte, ich könnte mehr für Sie tun. Vielleicht haben noch ein paar aus den Selbsthilfegruppen gute Adressen für spezialisierte Ärzte." Sie wirkte dabei so empathisch, wie ich es noch nie zuvor im Zusammenhang mit dieser Erkrankung erlebt hatte.

„Sie haben in den paar Minuten mehr für mich getan als irgendwer sonst in den letzten Jahren. Akne Inversa. Zwei Worte, die so immens viel für mich verändern. Jetzt muss ich nur hoffen, dass dieses Arschloch mich nicht mit irgendwelchem Scheiß angesteckt hat."

„Sie wissen schon, dass Sie ihn anzeigen können, wenn er das Kondom einfach abgezogen hat?"

„Es hat nie ein Kondom gegeben, weil ich viel zu sehr damit beschäftigt war, dafür zu sorgen, dass er diese verdammten Narben nicht sieht ..." Ich ließ den Kopf hängen. „... und jetzt ist er fort, weil er sich so geekelt hat." Ohne dass ich es wollte, verließ eine heiße Träne mein linkes Auge und rann langsam über die Wange.

„Machen Sie sich keine Vorwürfe. Das passiert häufiger, als Sie jetzt denken. Es wird schon alles gut."

Ich nickte stumm, wischte die Träne weg und sammelte mich wieder. „Danke für alles!"

7

Den Tag verbrachte ich bei Sonnenschein auf dem Balkon. Die Erleichterung über die endlich erhaltene Diagnose hielt nur kurz an und die Schmerzen überwogen.

Elias hatte sich nicht wieder gemeldet. Meinem Kopf war bewusst, dass es besser für mich war, doch das Herz schrie – so laut wie schon lange nicht mehr.

Schmerzhaft.

Wütend.

Zerbrochen.

Die Gefühle für Elias waren wie ein Scherbenhaufen, doch er ließ sich nicht zusammenkehren. Es schmerzte so sehr. Wieso hatte er mir das angetan?

Meine Beulen blühten entsetzlicher denn je und jetzt kannte ich endlich den Namen: Abszesse, Akne Inversa.

Ich hatte nicht die Energie, um im Internet zu recherchieren. Zu durcheinander war ich von den vergangenen vierundzwanzig Stunden, um jetzt eine sinnvolle Tätigkeit auszuführen.

Nachdem es anfing zu dämmern, kehrte ich zurück in die Wohnung. Aber die Stille in meinen vier Wänden, brachte mich schier um. Ich hatte das Bett frisch bezogen und doch meinte ich, ihn weiterhin zu riechen. Sein Duft hing in den Kissen wie Friteusenfett in einer Imbissbude.

Es fiel mir schwer, meine beste Freundin Melissa anzurufen, um über das Erlebte zu sprechen. Zu groß war die Scham vor der Verurteilung. Ich war selbst schuld. Das musste mir niemand mehr bestätigen. Selbst wenn ich Melissa anrief, würde sich die Tatsache, dass ich benutzt worden war, nicht mehr verändern lassen. Es gab kein Zurück. Bestimmt war es besser, zu vergessen und weiterzumachen.

Ich würde nur einige Tage brauchen, um alles zu verarbeiten. Dann wäre mein Leben wieder wie zuvor. Und es war ja nicht das erste Mal, dass jemand mich so abscheulich behandelt hatte. Menschen waren fies. Immer bewerteten sie alles und jeden. Als gäbe es nichts Wichtigeres im Leben, als sich mit den Leuten links und rechts zu vergleichen, um festzustellen, dass man besser war.

Manchmal hatte ich große Lust auszubrechen. Hinaus aus der Norm, um ein Mensch mit genug Liebe für sich selbst zu sein. Das war aber unmöglich. Von klein auf hatte man mir beigebracht, mich mit anderen zu vergleichen. Immer besser zu sein als mein Sitznachbar. Mich zu beurteilen anhand dessen, was aktuell die Trendnorm war.

Dann musste ich mich im voranschreitenden Alter in der Pubertät darüber definieren, wie schlank und hübsch ich war. Wer sich nicht schminkte, gehörte automatisch zu den Uncoolen.

Schritt für Schritt hatte man uns beigebracht, uns für das zu hassen, was wir individuell waren. Der Norm zu entsprechen, versprach Beliebtheit und Aufmerksamkeit. Es war so anstrengend.

Mittlerweile war ich erwachsen und es ermüdete mich noch immer. Ich versuchte, einem Ideal zu entsprechen, dem ich nicht gerecht werden konnte. Ich hatte eine unheilbare Krankheit. Ich hatte den Flyer meiner Frauenärztin kurz durchgeblättert. Akne Inversa: Chronische Abszesse, die die Haut vernarbten. Perfekte Achseln wie in der Deowerbung würde ich nie wieder bekommen. Egal, wie viele Cremes und Deos ich darauf schmierte. Ich musste begreifen, dass ich aufhören konnte, mich an etwas zu klammern, das für mich unerreichbar war.

Unheilbar erkrankt.

Chronische Krankheit.

Ein Leben lang damit konfrontiert.

Zwei aufreibende Realitäten innerhalb von so wenigen Stunden brachten das Fass zum Überlaufen.

Nicht zu heulen, war ein harter Kampf. Ich wusste nicht, warum ich es nicht zuließ. Es war doch niemand hier, den es stören würde. Kein einziger Mensch würde es bemerken. Still und heimlich. Träne für Träne. Erleichterung würde es mit sich bringen. Das würde mir guttun.

Gleichzeitig erlöste mich die Erkenntnis: Der Stein der Schuld, der kalt und schwer in meinem Magen gelegen hatte, rutschte Stück für Stück weiter.

Wurde leichter.

Wurde kleiner.

Ich war nicht Schuld an dieser verdammten Krankheit.

Ich war nicht ansteckend.

Ich war nicht ekelerregend und da draußen gab es viele weitere Menschen, denen es genauso erging wie mir.

Wir teilten das gleiche Schicksal: Dazu verdammt, gegen eine Krankheit zu kämpfen, die mir schon so Vieles genommen hatte. Mein Sexleben war ein Desaster, wenn es denn überhaupt mal existierte. Freunde und Familie verstanden nicht, was ich durchmachte. Mein Arbeitgeber war voreingenommen und hielt mich für träge, dabei war es die Erkrankung. Sie allein bremste mich aus.

Welche Wahl hatte ich in dieser Situation? Weitermachen wie bisher? Das brachte nichts. Kämpfen gegen dieses Biest, das wie ein Parasit in mir lebte? Das war meine Chance. Zum allerersten Mal war ich dieser Erkrankung ebenbürtig und ihr nicht schutzlos ausgeliefert. Ich wollte stärker sein als jeder Schmerz, den ich je durch diese Erkrankung erlebt hatte.

All die Jahre war ich wie gefangen in meiner eigenen Haut. Ich schloss die Augen, atmete tief durch und überlegte. Was brauchte ich jetzt, damit dieses Hochgefühl in mir blieb und ich nicht weiter grübelte?

Obwohl die Biester an meiner Leiste mich schier umbrachten, zog ich mich an. Ich brauchte Bewegung. Musste raus hier. Das würde mir guttun. Hier war alles zu präsent.

Die letzte Nacht.

Der Flyer mit der Diagnose.

Das Drama.

Als ich das Haus verließ, bemerkte ich einen Bulli vor dem Nachbarhaus, der mir zuvor noch nie aufgefallen war.

Nachdem ich sicher war, dass weit und breit keine Menschenseele mehr zu sehen war, rannte ich los. Meine Schritte hallten laut in der stillen Abendluft. Es war schon recht dunkel, aber ich merkte, wie jeder Schritt sich gut anfühlte. Ein kleines Lächeln zuckte über mein Gesicht.

Vergleichsweise schnell verspürte ich Seitenstiche, doch ich rannte weiter. Weg von all den abwertenden Ansichten der letzten Tage, den Sorgen und dem Drama. Meine Gedanken sortierten sich nach und nach. Ich konzentrierte mich auf den Weg vor mir. Lauschte den Schritten und dem Wind. Ich sah zum See hinüber, aber es war kaum etwas zu sehen in dieser Dunkelheit. Normalerweise hatte ich im Dunkeln immer Angst, doch heute war mir das egal. Ich verschwendete keinen Gedanken daran. Der gleichmäßige Rhythmus des Lauftempos lenkte ab und befreite mich von mir selbst.

Nie zuvor hätte ich gedacht, dass Laufen solch eine Wirkung haben konnte. Ich hasste Sport. Eigentlich. Doch heute, in dem Chaos, schien es ein tröstender Strohhalm zu sein.

Irgendwann stoppte ich schnaufend. Die Seitenstiche hielten mich davon ab, auch nur einen Meter weiter zu rennen. Prustend versuchte ich, wieder Luft zu bekommen.

Ich streckte mich und dehnte sanft meine Beinmuskulatur. Sobald ich bei Atem war, orientierte ich mich und stellte fest, dass ich schon fast wieder zu Hause war.

Langsamen Schrittes ging ich die restliche Strecke zurück zum Haus. Meine Abszesse machten sich wieder bemerkbar. Sie schmerzten enorm. Seelisch fühlte ich mich aber wesentlich besser. Es war genau das, was ich gebraucht hatte.

Kaum war ich in meine Straße eingebogen, fiel mir der Bulli wieder auf. Er war fast leergeräumt. Diesmal lief ich langsamer. Ich hoffte darauf, einen Blick auf die neue Nachbarschaft zu werfen. Zwei Männer traten aus der Haustür. Den einen kannte ich. Nur woher?

Während er zum Bulli ging, starrte ich hinüber. Ich konnte es nicht einmal verstecken. Unversehens traf mich sein Blick. Braune Augen. Ich erinnerte mich an ein wundervolles Gefühl. Gänsehaut überzog meinen Körper und ein wohliger Schauer überkam mich. Wer war er denn nur und warum machte er das mit mir?

8

Nach dem Duschen und der Versorgung der aufgeplatzten Abszesse beschäftigte ich mich endlich näher mit dem Flyer. Das Ergebnis war, dass man gar nichts Genaues über Akne Inversa wusste, die ebenfalls Hidradenitis suppurativa genannt wurde. Die Experten vermuteten, dass die Ursachen hormonelle Einflüsse, Störungen des Immunsystems oder die Folge einer Verstopfung des Haarwurzelkanals waren. Was mich aber beruhigte, war die Tatsache, dass dieser Mist absolut nichts mit mangelnder Körperhygiene zu tun hatte. Das schwarz auf weiß zu lesen, erfreute mich so sehr, dass ich begeistert in die Hände klatschte.

Umso mehr beunruhigten mich die Triggerfaktoren. Ich rauchte nicht, aber ich hatte Übergewicht. Nicht immens viel, aber genug, dass es mir nicht gefiel. Stress und psychische Belastungen brachte diese Erkrankung schon länger mit sich, als mir lieb war. Ich grenzte mich oft selbst aus, weil ich Schmerzen hatte. Außerdem war Sport generell unangenehm – vor allem das Schwimmen, obwohl ich es früher so geliebt hatte. Generell im Sommer kam es vor, dass die anderen gern mit mir ins Freibad wollten, aber ich mich mit einer blöden Ausrede herauswand. Insbesondere, wenn mal wieder die ganzen Achseln wund waren und nicht verheilten. Enge Kleidung trug ich nicht, da ich schon länger das Gefühl hatte, dass luftigere Klamotten besser für mich waren. Bisher rasierte ich mich immer in den betroffenen Regionen, da ich irrtümlicherweise dachte, dass weniger Haare auch weniger Bakterien bedeuteten. Darin hatte ich mich geirrt. Mir würde es schwerfallen, auf die Rasur zu verzichten.

Nachdem ich dann zu allem Übel auch noch von einem Zusammenhang zwischen Morbus Crohn, Colitis ulcerosa und Akne Inversa gelesen hatte, legte ich den Papierkram weg. Das war mehr als genug für einen Abend. Mit den weiteren Folgen würde ich mich an einem anderen Tag auseinandersetzen.

Ich beschloss, mich eine Weile hinaus auf den Balkon zu setzen. Es war schon stockdunkel. Dennoch war ich hellwach.

Ein paar Sterne waren am Himmel zu sehen. Ich lehnte mich an das Balkongeländer und sah hinauf. Ab heute würde sich alles für mich ändern. Ich wusste noch nicht wie, aber ich wollte raus aus diesem Käfig, in den ich mich selbst eingeschlossen hatte.

Als mein Blick zum Nachbarhaus gegenüber wanderte, konnte ich den neuen Nachbarn in seinem beleuchteten Wohnzimmer sehen. Er hatte dunkles, gelocktes Haar und saß auf dem Boden. Um ihn herum standen viele Kartons. Außerdem schienen ihm so einige Möbel zu fehlen. Ich kam nicht umhin, weiter nachzugrübeln, woher ich diesen Mann kannte.

In Gedanken ging ich die vergangenen Wochen durch, doch mir fiel kein Moment ein. War das gegebenenfalls nur ein Allerweltsgesicht, bei dem man vermutete, dass es einem vertraut war? Ähnelte er vielleicht einem Kunden, der neulich bei mir an der Kasse war? In unserem Vorort war es durchaus möglich, dass wir uns im Supermarkt gesehen hatten. Wo kam dieses Gefühl so plötzlich her? Diese Gänsehaut? Es war aufregend. Vermutlich war ich zu durcheinander von der ganzen Elias-Geschichte. Es war alles so frisch. Mein Herz war gewiss nur verwirrt. Ich hatte mir nicht mal vernünftig Zeit genommen Elias zu betrauern, geschweige denn die ganze Sache zu verarbeiten. Sollte ich ihn nochmal anrufen und mich erklären?

Ich schloss die Augen, atmete tief durch und sah wieder hinüber zum neuen Nachbarn. Mittlerweile war er aufgestanden und räumte ein Regal ein. Ich konnte ihn mühelos beobachten, dadurch dass er keine Gardinen hatte, das Licht brannte und er es nicht für nötig hielt, die Jalousien herunterzulassen.

Eine vage Erinnerung kam in mir hoch. Blass: Elias und ich waren beim Italiener. Doch was hatte das mit dem Nachbarn zu tun? Ich kaute auf meiner Unterlippe herum und schaute weiter hinüber. Seine Hose saß locker auf seinen schmalen Hüften. Wieder so ein Kandidat, der zu attraktiv für mich war. Obwohl es mir irgendwie Spaß bereitete, darüber nachzudenken, wie es wohl sein würde, mit ihm zu reden. Würde er mit mir flirten? Was für ein Typ Mann war er wohl? Ein Macho? Ein Muttersöhnchen? Der perfekte Schwiegersohn? Oder womöglich einfach so ein Typ, der zu cool für die Welt und extrem oberflächlich war?

Mit einem sehnsüchtigen Seufzer gab ich die Grübeleien auf, um zurück in die Wohnung zu gehen. Mittlerweile ließ mich die nächtliche Kühle frösteln. Das Mysterium brauchte nicht mehr zwingend heute geklärt werden. Dafür war genug Zeit an einem anderen Tag. Vielleicht würden wir einmal miteinander sprechen und es sich dabei wie von selbst klären.

Ob er eine Freundin hatte? Wohnte er da allein oder würde jemand dazu kommen? Er schien in meinem Alter zu sein. Ich wollte doch aufhören, über ihn nachzudenken.

Männer brachten nur Unglück, Schmerz und Leid. Kein Einziger würde mich jemals mit dieser verdammten Krankheit akzeptieren. Ich hatte noch nicht einmal mit Elias abgeschlossen. Vermutlich war es besser, aufzugeben, zu vergessen und mich nicht mehr nach der großen

Liebe umzusehen. Offenbar gab es sie nicht für jeden. Damit sollte ich mich langsam abfinden, um meine Seele vor zusätzlichen erschütternden Erfahrungen zu bewahren.

Morgen würde ich mich auf die Suche nach weiteren Akne-Inversa-Betroffenen machen. Die Krankheit forderte ihren Preis, doch nun war ich an der Reihe, mir mein Leben zurückzuholen. Ich fühlte mich kämpferisch und mutig. Das Ganze hatte schon viel zu viel Raum eingenommen. Jetzt war es an mir, aufzustehen und weiterzumachen.

Ehe ich mich versah, war die Woche mit der Krankschreibung schon wieder um. Ich hatte eine Selbsthilfegruppe in den sozialen Netzwerken gefunden. Dort hatte ich sogar unmittelbar zwei Mädels im gleichen Alter aus meiner Region kennengelernt, mit denen ich mich ausgetauscht hatte. Wir fanden uns sofort sympathisch. Für das nächste Wochenende hatten wir uns zu einem Treffen in einem Restaurant verabredet. Ich freute mich und konnte es kaum erwarten.

Da sich die Frauenärztin nicht mehr gemeldet hatte, vertraute ich darauf, dass alle Untersuchungsergebnisse in Ordnung waren. Das Intermezzo mit Elias würde kein größeres Nachspiel mit sich bringen. Wenigstens ein Glück in all dem Unglück.

9

Am Abend traf ich mich spontan mit meiner besten Freundin Melissa. Ihr langjähriger, fester Freund hieß John, war etwas älter als sie und war umwerfend charmant. Ein echter Glücksgriff. Manchmal machte mich das ein wenig neidisch, aber dennoch gönnte ich es ihr von Herzen. Heute saßen wir in *Tinny's Bar und Café* an unserem Stammtisch. Mit zwei Latte macchiato brachten wir uns gegenseitig auf den neusten Stand der Dinge. Wir hatten uns jetzt fast einen Monat nicht gesehen, doch sie sah aus wie immer. Ihre Haare waren immer noch kinnlang und unterstrichen ihre kantigen Gesichtszüge.

„Und wie läuft es mit diesem Elias?"

Ich zuckte mit den Schultern. Ursprünglich wollte ich nicht weiter über ihn nachdenken und hatte ihn deshalb bewusst nicht erwähnt.

„Hattet ihr denn jetzt noch Dates? Oder ist der Kontakt abgebrochen? Ich dachte, es läuft mit ihm so gut." Sie spielte an dem Ring an ihrem Finger herum.

„Wir haben sogar miteinander geschlafen, aber das ist nun aus und vorbei." Angespannt trank ich einen Schluck.

Verzweifelt suchte ich nach einer Überleitung zu einem neuen Thema, weil ich den Schmerz schon wieder in meiner Magengegend wahrnahm. In der Öffentlichkeit zu weinen, war keine Option. Elias hatte mich extrem verletzt und gedemütigt. Es musste weitergehen. Ich durfte mich nicht ewig daran aufhalten.

„War er so miserabel?", fragte Melissa mit vor Unverständnis weit aufgerissenen Augen.

Ich biss mir auf die Lippen. Mit einem stummen Blick versuchte ich sie dazu zu bringen, nicht nachzufragen, doch sie schien mich nicht zu verstehen.

„Nein!“

„Warum ist es dann aus und vorbei?“ Sie kräuselte ihre kleine Stupsnase.

Ich seufzte schwer auf. „Wegen meiner scheiß Hautkrankheit. Du weißt schon … Er hat es gemerkt und ist auf mich losgegangen. Als er sich an mir abreagiert hatte, verschwand er schneller, als ich überhaupt alles realisieren konnte.“

Melissa schlug sich die Hand vor den Mund. „Das hat er nicht?“

Ich nickte. Meine Augen füllten sich mit Tränen, die ich versuchte, mit tiefen Atemzügen und einigem Wimpernklimpern wegzudrücken.

„Hast du ihm das vorher nicht gesagt?“ Irritiert sah sie mich mit ihren eisblauen Augen an.

Ich schüttelte stumm mit dem Kopf.

„Warum denn nicht? Dann hätte er sicher ganz anders reagiert.“

„Was hätte ich denn sagen sollen? Ich habe so komische Eiterbeulen, bin mir aber sicher, dass es nicht ansteckend ist? Ich habe die Diagnose erst hinterher bekommen, weil ich wegen ihm beim Frauenarzt war.“

„Moment mal …“ Sie hob die Hand mit ihren perfekt manikürten Fingernägeln und stoppte mich. „Wieso warst du beim Frauenarzt?“

„Er hat kein Kondom benutzt.“

Melissa kratzte sich an der Stirn und sah mich fragend an.

Ich atmete tief durch, nahm einen Schluck Kaffee und fing an, die Geschichte von vorn zu erzählen. Ich endete mit seinem Blockieren meiner Nummer. Es traf mich zutiefst, wieder alles durch die Erzählung zu durchleben.

„Aber wenigstens hast du, dank ihm, nun eine Diagnose. Was ist das für eine Erkrankung?"

„Akne Inversa." Ich brauchte einen Moment, dann lachte ich sarkastisch auf. „Immer alles positiv sehen."

„Das sag ich doch gar nicht. Wenn das alles nicht gewesen wäre …", setzte sie an, aber nun war es an mir, die Hand zu heben und sie zu stoppen.

„Das hätte es nicht gebraucht. Den Herzschmerz, die Demütigung. All das hätte er mir ruhig ersparen können. Ich gehe jedes Jahr einmal zur Krebsvorsorge zum Frauenarzt. Dieses Jahr war ich noch nicht dort. Das wäre also in ein paar Wochen auf alle Fälle herausgekommen."

Melissa legte eine Hand auf mein Knie, was dazu führte, dass ich aufblickte.

„Aber du bist selbst schuld. Es tut mir leid, dass ich das so sagen muss. Du warst nicht ehrlich!"

„Bist du jetzt etwa auf seiner Seite?"

„Das sag ich doch gar nicht!"

„Sondern?"

„Es ist nur Akne. Du stellst dich wegen ein paar Pickel ganz schön an."

Ich presste meine Finger unter dem Tisch zu Fäusten. Meinte sie das ernst? Wenn es nur Pickel wären, hätte Elias doch gar kein Wort darüber verloren.

„Iss vernünftig und du bist die Pickel im Nu los."

Wie automatisch klappte mir der Mund auf, doch war ich nicht in der Lage, auch nur ein Wort zu sagen.

„Eine Freundin aus der Schulzeit hatte auch Akne", erzählte Melissa ungerührt weiter. „Nachdem sie die Ernährung umgestellt und Zucker weggelassen hatte, war das fast weg. Das schaffst du schon!"

Die Wut in mir steigerte sich. Mein Herz schlug mir schmerzhaft gegen die Brust.

„Sei doch froh, dass du es nicht im Gesicht hast."

Das Kribbeln meiner Gesichtshaut verriet, dass mir die Wut allmählich anzusehen war. „Ist das dein Ernst?" Meine Unterlippe zitterte vor Zorn. Das Blut rauschte laut durch meinen Körper.

„Was denn? Du machst da aber auch immer so einen riesigen Zirkus draus. Sei doch froh, es ist nicht Krebs." Sie machte eine wegwerfende Handbewegung.

„Das ist deine Meinung dazu?", brachte ich mühsam hervor.

Blendete sie ihre eigene Stimme aus oder realisierte sie gar nicht, wie sie da über eine unheilbare Krankheit sprach? Würde sie das zu einem MS-Patienten auch sagen?

„Google einfach mal und du findest genug Lösungen für die Akne", antwortete sie mit dem Smartphone in der Hand.

Dann drehte sie den Bildschirm zu mir um. Sie hatte den Begriff Akne gegoogelt. Ich bekam regelrechte Schnappatmung. Ihre Arroganz war kaum zu ertragen.

„Dann google doch einfach mal Hidradenitis suppurativa. Damit du auch den korrekten ICD hast." Wie ich die Geduld aufbrachte, dies unaufgeregt zu sagen, blieb mir ein Rätsel.

„Wie schreibt man das?" Sie zog ihre Stirn in Falten und tippte auf ihrem Smartphone herum.

Wortlos stand ich auf, um auf die Toilette zugehen. Wenn ich meinem Ärger nicht sofort Luft machte, flippte ich hier definitiv aus.

Dort angekommen, sah ich in den Spiegel. Mein Gesicht war gerötet. Mein Körper bebte. Mir war leicht schwindelig. Was zum Teufel bildete sich Melissa ein, so mit mir zu reden? Wieso ließ ich das zu? Wie konnte sie nur all den Schmerz so abtun? Warum gab sie *mir* die Schuld an Elias' fehlender Empathie? Er hätte ganz in Ruhe mit mir an dem Abend reden können, statt einfach fortzurennen.

Ich war nicht völlig unschuldig an der Situation und wie der Abend abgelaufen war, aber gab es keinen besseren Weg, als mir das so um die Ohren zu hauen? Immerhin war sie meine beste Freundin, seit wir uns vor einigen Jahren im Fitnessstudio kennengelernt hatten.

Ich ließ kaltes Wasser über meine Handgelenke laufen und schloss für einen Moment die Augen. Wenn sie schon kein Verständnis hatte und auf meiner Seite war, wer würde es je sein?

Auf dem Nachhauseweg war ich deutlich ernüchtert. Statt für mich einzustehen und das auszudiskutieren, hatte ich nach meiner kurzen Auszeit auf der Toilette das Thema gewechselt. Ich hätte nie im Leben vermutet, dass Melissa so reagieren würde. Egal, was sie durchmachen musste, ich hatte stets auf ihrer Seite gestanden. Selbst wenn sie sich blöd verhalten hatte und zu Recht litt. Als Freundinnen machte man das so.

Sobald ich in meine Straße einbog, sah ich, dass der neue Nachbar zu Hause war. Bei ihm brannte Licht und noch immer hatte er keine Gardinen aufgehängt.

Es war noch früh, daher setzte ich mich hinaus auf meinen Balkon. Statt mich zu trösten und abzulenken, hatte das Treffen mich eher zurückgeworfen.

Still weinte ich. Es musste raus. War Melissa meine beste Freundin oder war das nur einseitig? Die Zweifel in mir weiteten sich aus. Aber was hatte ich erwartet?

Verständnis.

Empathie.

Eigentlich nur, dass diese blöde Kuh verdammt nochmal auf meiner Seite war! Wie konnte sie zu Elias halten? Was wusste sie schon? Sie hatte keine verdammte chronische Hautkrankheit! Ich wischte mir die Tränen aus dem Gesicht. Meine Haut brannte allmählich von dem vielen Weinen.

Sie hatte gut reden: Sie war hübsch und schlank, hatte eine Langzeitbeziehung und brauchte sich nicht mit diesen wiederkehrenden Abszessen abgeben. Wie ich diese verdammte Krankheit hasste!

Am nächsten Morgen wachte ich mit einer neuen schmerzhaften Beule auf. Eindeutig hatte der emotionale Stress vom Vortag seinen Tribut gefordert. In dem Flyer hatte gestanden, dass Stress ein Trigger für diese Krankheit war. Es waren mir nur wenige Tage ohne Schmerzen vergönnt gewesen und jetzt fing es wieder an. Genervt machte ich mich im Badezimmer an die Wundversorgung. Anschließend verließ ich gestresst meine Wohnung und machte mich auf den Weg zur Arbeit.

Auf der Straße rannte ich fast in den neuen Nachbarn hinein. „Oh, Verzeihung!"

„Nein, ich muss mich entschuldigen. Ich bin eindeutig in dich hineingelaufen."

„Nein, ich in dich. Ich war mit den Gedanken woanders. Habe ich dir wehgetan?"

„Okay, dann haben wir beide wohl noch geschlafen." Er grinste mich herzlich an.

Ich sah ihn genauer an und wieder überkam mich das Gefühl, das ich ihn irgendwoher kannte.

„Ich bin übrigens der neue Nachbar", erklärte er und streckte mir seine Hand entgegen. „Sandro."

„Louisa." Ich konnte meinen Blick kaum von ihm wenden.

Sobald ich seine Hand berührte, wanderte ein Kribbeln von der Wirbelsäule bis zu meinem Haaransatz hinauf.

„Schöner Name. In welcher Wohnung wohnst du?"

„Erdgeschoss links", beantwortete ich, ohne auf das Kompliment einzugehen, und deutete auf mit dem Daumen hinter mir auf meinen Balkon. „Ich muss eigentlich echt weiter, sonst komm ich zu spät zur Arbeit."

„Ja, ich muss auch los."

„Schönen Tag noch." Ich lächelte ihn an, denn ich wollte nicht wie die Zicke von nebenan wirken. Wenngleich ich mich heute absolut nicht fit fühlte.

Er nickte mir zu. Dann lief ich weiter. Ohne Absprache schritt er in die gleiche Richtung. Grinsend schaute ich kurz zu ihm hin. „Verfolgst du mich etwa?"

„Könnte ich dich genauso fragen." Er lächelte viel zu süß für meinen Geschmack.

„Touché." Ich merkte, wie sich meine Stimmung direkt aufhellte. Da war etwas an ihm, was mich vergessen ließ, wie blöd die Situation aktuell war.

„Wohnst du schon lange hier?"

„Zwei Jahre." Ich warf ihm einen Blick zu.

„Ich bin erst vor etwa einer Woche hergezogen."

„Ich weiß", antwortete ich und er sah mich fragend an. „Ich habe den Bulli vor dem Haus stehen gesehen."

„Ach, ich erinnere mich." Er stoppte. „So, ich muss hier jetzt rechts."

Ich blieb ebenfalls stehen. „Wir sehen uns."

„Bis dann."

10

Da ich heute die Schlussschicht hatte, war es fürchterlich stressig. Die Ware für die Freitagsangebote waren bisher noch nicht in den Laden geräumt. So wechselte ich ständig zwischen dem Einräumen von Ware und der Kasse hin und her. Es war so anstrengend.

Als ich an der Kasse saß, einen Kunden verabschiedete und den nächsten empfing, stellte ich fest, dass es Sandro war.

„Ach, hallo." Wieder strahlte mir sein Grinsen entgegen, das ich einfach herzerwärmend fand.

„Hi." Ich schaute in seinen Einkaufswagen und startete den Kassiervorgang.

„Hier arbeitest du also."

Mir lag ein witziger Spruch auf der Zunge, doch den verkniff ich mir. Wenn mein Chef das mitbekam, war nicht gut Kirschenessen. Zumal er Privatgespräche mit Kunden an der Kasse nicht guthieß.

„Und was machst du beruflich?"

„Ich bin Restaurantfachmann."

Nickend blätterte ich kurz im Hängeregister nach der Brotsorte, die Sandro ausgewählt hatte, und tippte den Code ein. Ich hatte Mühe, die Nummern, die ich normalerweise alle auswendig kannte, aus dem Gedächtnis heraus einzutippen. Seine Anwesenheit machte mich nervös. Warum ich so empfand, war mir nicht klar. Schließlich hatte ich mich entschieden, Abstand von Männern zu nehmen. Das Thema *Partner fürs Leben* war für mich durch. Nach Elias hatte ich genug vom anderen Geschlecht. Das würde auch ein gutaussehender Nachbar nicht ändern. Zumal er viel zu heiß für mich war. Der würde sich niemals mit jemandem wie mir abgeben. Außerdem war ich noch lange nicht bereit für irgendetwas Neues.

Nachdem ich eine Menge Gewürze und andere Grundausstattung gescannt hatte, wusste ich mehr über ihn, als ihm wahrscheinlich lieb war. Er schien gern zu kochen. Es waren kaum Fertiggerichte dabei. Außerdem schien er Tomaten aus der Dose zu mögen. Immerhin hatte er fünf Konservendosen gekauft. Wohnte er wirklich allein? Es war schon eine ganze Menge, was er da kaufte.

„Das macht dann achtundsiebzig Euro fünfundneunzig bitte."

„Mit Karte, bitte", antwortete Sandro, tippte seine Geheimnummer ein und sah wieder zu mir. „Wie lange arbeitest du heute?"

„Ich habe Schlussdienst." Ich riss den Kassenbeleg ab und reichte ihm diesen mit einem zögernden Lächeln. Als sich unsere Finger berührten, zuckte ein kleiner Stromschlag durch meinen Körper.

„Was heißt das?"

Der nächste Kunde drängte schon, abkassiert zu werden.

Ich fühlte mich hin- und hergerissen davon, im Job nicht noch mehr unangenehm aufzufallen und Sandro nicht vor den Kopf zu stoßen, indem ich zu unpersönlich mit ihm umging.

„Einundzwanzig Uhr machen wir zu."

Dann wandte ich mich dem neuen Kunden zu, den ich freundlich begrüßte.

Sandro trat ein paar Schritte zur Seite. „Vielleicht sehen wir uns später ja nochmal."

Ich nickte und tippte den Preis für das Gemüse des Kunden ein. Natürlich vertippte ich mich prompt zweimal und musste meinen Chef anfunken, damit er den Artikel stornierte. Heute war einfach nicht mein Tag.

Sobald ich zu Hause war, ließ ich mich müde auf die Couch sinken. Der Tag war hart gewesen. Zu allem Überfluss hatte ich nach Ladenschluss viermal die Kasse zählen müssen, weil ich heute glatt zu blöd zum Zusammenrechnen gewesen war und die doofe Maschine gestreikt hatte.

Durch den ganzen Stress blühten schon wieder die nächsten Abszesse unter meinen Achseln. Es war kaum auszuhalten. Genervt machte ich mich an die Arbeit, die ungebetenen Besucher einzuschmieren und abzukleben. Der Teergeruch der Salbe war unerträglich.

Danach ging ich auf den Balkon und atmete tief durch, um den stechenden Geruch loszuwerden, der sich in meiner Nase festgesetzt hatte. Automatisch guckte ich hinüber zu Sandros Wohnung. Er werkelte in der Küche, nur in Jogginghose bekleidet, die tief auf seinen schmalen Hüften saß. Sein durchtrainierter Körper sah verboten heiß aus. Woher nahmen die Kerle nur immer die ganze Motivation, um sich solche Muskeln anzutrainieren?

Seufzend wandte ich den Blick ab und schaute hinüber zum See, der im Dunklen lag. Obwohl meine Gedanken wieder um meine Krankheit kreisen wollten, spürte ich Energie in mir und raffte mich auf. Die Krankheit hatte zwar die Macht über meinen Körper, aber ich hatte die Wahl, was ich tat. Es war nur eine Entscheidung, die jetzt den Unterschied machen würde, ob ich hier weiter saß und mich zermürbte, oder aktiv etwas anderes unternahm. Und ich hatte Lust, mich zu bewegen. Einfach davonzulaufen. Weit weg. Das würde zwar meine Akne Inversa nicht verschwinden lassen, doch der Ballast würde weniger werden.

Kurzerhand entschloss ich mich, genau das zu tun. Ich zog mich um, ergriff die In-Ears und mit House-Musik auf den Ohren lief ich los. Mit jedem Schritt wurde mein Kopf leerer. Dieses Mal fand ich schneller in den richtigen Laufrhythmus.

Als ich endlich in meine Straße einbog, fühlte ich mich besser. Der Schweiß lief mir über mein Gesicht und ich verlangsamte mein Tempo auf den letzten Metern bis zur Haustür. Das Herz schlug mir noch immer bis zum Hals. Meine Lunge brannte. Ein Muskelkrampf kam so unvermittelt, dass es mich fast zu Boden zwang. „Verdammt."

Keuchend versuchte ich gegen den Krampf zu arbeiten. Ich humpelte bis zur Hauswand und dehnte die verkrampfte Wade, doch das blieb erfolglos. Es schmerzte höllisch. Die Muskeln machten komplett zu, sodass ich mein Bein ohne Schmerzen nicht bewegen konnte.

„Alles in Ordnung?", hörte ich eine vertraute Stimme fragen.

Als ich aufblickte, sah ich in Sandros braune Augen und war sofort wie gebannt. „Ist nur ein Muskelkrampf. Hätte mich wohl besser etwas warmmachen sollen." Ich rieb mir über das schmerzende Bein.

„Ich helfe dir." Er kam näher, hockte sich hin, ergriff meinen Fuß, sodass ich das Gewicht auf das andere Bein verlagern, und dagegen drücken konnte.

Die Schmerzen wurden größer, doch genau das brauchte ich jetzt, damit sich der Muskel entkrampfte.

„Wir können ja mal zusammen joggen", schlug er vor, während ich weiter die Zähne zusammenbiss, um keinen Mucks von mir zu geben.

Ich nickte stumm – als ob ich jemals mit ihm mithalten könnte. Seine Augen strahlten mich an, sodass ich tief in ihnen versank.

„Geht es besser?", fragte Sandro und holte mich aus der Trance.

Schnell fing ich mich wieder, trat vorsichtig auf und nickte. Das Bein schmerzte zwar weiterhin, aber wenigstens war es belastbar.

„Am besten schmierst du da gleich etwas Arnikasalbe drauf."

„So etwas besitze ich gar nicht. Ich habe erst kürzlich mit dem Joggen angefangen."

Ein Gefühl von Unsicherheit machte sich in mir breit. Was war nur mit mir los? Wo war mein Selbstbewusstsein, wenn ich es gebrauchen konnte?

„Ich habe Arnikasalbe zuhause. Willst du eben mitkommen?" Ohne eine Antwort abzuwarten, lief er in Richtung Haustür.

Achselzuckend folgte ich ihm. Es konnte nicht schaden, wenn er mir die Tube lieh. Dann würde ich morgen direkt etwas kaufen. So durchtrainiert, wie er aussah, musste er ja wissen, was bei Muskelkater zu tun war.

In seiner Wohnung standen noch einige volle Kartons, aber er schien mit dem Einräumen schon ziemlich weit zu sein. Außerdem roch es verdammt lecker. Allein dieser dominante Duft von Basilikum in Kombination mit Tomate ließ mir das Wasser im Mund zusammenlaufen. Verunsichert stand ich im Flur und wartete, dass er wiederkam.

„Kommst du?", rief er mir aus einem Zimmer zu.

Überrascht überwand ich die wenigen Meter und trat in das Bad.

„Setz dich." Er sah mich mit seinen braunen Augen abwartend an.

Wollte er etwa hier und jetzt das Bein direkt damit einschmieren? Stumm hockte ich mich auf die Badewannenkante und zog das Hosenbein hoch. Jetzt wünschte ich mir, ich hätte die Beine frisch rasiert, doch nach der ganzen Sache mit Elias war mir nicht danach gewesen, irgendetwas in dieser Richtung zu unternehmen. Ein warmes Kribbeln durchfuhr meinen Körper, als seine Finger behutsam über meine Haut strichen. Sanft massierte er die Wade. Für einen Moment schloss ich die Augen und gab mich seinen Berührungen hin.

„Der Muskel ist völlig verhärtet."

Verunsichert nickte ich und öffnete die Augen. Hoffentlich hatte er nicht mitbekommen, wie sehr ich die Massage genoss. „Ich wollte mich einfach nur bewegen. Ich habe gar nicht daran gedacht, mich warm zu machen."

„Das kenne ich. Vielleicht solltest du gleich noch sanfte Dehnübungen machen und eine Magnesium-Tablette nehmen. Soll ich das andere Bein auch direkt eincremen?"

Mein Herz klopfte verräterisch. Fast vergaß ich zu reagieren. Hektisch schob ich das Hosenbein herunter. „Nein, danke. Das geht schon."

Was machte ich hier? War ich irre, mich schon in die nächste Männergeschichte zu stürzen?

Die Arnikasalbe kühlte meinen geschundenen Muskel. Es fühlte sich angenehm an.

Sandro stand aus der Hocke auf und hielt mir seine Hand hin. Überrascht sah ich auf diese, bis mir plötzlich einfiel, dass er mir gentlemanlike hoch helfen wollte. Über mich selbst grinsend, nahm ich sie an und ließ mir hochhelfen. Meine Beine fühlten sich schwer an.

„Magst du noch etwas trinken?"

Für einen Moment war ich geneigt, ja zu sagen, doch ein kurzer Blick auf mein Smartphone zeigte mir, wie spät es schon war.

„Im Prinzip gern, aber ich muss noch duschen und dann so langsam ins Bett. Vielen Dank für deine Hilfe." Ich lächelte ihm kurz zu.

Wollte er wirklich Zeit mit mir verbringen oder fühlte er sich dazu gezwungen, mir etwas anzubieten?

Er begleitete mich zur Tür. Es fiel mir schwer, mich zu entscheiden, wie ich mich verabschieden sollte. Schüchtern winkte ich ihm kurz zu. „Gute Nacht."

„Danke. Dir auch."

Unauffällig schaute ich auf das Klingelschild, auf dem Montecelli stand. Dann lief ich wortlos den Flur entlang zur Haustür. Sandro Montecelli - da klingelte gar nichts bei mir. Weshalb hatte ich dennoch immer wieder den Eindruck, ich würde ihn kennen?

Draußen atmete ich erst einmal tief durch. Ich hatte gar nicht bemerkt, dass ich die Luft angehalten hatte, solange wir im Hausflur gestanden hatten. Was war nur mit mir los? Wieso hatte er so eine Wirkung auf mich?

11

Die Woche war anstrengend. Trotzdem verging sie wie im Fluge und bevor ich mich versah, war Freitagabend.

Pünktlich traf ich bei meinem Lieblingsitaliener ein, den wir als Treffpunkt für die Verabredung mit den beiden Mädels aus der Selbsthilfegruppe vereinbart hatten. Es ärgerte mich, dass ich mit Elias einige Male hier gewesen war und sofort an ihn denken musste. Glücklicherweise wurde mir ein Tisch zugewiesen, an dem ich bislang nicht mit ihm gesessen hatte. Ich schaute mich traurig um. Vor meinem inneren Auge sah ich uns an dem Tisch hinten in der Ecke sitzen. Die Hoffnung kam in mir hoch, die ich damals verspürt hatte. Schnell wandte ich den Blick ab. Hoffentlich kamen die beiden bald. So allein hier zu sitzen, war doch etwas unangenehm.

Plötzlich standen die beiden bei mir am Tisch.

„Hallo, schön dich kennenzulernen", begrüßte mich die Brünette mit den Grübchen, die ich als Bianca wiedererkannte.

„Ich freue mich auch!"

„Hey", grüßte Nele knapp zurück, die einen pinken Pixiecut trug und eine Taille hatte, für die ich töten würde.

Hier stand der lebende Beweis dafür, dass auch dünne Frauen von der Erkrankung betroffen waren. Das brachte mich zum Lächeln und ein Stein fiel mir vom Herzen.

Sie setzten sich zu mir. Wir kamen sofort ins Gespräch und glitten von einem Thema zum nächsten. Wir wunderten uns selbst, dass wir so schnell vertraut miteinander waren. Nele und Bianca hatten sich vor einigen Monaten in der Selbsthilfegruppe kennengelernt.

„Hast du deine Trigger denn schon herausgefunden?", fragte Nele, sobald der blonde Kellner wieder verschwand.

„Ich denke, Stress ist einer. Eventuell auch Schokolade. Aber das ist bisher offen. Was ist es denn bei euch?"

„Ich glaube, Stress ist bei allen ein Problem. Bei mir außerdem auch noch Tomaten und Paprika", antwortete Bianca mit einem Blick zu Nele.

„Nüsse", sagte die. Im Gegensatz zu Bianca war sie nicht so gesprächig. Beim Chatten hingegen war sie kaum zu bremsen.

„Nachtschattengewächse sollen problematisch sein. Letztlich weiß die Forschung so gut wie gar nichts", erklärte Bianca und zupfte an ihrem Zopf herum.

„Vielleicht sollte ich die auch mal durchprobieren. Wie lange lässt man etwas weg, damit man es genau weiß?", fragte ich wissbegierig.

„Vier Wochen mindestens. Kommt natürlich auch darauf an, wie lange und wie schnell du hintereinander deine Schübe bekommst", sagte Nele.

„Der ist aber schnuckelig", sagte Bianca und deutete hinter mich auf jemanden.

Sofort drehte ich mich auf dem Stuhl herum, um zu schauen, wen sie meinte. Da stand er. Mein Nachbar: Sandro Montecelli. Mit großen Augen sah ich ihn an. Er trug eine Schürze und hatte ein Tablett in der Hand.

Wie in einem Film spielte sich eine Erinnerung vor meinem inneren Auge ab. Das war beim Date mit Elias gewesen. Ich zuckte zusammen. Schnell wandte ich mich ab. Das konnte doch nicht wahr sein. Die Erkenntnis traf mich hart. Von hier kannte ich ihn also?

„Das ist mein neuer Nachbar."

Beide sahen mich überrascht an. „Ach, deswegen schaut er immer wieder hier hin."

„Wie?"

„Und ich dachte schon, er würde mit mir flirten wollen." Nele schmollte.

„Der schaut doch nicht, weil ich seine Nachbarin bin." Ich tippte mir an die Stirn. „Der will bestimmt mit dir flirten", sagte ich zu Nele gewandt.

„Nein, der steht auf dich."

Ungläubig sah ich Nele an, deren smaragdgrünen Augen leuchteten. Ich stieß ein verrücktes Kichern aus, ohne dass ich es aufhalten konnte. „Nie und nimmer. Guck ihn dir doch mal an!"

„Ja, und?", fragte Nele.

Ich schüttelte den Kopf. „Der sieht viel zu gut aus. Der steht bestimmt nicht auf mich. Außerdem habe ich genug von Männern."

Beide Mädels schauten mich voller Neugier an.

„Das musst du uns aber genauer erklären."

Ich seufzte tief, trank einen großen Schluck von meinem Wein und beugte mich weiter über den Tisch, damit ich möglichst leise die Geschichte mit Elias erzählen konnte.

Nele schüttelte unaufhörlich den Kopf. Ich war mir nicht sicher, ob meinetwegen oder wegen Elias.

„Der Typ tickt doch nicht mehr sauber", entgegnete sie, sobald ich die Geschichte zu Ende erzählt hatte.

Ich nickte stumm und rieb mein Auge, das verdächtig kribbelte. Einen Tränenausbruch wegen Elias in der Öffentlichkeit würde ich nicht verkraften.

„Sei froh, dass du den los bist. Widerlich!" Bianca schüttelte sich.

„Wie alt ist der? Zwölf?" Nele stöhnte genervt und verdrehte die Augen. „Der tut ja so, als hättest du sonst was Schlimmes."

„Zu dem Zeitpunkt wusste ich aber nicht definitiv, dass es nicht ansteckend ist." Warum ich ihn verteidigte, wusste ich selbst nicht.

„Papperlapapp! Hat er vorher gefragt? Nein! Selbst Schuld!"

„Aber", setzte ich an, doch Bianca unterbrach mich. „Das sehe ich aber auch so. Wenn das zwischen euch schon als feste Sache geklärt wäre, okay … aber bei einem möglichen One-Night-Stand? Da hätte ich das Fass auch nicht aufgemacht."

Ich klappte den Mund wieder zu.

„Und selbst wenn …", begann Nele und schaute uns beide mit einem durchdringenden Blick an. „Es ist mein Körper, mein Leben. Ich entscheide, wann ich jemandem sage, welche Erkrankung ich habe. Er hätte ja auch in Ruhe mit Louisa darüber reden können, statt einfach fortzulaufen. Männer sind solche Schweine. Die erzählen nichts, ohne dass man genau nachgefragt hätte. Was ich nicht schon alles erlebt habe. Ich gebe es nie sofort preis, dass ich Akne Inversa habe. Die meisten kennen das ohnehin nicht."

Wo sie vorhin noch scheu und zurückhaltend war, gefiel sie mir jetzt schon fast besser, da sie aus sich herauskam. Anscheinend hatte sie die Zeit gebraucht, um aufzutauen.

„Nie?", fragte Bianca mit einem überraschten Blick.

Nele schüttelte den Kopf. „Warum sollte ich jemanden beunruhigen, wenn ich nicht weiß, ob etwas Zukunft hat?"

„Um sofort herauszufinden, ob vor dir ein Arschloch oder ein Mann sitzt?"

„Und das Kleinhirn flugs überfordern?" Nele lachte.

„Ich erzähle das mittlerweile immer sofort", hielt Bianca dagegen.

„Sofort?" Ich sah sie überrascht an.

„Na, du weißt schon. Früh genug, wenn ich weiß, dass es darauf hinauslaufen könnte. Ich habe aber auch keine One-Night-Stands."

Nele schüttelte den Kopf. „Und dann sitzt du wieder heulend bei mir."

„Dieses Mal aber nicht!"

„Was heißt das?", bohrte Nele.

In dem Moment kam Sandro an unseren Tisch, die Arme voll bepackt mit Tellern. „Pizza Hawaii?"

Nele meldete sich und er überreichte sie ihr. „Penne con Broccoli?"

Bianca machte auf sich aufmerksam und zuletzt reichte er mir meine Tortellini. „Na!" Er schenkte mir ein Lächeln, das sogar seine Augen erreichte.

„Na …" Sofort schoss mir die Hitze ins Gesicht.

„Ich habe dich vorhin gesehen, wollte dich aber nicht stören."

Für einen Moment blieben unsere Blicke aneinanderhängen. Seiner war so intensiv, dass ich das Gefühl hatte, er sähe direkt in meine Seele.

„Kann ich euch noch etwas bringen?", fragte er und löste sich von mir, um einen Blick in die Runde zu werfen. Bianca und Nele schüttelten den Kopf.

„Dann buon appetito!" Er zwinkerte mir lächelnd zu, bevor er sich abwandte und zur Bar ging.

Mein Gesicht kochte. Das Herz schlug mir bis zum Hals, als wäre ich soeben gejoggt. Ich konnte kaum einen klaren Gedanken fassen.

„Zwischen euch geht es aber heiß her." Nele streckte mir die Zunge entgegen.

Ich wedelte mir etwas Luft zu. „Das macht der Wein. Der steigt mir immer sofort ins Gesicht."

„Ja ja, rede dir das nur ein. Zwischen euch knistert ein Feuerwerk wie zu Silvester." Nele winkte ab.

Nervös rutschte ich auf meinem Stuhl herum. War es so auffällig, dass er eine unerklärliche Wirkung auf mich hatte?

„Das kann man sich auch einreden. Außerdem ist das Kapitel Elias bisher noch gar nicht vernünftig abgeschlossen. Mehr als Freundschaft wird das mit Sandro nicht."

„Mach nur weiter, irgendwann glaubst du dir das selbst." Neles Blick wanderte zu Bianca. „Aber eigentlich waren wir bei dir stehengeblieben. Es gibt einen Regenbogen am Himmel? Wen hast du vergessen, mir vorzustellen?"

So berichtete uns Bianca von einem Mann, den sie kennengelernt hatte und mit dem es reibungslos zu laufen schien.

„Hast du ihm schon von der Akne Inversa erzählt?", fragte ich voller Neugier nach, froh, nicht mehr das Gesprächsthema zu sein.

„Ja, vorgestern und er hat es gut aufgenommen. Er hat viele Fragen gestellt, war dabei aber überaus verständnisvoll und meinte, dass ich mir das ja nicht ausgesucht habe. Außerdem wäre es nicht schlimm, solang es nicht ansteckend ist."

„Das klingt ernsthaft vielversprechend." Bei Sandros Anblick, der mit Getränken an uns vorbeilief, überkam mich Sehnsucht.

„Du solltest durchaus in die Offensive gehen", sagte Nele, die meine Aufmerksamkeit wieder auf unser Gespräch lenkte.

Da Bianca nicht antwortete, schaute ich fragend zu Nele.

„Ja, du bist gemeint!"

Schnell stopfte ich mir einen großen Tortellino in den Mund, um nicht antworten zu müssen.

„Der steht auf dich." Sie deutete auf Sandro. „Schau, wie er immer wieder wie beiläufig zu uns herübersieht. Etwas arg motiviert für einen normalen Kellner."

Verunsichert schluckte ich den Bissen hinunter und drehte mich um. Er notierte etwas auf seinem Notizblock und sammelte ein paar leere Gläser bei den Gästen am Nebentisch ein.

„Der guckt doch gar nicht", sagte ich.

„Zufall."

Bianca kicherte.

„Ist die immer so?", fragte ich Bianca mit einem Fingerzeig auf Nele.

Sie nickte. „Nele will ständig alle verkuppeln."

„Stimmt doch gar nicht!", protestierte die und verdrehte die Augen. „Aber schau dir doch die beiden an. Der steht auf Louisa, das ist so sicher wie das Amen in der Kirche. Das würde sogar ein Blinder mit Stock sehen."

Kichernd schüttelte ich den Kopf. „Du hast wohl zu viele Liebesromane gelesen."

Bevor ich Nele aufhalten konnte, winkte sie Sandro zu uns.

„Was wird das?", zischte ich ihr zu, doch da stand er schon an unserem Tisch.

Groß, schlank und durchtrainiert mit seinen strahlenden Augen. Wieder schoss mir das Blut ins Gesicht. Ich warf Nele einen zornigen Blick zu.

„Wir hätten gern noch eine Runde", sagte sie mit einem Deut auf die fast leeren Gläser.

Sandro notierte alles und schaute auf unsere Teller. „Darf es ein Dessert sein?"

Ich hatte die Portion nicht mal geschafft, daher schüttelte ich stumm den Kopf. Meine Kehle war wie zugeschnürt. Seine Nähe brachte mein Herz auf Hochtouren. Mein Magen kribbelte und eine Gänsehaut glitt über meinen gesamten Körper.

Nele und Bianca bestellten sich Panna cotta. Ich spürte Sandros Blick auf mir liegen, doch ich sah konsequent zu Nele, um sie mit empörten Ausdrücken zu befeuern. Meine Augen würden mich noch verraten, wenn ich nur einen Moment zu ihm sah.

Kaum war Sandro verschwunden, lachte Nele. Nun war es an mir, ihr die Zunge herauszustrecken.

Einen Moment später kam Sandro zurück und brachte uns die Getränke. Ich leerte den Rest meines Weins in einem Zug und übergab ihm das Glas. Dabei streiften sich unsere Finger. Mir wurde zeitgleich kalt und warm. Erschrocken zog ich die Hand weg. Nele hatte mir da etwas eingeredet. Das war doch nicht normal.

„Soll ich die Reste für euch einpacken?", fragte Sandro mit Blick auf die halbleeren Teller.

Ich nickte nur stumm.

Kurze Zeit später kam die Panna cotta für Nele und Bianca.

„Willst du wirklich nichts?", fragte Sandro mich.

Ich schüttelte den Kopf.

„Ich bring euch noch einen Absacker – aufs Haus."

„Oh, aber bitte keinen Grappa", entgegnete Nele.

„Limoncello für die Damen?"

Stumm schloss ich mich dem Nicken der beiden an.

Bevor ich es mir anders überlegen konnte, lief Sandro schon zur Bar.

„Der ist aber auch schnuckelig", stellte Bianca fest, ehe sie anfing das Dessert zu löffeln.

„Finde ich auch.“

Seufzend verdrehte ich die Augen. „Habt ihr mich mal angesehen? Neben dem sehe ich aus wie eine weibliche Version von Quasimodo.“

„Ach, quatsch.“ Nele winkte ab. „Mach dich nicht schlechter, als du bist.“

„Der will nur vernünftiges Trinkgeld!“ In meinem Kopf hörte es sich wie eine perfekte Ausrede an.

„Daher fragt er bei dir zweimal nach Dessert-Wünschen?“

„Der will halt verkaufen. Vielleicht kriegt er Provision für jede Panna cotta, die er loswird“, überlegte ich laut, merkte aber selbst, wie blödsinnig das klang.

Die beiden Mädels tauschten kichernd Blicke. Ich nippte an meinen Wein und schaute wieder zu Sandro. Konnte es wahr sein, dass Nele etwas zwischen uns sah, was mir verborgen blieb? Dass ich auf ihn reagierte, war mir bewusst, aber war er nicht einfach nur freundlich?

12

Es war schon fast Mitternacht. Wir hatten eine ganze Weile über unsere Erkrankung gesprochen. Ich konnte mir gut vorstellen, dass ich mich mit Bianca und Nele anfreunden würde. Die Chemie stimmte einfach.

„Letzte Runde. Darf ich euch noch etwas bringen?“, fragte Sandro, der zu uns an den Tisch gekommen war und uns alle prüfend ansah. Ich schüttelte den Kopf, denn ich spürte schon jetzt den Wein. Das würde ein langer Heimweg werden. Die Rausschmeißrunde sollte ich wirklich besser auslassen.

„Ach, Louisa, einer geht noch“, sagte Bianca.

„Ich muss noch ein ganzes Stück laufen.“

„Sei kein Spielverderber“, warf Nele ebenfalls ein.

Seufzend verdrehte ich die Augen und schlug die Karte nochmal auf. „Dann halt eine Cola.“

„Buhh! Wie langweilig“, spottete Nele.

„Wie wäre es mit einem letzten Limoncello?“, fragte Sandro in die Runde.

„Na gut. Wenn mich aber einer auf dem Heimweg klaut, seid ihr persönlich Schuld!“

„Kommt sofort“, erklärte Sandro und ging davon.

Als ich mich umsah, stellte ich fest, dass wir der letzte Tisch waren, der noch nicht in Aufbruchstimmung war.

Kurz darauf brachte uns Sandro den Likör und verschwand direkt wieder.

„Auf uns“, lenkte Nele meine Aufmerksamkeit zurück zu unserem Trio.

Wir stießen an und die klebrige Flüssigkeit schmeckte einfach furchtbar.

„Bäh. Davon werde ich aber kein Freund!“ Ich stellte das leere Glas klirrend auf den Tisch.

„Das soll ja auch Sandro werden. Vielleicht begleitet er dich gleich heim."

„Ach, Bianca! Der muss hier doch noch hinter uns aufräumen", sagte ich abwinkend.

„Dann wartest du eben auf ihn. Mädchen, mach es dir selbst doch nicht so schwer." Nele verdrehte die Augen.

„Aber", setzte ich an, allerdings unterbrach sie mich direkt.

„Herzschmerz bekämpft man am besten, indem man einfach weitermacht und zum Nächsten geht. Glaub mir." Sie hob den Finger. „Ich weiß das am besten, denn ich mach das immer so."

Ich wechselte einen Blick mit Bianca, die über das ganze Gesicht grinste.

„Zahlen", rief Nele, die sich suchend umdrehte.

„Komme sofort", hörte ich Sandro aus der Ferne rufen.

Einige Minuten später kam er an unseren Tisch. „Zusammen oder getrennt?"

„Getrennt", entgegneten wir alle drei im Chor.

„Okay, Moment", bat er mit einem konzentrierten Blick und tippte auf seinem Gerät herum.

Nachdem wir bezahlt hatten, hielt Nele ihn plötzlich an der Schürze fest. „Unsere Louisa hat etwas Angst im Dunklen. Wann hast du Schluss? Du wohnst doch bei ihr um die Ecke. Würdest du sie nach Hause begleiten?"

Unter dem Tisch trat ich ihr gegen das Schienbein. Es folgte keine Reaktion von ihr. Dafür schaute mich Bianca etwas komisch an. Hatte ich etwa das falsche Bein erwischt? Oh, Mist! Zerknirscht verzog ich das Gesicht.

„Ist dem so?", fragte Sandro breit grinsend und sah fragend zu mir. „Möchte ihr Freund sie nicht abholen?"

„Sie hat gar keinen Freund", sagte Nele sofort.

Er zog überrascht die Augenbrauen hoch und leckte sich langsam über die Unterlippe.

Ich krallte mich an der Tischkante fest und räusperte mich dann.

„Aber um zurück zu deiner Frage zu kommen. In rund einer halben Stunde sollte ich hier fertig sein. Zwar bieten wir genau genommen nur einen Lieferservice für unsere Speisen an, da ich aber in die gleiche Richtung muss, wäre es mir eine Freude stattdessen Louisa zu Hause abzuliefern."

Ich sank auf meinem Stuhl ein Stück tiefer. Wie peinlich war das denn bitte?

„Astrein", kommentierte Nele freudig. „Siehst du, Louisa, wir hätten dich noch viel mehr abfüllen können."

Wo war die nächste Falltür? Hätte sie mit der Aussage nicht warten können, bis Sandro verschwunden war? Ich hörte sein tiefes Lachen und ein Schauer rann mir über das Rückgrat.

„Setz dich gleich einfach an die Bar und warte dort."

Ich nickte stumm. Als er wegging, wandte ich mich Nele zu. „Warum zur Hölle tust du so etwas?"

„Weil du viel zu gehemmt bist und ich glaube, ihr würdet süße Blagen zeugen."

Seufzend schüttelte ich den Kopf. „Ich bin noch nicht so weit und eigentlich habe ich mich entschieden, die Finger von Männern zu lassen."

„Er begleitet dich doch nur nach Hause. Ihr müsst doch sowieso in die gleiche Richtung", warf Bianca beschwichtigend ein.

Abermals schüttelte ich meinen Kopf und ersparte mir eine weitere Antwort. Wären wir doch nur in ein anderes Restaurant gegangen. Die Mädels standen auf und schulterten ihre Handtaschen.

„Es war echt ein lustiger Abend. Ich freue mich, dich kennengelernt zu haben“, sagte Bianca und kam um den Tisch herum. Ich stand auf und wurde direkt in ihre Arme gezogen. „Das müssen wir unbedingt wiederholen.“

„Aber nicht in diesem Restaurant“, flüsterte ich ihr zu.

Sie lachte. Wir lösten uns voneinander.

„Gönne dir den Spaß.“ Nele zog mich in ihre Arme. „Glaub mir, er steht auf dich.“

Ich begab mich zur Bar und setzte mich dort auf einen Hocker. Die beiden Mädels verließen mit einem letzten Grinsen das Lokal und dann war ich allein.

Schüchtern rutschte ich auf dem Barhocker herum. Sandro lief schon mit einem Tablett zu unserem Tisch und räumte das restliche Geschirr ab. Ich konnte Stimmen in der Küche hören.

„Ich beeile mich“, sagte er, als er an mir vorbeikam.

„Ganz in Ruhe“, rief ich ihm nach und sah mich in dem Lokal um.

Es war völlig anders, hier allein zu sitzen, als wenn man als Gast an den Tischen saß. Sandro lief wieder an mir vorbei und zwinkerte mir zu.

Kurze Zeit später kam er zurück und stellte sich hinter den Tresen. Er tippte etwas in die Kasse. Schweigend sah ich ihm dabei zu.

„Was ist aus dem Kerl von neulich geworden?“, fragte er, ohne aufzublicken.

Nachdenklich kaute ich auf meiner Unterlippe herum. Was sollte ich dazu nur sagen? Die Wahrheit? „Hat nicht geklappt.“

„Ich hätte wetten können …“, begann er, sah auf und verstummte. Ohne ein weiteres Wort unterbrach er seine Arbeit und beugte sich über den Tresen. Er legte seine Hand auf meine. „So furchtbar?“

Ich nickte stumm und schluckte schwer.

„Er muss ein Idiot sein, wenn er dich gehenlassen hat."

Er klang dabei so aufrichtig, dass es mir die Tränen in die Augen steigen ließ. Erneut nickte ich.

Er drehte sich um und griff zwei Schnapsgläser und eine Flasche. Sobald diese befüllt waren, schob er mir eins zu. „Auf gebrochene Herzen, neue Chancen und verrückte Zufälle." Er stieß gegen mein Glas.

Es schüttelte mich. Der klebrige Zitronengeschmack war einfach nicht meins. Feixend nahm Sandro mir das Glas ab und spülte beide schnell ab. „Der geht auf mich." Er grinste kurz, um dann wieder seiner Arbeit nachzugehen und die Kasse zu zählen.

Etwa eine halbe Stunde später machten wir uns auf den Heimweg. Die ersten Meter schlenderten wir schweigend. Ich hing meinen Gedanken nach, doch dann durchbrach Sandro die Stille.

„Wenn es dich tröstet, ich finde nicht, dass der Kerl zu dir gepasst hat."

Fragend sah ich ihn an. „Weil?"

„Ich weiß nicht. Der war schmierig."

Ich zuckte mit den Achseln und lief schweigend weiter. Die frische Luft sorgte dafür, dass ich mich betrunkener fühlte als noch zuvor. Ich hatte Mühe, mit Sandro Schritt zu halten.

„Wer passt denn zu mir?"

„Weiß nicht. Der aber ganz gewiss nicht."

„Können wir einen Schritt langsamer gehen?"

„Klar! Kämpfst du noch mit deinem Muskelkater?"

„Nein, aber mit zu viel Wein und Limoncello." Ich stöhnte.

Sandro lachte. „Ich habe mich auch gewundert, wie viel in so kleine Mädels reinpasst."

Ich knuffte ihn sanft in die Seite. „Du bist ganz schön frech. Den Letzten hast du mir ausgegeben."

„So behandelt man aber nicht seine Security."

„Doch! Männer muss man züchtigen, damit sie sofort wissen, wo es langgeht", antwortete ich frech grinsend.

„So so." Er warf mir einen durchdringenden Blick zu. „Und der andere ließ sich nicht von dir züchtigen?"

Ich seufzte. „Er wollte mich einfach nicht so, wie ich bin." Wahrscheinlich war es besser, keine Details zu nennen.

An der roten Ampel blieben wir stehen, obwohl kein Auto weit und breit zu sehen war. Ich lehnte mich an den Mast und wartete ungeduldig. Es war mittlerweile kühler, als ich für einen Juniabend erwartet hatte. Außerdem hatte ich keine Jacke mitgenommen, was ich nun bereute.

„Und deine Freundin ist bestimmt nicht eifersüchtig, dass du einen Gast heimbringst?", fragte ich, als wäre es die normalste Sache der Welt.

„Ich habe keine Freundin."

Ich sah ihn überrascht an. „Gebrochenes Herz?" Was er vorhin an der Bar konnte, konnte ich schon lange.

Er nickte zustimmend. „Aber ist schon einige Zeit her. Ich komm allein ganz gut klar. Es ist nicht mehr schwer zu ertragen."

Ehe ich etwas hinzufügen konnte, schaltete die Ampel auf Grün und wir liefen weiter.

Warum die Frau ihn wohl verlassen hatte? Ich betrachtete ihn von der Seite. Das war sicherlich nicht wegen seines Aussehens.

„Joggst du eigentlich noch oder hast du aufgegeben?"

„Ich habe eine Pause gemacht. War an dem Tag doch etwas viel."

„Ich wollte morgen früh eine Runde laufen."

War das eine Einladung? Ich betrachtete ihn aufmerksam, doch er verriet nichts. „Ich werde wohl ausschlafen nach all dem Alkohol. Außerdem ist es mein freier Samstag."

Es war nicht so, dass ich nicht mitlaufen wollte. Wenn ich es mir jedoch aussuchen konnte, dann wäre mir ein Zustand lieber, wo ich wenigstens die ersten fünf Minuten mithalten konnte.

„Ich kann dich nach der Runde wecken."

Ich lachte. „Das schaffe ich schon."

Warum tat ich das? Er wollte doch nur freundlich sein.

Sandro legte den Kopf schief. „Okay."

Jetzt hatte ich ihm zwei Körbe innerhalb kürzester Zeit gegeben. War ich verrückt? „Wie wäre es, wenn wir uns mittags auf einen Kaffee treffen?"

Sein Blick gab mir das Gefühl etwas Besonderes zu sein.

„Gerne."

Ich hatte den Eindruck, ihm eine Erklärung schuldig zu sein, doch gleichzeitig wollte ich mich nicht rechtfertigen. „Ich finde dich auch gut. Ich kann das aber noch nicht. Gib mir einfach etwas Zeit."

Wortlos nickte er und wir liefen weiter. Mein Herz schlug mir bis zum Hals. Hatte ich das wirklich gesagt?

„Das war alles Neles Idee." Meine Kopfhaut prickelte unangenehm.

„Was meinst du?"

„Den Vorschlag, dass wir zusammen heimgehen. Sie hat mich vorher nicht mal gefragt."

„Willst du allein gehen? Soll ich dir einen Vorsprung lassen?"

„Nein!", entgegnete ich sofort und fügte eilig hinzu: „So meinte ich das nicht."

Was machte ich hier nur? Verdammter Alkohol. Warum ließ dieser mich nur so handeln? „Lass uns Freunde werden."

Verwunderung spiegelte sich in seinem Gesicht, als er sich mir nun zuwandte. Dann grinste er. „Komm, wir bringen dich ins Bett. Du bist ja völlig betrunken."

13

Mit einem extremen Brummschädel wachte ich am nächsten Morgen auf. Ich hatte die Jalousie nicht heruntergelassen und das Tageslicht verursachte mir einen grellen Kopfschmerz, sobald ich die Augen öffnete. Ich stöhnte auf und zog genervt die Bettdecke über den Kopf. Warum hatte ich nur bis zum Abwinken Wein und Limoncello getrunken? War ich denn verrückt?

Der Wecker klingelte. Ohne die Bettdecke anzuheben, schob ich meinen Arm heraus und tastete über das Nachtschränkchen. Irgendetwas fiel krachend herunter. Genervt hob ich dann doch die Decke an, weil das nervtötende Geklingel immer lauter wurde. Wieso hatte ich nur vergessen, den verdammten Krachmacher abzuschalten? Heute war doch mein freier Tag. Ich hievte mich aus dem Bett und schleppte mich ins Bad.

Anschließend setzte ich mich mit einem Glas Orangensaft auf den Balkon. Mir war flau im Magen, aber die Vitamine waren sicher förderlich.

Es war angenehm warm. Automatisch schaute ich zum Nachbarhaus, doch von Sandro war nichts zu sehen. Siedend heiß fiel mir ein, dass wir heute verabredet waren. Außerdem erinnerte ich mich an alles, was ich vergangene Nacht zu ihm gesagt hatte.

Hitze stieg mir ins Gesicht. Wie konnte ich nur? Warum wurden die Leute vom Alkohol lustig und selbstbewusst, wohingegen ich jedes Mal nur extrem peinliche Sachen sagte?

Kopfschüttelnd schaute ich hinüber zum See. Ich sah jemanden joggen, was absolut normal war. Viele hier aus der Gegend drehten dort ihre Runden. Beim genaueren Hinsehen erkannte ich, dass es Sandro war.

Ob er die Situation genauso unangenehm fand wie ich? Wie sollte ich nachher nur zu ihm gehen und so tun, als hätte ich all diesen Mist nicht von mir gegeben?

Ich zog die Beine auf den Stuhl und ließ meinen Kopf auf die Knie sinken. Wie kam ich da nur wieder heraus?

Es war nicht so, dass ich ihn nicht sehen wollte. Leider. Vielmehr würde ich gern Zeit mit ihm verbringen und mich von all dem Mist ablenken, der gerade mein Leben bestimmte. Doch nach allem, was ich gesagt hatte, schämte ich mich.

Für einen Moment fühlte ich mich hilflos und wollte Melissa anrufen, doch dann wurde mir klar, dass sie mir nicht helfen konnte. Auch Bianca und Nele würden meinen Schwachsinn nicht rückgängig machen können. Vielmehr würde Nele den Lachkrampf ihres Lebens bekommen. Wollte ich mir das antun?

Da wir keine fixe Uhrzeit abgesprochen hatten, machte ich mich gegen zwölf Uhr auf den Weg zu ihm. Als ich vor der Haustür stand und nach der richtigen Klingel suchte, war ich nervöser, als ich es schon unter normalen Umständen, ohne Peinlichkeiten am Vorabend, gewesen wäre.

Beim Erklingen der Klingelmelodie schlug mein Herz schneller und ich spürte, wie mir der Schweiß ausbrach. Nervös rieb ich mir über die Stirn. Hoffentlich sah man mir das nicht an.

Kaum, dass der Summer ertönte, betrat ich den Hausflur. Bei dem Versuch, lässig und cool zu laufen, stolperte ich fast über meine eigenen Füße. Im letzten Moment hielt ich mich am Treppengeländer fest, sodass ich nicht rückwärts die paar Stufen hinunterfiel.

„Alles in Ordnung?“, hörte ich Sandros vertraute Stimme und schaute auf.

Er trug nur ein Handtuch um seine Hüften. Hatte er mich vergessen? Dass mein Mund aufgeklappt war, bemerkte ich erst, als er mich angrinste. Schnell setzte ich ein Lächeln auf.

„Bin ich etwa zu früh? Du hättest mir durchaus sagen können, dass der Dresscode viel lässiger geplant war."

Ich hatte mich für ein geblümtes Sommerkleid entschieden – nicht zu schick, aber auch nicht zu bemüht. Dazu trug ich Sandalen.

Sandro räusperte sich und trat zur Seite, um mich in seine Wohnung zu lassen. „Ich habe tatsächlich nicht so früh mit dir gerechnet."

„Ich kann auch später noch mal wiederkommen."

„Nein, alles bestens."

Ich folgte ihm in die Küche und roch dabei sein herbes Duschgel.

„Nimm Platz!" Er deutete auf einen Barhocker an der Frühstücksecke.

Ich versuchte, mich möglichst elegant hinzusetzen, und sah ihn erwartungsvoll an. Er lehnte sich an die Kante der Küchenarbeitsplatte.

„Wie geht's dir heute Morgen?", fragte er und machte keine Anstalten, zurück ins Bad zu gehen oder sich anzuziehen.

Blieb er jetzt die ganze Zeit nur mit diesem Handtuch bekleidet?

„Hätte schlimmer sein können." Ich machte eine lässige, wegwerfende Handbewegung.

„Trinkst du Espresso oder soll ich dir lieber einen Macchiato oder Latte macchiato machen?"

„Was ist der Unterschied?" Verwirrt zog ich die Stirn in Falten.

„Espresso ist ohne Milch, Macchiato mit einem Schuss Milch und Latte macchiato wirst du ja kennen."

„Ihr Italiener und euer *Caffè*." Ich versuchte, das Wort möglichst korrekt auszusprechen, hatte aber das Gefühl zu versagen. „Dann doch am liebsten den Latte macchiato."

Als er im Schrank kramte, hoffte ich für einen Moment, dass sich das Handtuch lösen würde und er sich ein bisschen blamierte, sodass meine peinliche Aktion im Alkoholrausch ausgeglichen wäre. Natürlich passierte das nicht. Der Junge hatte verdammtes Glück.

Während ich ihn so betrachtete, seine definierte Bauchmuskulatur bestaunte und er völlig unbeirrt den Kaffee kochte, zupfte ich schon wieder an mir herum. Er sah verdammt heiß aus. Was wollte er mit jemandem wie mir? Wie konnte ich gestern Abend nur denken, dass er etwas für mich übrig hätte, das über eine Freundschaft hinausging? Würde man bei einem Date – selbst wenn es nur auf einen Kaffee war – so herumlaufen? Normalerweise war man doch bemüht, sich besonders perfekt darzustellen. Müsste er nicht eilig verschwinden, um sich anzuziehen und diesen perfekten Zustand zu erreichen? Andererseits wusste er bestimmt, wie er aussah. Wahrscheinlich war genau das seine Masche. Er gewann die Frau mit seinen funkelnden Augen, überzeugte mit seinem athletischen Körper und hatte dennoch kein Glück, sie dingfest zu machen. Hatte er nicht etwas von gebrochenem Herzen erzählt?

Noch während ich versuchte, mich an die Einzelheiten zu erinnern, stellte er mir plötzlich das Getränk vor die Nase. „Keks dazu?" Seine braunen Augen nahmen mich sofort gefangen.

Ich schüttelte den Kopf. „Wie war deine Joggingrunde heute Morgen?", fragte ich schnell, um meine Verlegenheit weiter zu überspielen. „Oder bist du doch nicht mehr dazu gekommen?“ Er sollte nicht wissen, dass ich ihn gesehen hatte. Nicht, dass er mich für eine Stalkerin hielt.

„Außer, dass ich in einen Hundehaufen getreten bin, ganz gut.“ Er verdrehte genervt die Augen. „Da hängen überall Mülleimer. Warum die Halter das nicht entsorgen, verstehe ich nicht.“

Ich zuckte mit den Achseln. Über so etwas regte ich mich schon lange nicht mehr auf.

„Wegen gestern Abend“, sagte ich, aber Sandro stoppte mich sofort. „Alles bestens. Du hast getrunken. Ich weiß das schon einzuschätzen.“

Erleichtert atmete ich aus. Zwischen uns lag eine Spannung, die fast greifbar war. Mein Herz schlug unaufhörlich intensiv, als wäre ich einen Marathon gelaufen. Das Kribbeln im Bauch wurde heftiger.

„Ich zieh mich eben an.“

Ich sah ihm nach, wie er die Küche verließ. Kaum war er aus Hör- und Sichtweite, ließ ich den Kopf in meine Hände sinken. Ich hatte den Männern doch abgeschworen und dennoch ließ ich mich hierauf ein. Was auch immer das war. Weswegen hatte er so eine Macht über mich und meine Gefühle? Ich würde so gern völlig entspannt hier sitzen und den leckeren Latte macchiato genießen, den er mir mit reichlich Milchschaum garniert hatte. Okay. Ich musste einfach durchatmen und lässig sein. Los! Doch das war so leicht daher gesagt. Ich fühlte mich so unbeholfen. Wieso musste er auch so verdammt gut aussehen und gleichzeitig so charmant sein?

Ein Räuspern zog mich aus meinen Überlegungen und ich schreckte auf. Sandro trug eine beige Chinohose und dazu ein weißes T-Shirt. Er sah umwerfend aus. Es war nahezu unmöglich, sich an diesem Anblick sattzusehen. Ich hörte seine Stimme, doch ich verstand die Worte nicht.

Hatte er mich etwas gefragt? Verdammt! Was sollte ich denn jetzt nur sagen?

„Entschuldige, nochmal."

Er lächelte mich belustigt an. „Du bist offenbar noch nicht ausgeschlafen!"

Scheu grinste ich ihn an. Was er wohl von mir dachte?

„Ich wollte wissen, ob wir uns auf den Balkon setzen wollen."

Ich nickte und rutschte vom Hocker. Sandro trug unsere Getränke nach draußen.

Dort erzählte er mir von sich. Ich war froh, dass er den größten Anteil des Gesprächs übernahm. Trotz allem war ich total durch den Wind und unnatürlich schüchtern. So etwas war mir noch nie passiert.

„Und so ist letztlich Deutschland zu unserer Heimat geworden. Es war nie mehr Thema zurückzugehen", beendete er die Geschichte seiner Herkunft.

„Also hast du noch nie in Italien gelebt?"

„Doch. Tatsächlich ein Jahr lang nach meinem Fachabitur, bis ich wusste, dass ich doch ins Familienunternehmen einsteigen wollte. Magst du noch einen Latte macchiato?"

Nickend reichte ich ihm das leere Glas. Ich wollte schon aufstehen und ihm in die Küche folgen, doch er machte ein Zeichen, dass ich sitzen bleiben sollte. Also lehnte ich mich wieder zurück.

Als er einige Minuten später zurückkam, brachte er einen Teller mit Keksen mit.

„Oh, die sehen lecker aus. Was ist das?"

„Cantuccini. Meine Mutter backt sie regelmäßig."

„Selbstgebacken?" Ich zögerte nicht lange, sondern griff zu. Sie schmeckten lecker. So konnte man es sich gutgehen lassen.

„Aber jetzt erzähl doch mal ein wenig von dir."

„Was möchtest du denn wissen?“ Ich war langweilig. Mein ganzes Leben lebte ich schon in dieser Stadt und hatte quasi nichts erlebt – geschweige denn mal ein Jahr im Ausland verbracht.

„Was hast du so für Hobbys?“

„Ich lese gern“, antwortete ich, hörte aber selbst, wie langweilig das klang. „Und im Winter stricke ich ganz gern.“ Noch immer gefiel mir nicht, wie sich das anhörte. „Außerdem versuche ich neuerdings, das Joggen für mich zu entdecken. Früher habe ich ganz gern gemalt, doch irgendwie komm ich da in letzter Zeit nicht zu.“

„Ich habe es gestern zwar schon gesagt, aber wir können auch mal zusammen joggen.“

„Ich weiß, aber ich bin längst nicht auf demselben Level wie du und möchte dich nicht ausbremsen.“

„Man sollte sich vom Äußeren nicht täuschen lassen. Ich habe Muskelkraft, aber meine Ausdauer war auch schon mal besser.“

Ich zuckte mit den Achseln.

„Komm schon, Louisa. Lass uns eine gemeinsame Runde versuchen. Wenn du recht behältst und mich ausbremst, werde ich nicht mehr fragen.“

Ich verdrehte die Augen, um dann doch dem Vorschlag zuzustimmen. Welche Wahl hatte ich schon? Vermutlich würde er so lange fragen, bis ich endlich bereit war, mit ihm zu joggen.

14

Die vergangenen Tage waren wie ein reißender Fluss an mir vorbeigezogen und hatten kaum Raum gelassen, um über irgendetwas nachzudenken. Es waren einige Überstunden angefallen. Außerdem hatte ich Sandro nur einmal kurz gesehen: Er hängte Wäsche auf seinem Balkon auf als ich zur Arbeit losgegangen war. Äußerst kurz hatten wir miteinander gesprochen.

Anscheinend hatte ich mir sein Interesse an meiner Person nur eingebildet. Wunschdenken. Hätte er sonst nicht versucht, mir seine Nummer zu geben, als ich an dem Wochenende vor zwei Wochen bei ihm war? Ich könnte mir in den Arsch beißen, dass ich nicht nach seiner gefragt hatte. Seitdem fand von ihm kein Versuch mehr statt, Kontakt zu mir aufzunehmen.

So sehr mich das alles störte und zum Nachdenken anregte, war es wahrscheinlicher, dass ich mir sein Interesse ohnehin nur eingebildet hatte. Die Anziehung war nur einseitig gewesen. Mein kleines, gebrochenes Herz hatte sich so nach Aufmerksamkeit und Liebe gesehnt, dass es die Kontrolle übernommen und mein Gehirn dazu gebracht hatte, Sachen wahrzunehmen, die nicht da waren. Vermutlich war es besser so. Ein weiterer Herzschmerz würde mich in die völlige Verbitterung führen.

Mittlerweile hatte ich von so vielen Schicksalen in der Selbsthilfegruppe gelesen. Ich war mir sicher, dass es nicht an den Frauen lag, sondern an der Krankheit. Konnten so viele Menschen nicht gut genug sein? Unvorstellbar. Mit jedem weiteren gelesenen Beitrag war ich zu der Überzeugung gelangt, dass es besser war, keine Dates mehr einzugehen.

Stattdessen hatte ich mir vergangenes Wochenende in einem Onlineshop ein paar neue Sextoys zu gelegt. Die würden mich weder verurteilen noch verlassen, weil meine Haut vernarbt oder mal wieder wund und entzündet war.

Außerdem war ich mit dem Joggen vorangekommen. Statt planlos loszulaufen, hatte ich mir endlich eine feste Route ausgesucht und war diese einige Male gelaufen, ohne danach tagelang Muskelkater zu haben. Ob ich Gewicht verlor, kontrollierte ich nicht. Ich hatte genug von der Optimierung. Mir selbst war es nicht wichtig, was auf der Waage stand. Die Zahl machte emotional mehr mit mir, als sie mir tatsächlich gab. Das Wissen um mein Körpergewicht brachte letztlich nur eins: Frust.

Trotz allem konnte ich es nicht lassen und schaute, wann immer ich auf dem Balkon war, hinüber zu Sandros Wohnung. Mittlerweile hingen Gardinen vor den Fenstern, sodass ich nicht mehr so leicht hineinsehen konnte.

Heute war mein freier Tag, den ich dazu nutzte, die Fensterscheiben zu putzen. Ich musste verrückt sein, den freien Tag für Hausarbeiten zu verplanen. Meistens hatte ich nach Feierabend keine Lust mehr, diese Sachen zu verrichten, sodass es schon mindestens ein Jahr her war, dass ich das letzte Mal an den Fenstern dran war.

Als ich endlich im Wohnzimmer die Gardinen abnahm, entdeckte ich Sandro auf der Straße.
Er schien auf dem Heimweg zu sein. Noch bevor ich von der Leiter herunterkletterte, war er schon verschwunden.

„Verdammt", fluchte ich halblaut.

Jetzt, da ich wusste, dass er zu Hause war, hatte ich die Möglichkeit, hinüberzugehen. Nur wollte ich mir keinen weiteren Korb einfangen.

War es nicht extrem bemitleidenswert, dass ich auf etwas hoffte, das ich nicht bekommen würde?

Seufzend machte ich mich wieder an die Arbeit. Das Gedankenkarussell um Sandro lief dabei die ganze Zeit weiter.

Am Abend entschied ich, eine Runde zu joggen. Wäre es wohl eine gute Idee, bei Sandro zu klingeln und ihn zu fragen, ob er mich begleitet? Ich konnte an der offenen Balkontür deutlich sehen, dass er daheim war. Während ich mich dehnte, wog ich das Für und Wider ab. Eindeutig war es zu zweit lustiger.

Seufzend fasste ich mir ein Herz und trottete hinüber, klingelte und wartete. Vor Nervosität schlug mir das Herz bis zum Hals. Würde er ablehnen?

Summend öffnete sich die Tür. Ich blieb am Treppenabsatz stehen. Sandro trat ein paar Schritte aus der Wohnungstür und sah zu mir herunter. Hinter ihm stand eine Frau. Attraktiv. Lange Haare. Schlank. Groß. Sie war umwerfend gutaussehend und ich konnte das beurteilen, denn sie warf mich um.

„Oh, hallo." Er wirkte überrascht.

„Hi, oh, d-du hast Besuch." Warum sagte ich das? Ich biss mir auf die Unterlippe.

Er drehte sich kurz um.

„Ich wollte eigentlich nur fragen, ob du mit Joggen gehst, aber ich will dich gar nicht weiter stören." Ich unterbrach mich für einen Moment und wandte ein: „Du bist offenbar beschäftigt. Schönen Abend noch." Rasch machte ich auf dem Absatz kehrt.

Ich verschwand so schnell, dass er überhaupt nicht reagieren konnte, denn ich wollte keine Ausflüchte hören. Kaum war ich aus dem Haus, stopfte ich mir meine In-Ears in die Ohren und stellte die Musik extra laut. Schneller, als es gut für mich war, rannte ich los. Ich wollte nur noch weg von hier.

Fort von der heißen Frau.

Von Sandro.

Der Erkenntnis.

Er hatte jemanden.

Jetzt kannte ich den Grund, warum er sich nicht mehr gemeldet hatte. In der Zeit zwischen unserem Treffen zum Kaffee trinken bei ihm zu Hause vor zwei Wochen und heute lag eine andere Frau. Letztlich wurde alles so glasklar. Ich war so blöd zu glauben, dass er mit mir geflirtet hatte. Die ganze Zeit über war er aber nur freundlich gewesen und ich dusselige Kuh sehnte mich so sehr nach mehr, dass ich etwas in jemanden hineininterpretiert hatte, was nicht existierte. Wahrscheinlich war genau das mein Muster. Bisher war mir das nur nie aufgefallen. Doch nun machte alles auf einmal Sinn.

Erst Elias, der nie auf mich gestanden hatte, sondern nur Sex gewollt hatte. Wenn er ehrlich interessiert gewesen wäre, hätte er schließlich das Gespräch gesucht, statt einfach feige abzuhauen. Jetzt Sandro, dem ich wegen seiner Freundlichkeit tatsächlich Interesse unterstellt hatte.

Wenn ich weiter zurückging, wurde mir so einiges klar. Selbst mein Ex vor Elias hatte gar nicht so sehr auf mich gestanden wie ich auf ihn. Immer wieder stülpte ich ihnen ein Kostüm aus Perfektionismus und Superheld über. Dabei verbog ich mich wie eine Brezel, nur um in ihr Leben zu passen. All das tat ich ohne jeglichen Erfolg. Joggte ich wirklich meinetwegen oder machte ich unterbewusst nur wegen Sandro weiter?

Bei der Erkenntnis blieb ich abrupt stehen. Keuchend wischte ich mir den Schweiß aus dem Gesicht. Wut auf mich selbst überkam mich. Ich ergriff einen Stein vom

Boden. Mit voller Kraft warf ich ihn auf den See, wo er mit einem Platsch ins Wasser fiel und unterging. Ich sah den Wellen nach, die sich kreisförmig ausbreiteten.

Wieso passierte das immer wieder? Weshalb wollte ich so unbedingt einen Partner? Warum konnte ich nicht glücklich sein, ohne einen Mann an meiner Seite?

Ein Krampf im Bein riss mich aus meinen Gedanken. Stöhnend dehnte ich dagegen an. Ich hasste es, dass es immer wieder passierte.

15

Zwei Wochen später traf ich mich mit Nele und Bianca im *Tinny's*. Als ich ihnen von der Zusammenkunft mit Sandro und der anderen Frau berichtete, spürte ich deutlich, dass es mir guttat, darüber zu sprechen. Letztlich wusste ich nicht, wie ich damit umgehen sollte. Seither hatte ich keinerlei Kontaktversuch unternommen. Auch von ihm war nichts mehr gekommen. Es war fast so, als hätte das Date bei ihm zum Kaffee trinken nie stattgefunden.

„Für mich steht fest, dass er offenbar die ganze Zeit nur freundlich war und wir das alle völlig missinterpretiert haben." Damit beendete ich meinen Bericht.

Nele und Bianca wechselten einen Blick, der für mich nicht zu deuten war.

„Und wenn es nur eine gute Freundin war, die ihn in der neuen Wohnung besucht hat?", fragte Nele.

„Vielleicht ist sie auch seine Ex", entgegnete Bianca.

„Nein, der stand ganz klar auf Louisa. Ich habe seine Blicke doch gesehen", widersprach Nele.

„Und wenn du dich irrst?", fragte ich beklommen nach.

„Ich irre mich nie." Nele schüttelte den Kopf, sodass ihr ein paar pinke Haarsträhnen in die Stirn fielen.

„Irgendwann ist immer das erste Mal."

„Selbst wenn das seine Ex-Freundin war, müssen sie nicht wieder zusammen sein."

„Wie finden wir das raus?", sprach Bianca das aus, was mir durch den Kopf schwirrte.

Ich zuckte mit den Schultern. „Und wenn er ein Fuckboy ist?"

Nele fing an zu lachen. „Nein, das ist er nicht."

„Woher willst du das wissen?"

Nele wischte sich ein paar Lachtränen von der Wange und räusperte sich. „Fuckboys wollen Sex mit allen Freiheiten. Die melden sich mitten in der Nacht, wenn sie im vollen Saft stehen und noch eben ein wegstecken wollen. Macht Sandro das?“

Ich schüttelte den Kopf.

„Habt ihr schon mal überlegt, dass er auch einfach nur viel zu tun und sich deswegen bisher nicht wieder gemeldet hat?“ Bianca stieß uns auf eine Tatsache, die ich noch gar nicht beleuchtet hatte.

„Ganz ehrlich Bianca? Wann hat man denn gar keine Zeit, sich zu melden?“ Nele verdrehte die Augen. „Immerhin wohnt Louisa direkt gegenüber. Sie sieht ihn doch auch hin und wieder, oder?“

Ich nickte zögerlich. Die erste Zeit hatte ich auf Lauerposition am Fenster gestanden, doch die hatte ich mittlerweile auch aufgegeben.

„Wisst ihr was, ich ruf meinen Kumpel Jens an und mache ein Date für dich mit ihm beim Italiener aus.“

Verwirrt sah ich Nele an. Ich konnte ihr nicht wirklich folgen.

„O ja! Gute Idee“, antwortete Bianca.

„Klärt ihr mich bitte mal auf?“ Ich sah von einer zur anderen.

„Ganz einfach: Du gehst auf ein Fake-Date mit Jens. Er ist übrigens schwul, aber er sieht so umwerfend gut aus, dass es Sandro aus der Bahn werfen wird, sollte er doch an dir interessiert sein.“

„Meinst du echt, dass das nötig ist?“

„Wenn er sich mit anderen Frauen treffen kann, dann kannst du doch auf ein Date gehen? Außerdem ist Jens total lustig.“

„Aber was erwartet ihr denn von Sandro? Ich habe ihm

doch gesagt, dass ich noch Zeit brauche, als er mich heimbrachte."

„Kannst du ihr das erklären?" Nele wandte sich Bianca zu, die kurz kicherte, um dann wieder ernst zu werden.

„Du stehst auf ihn. Selbst, wenn du es leugnest. Eigentlich gehst du gerade eine Abkürzung. Du triffst dich mit einem anderen Mann, um zu prüfen, ob es Sandro kümmert, und wenn dem nicht so ist, sparst du dir weiteres Grübeln und vor allem den Herzschmerz."

„Meint ihr nicht, dass es total auffällig ist, wenn ich ausgerechnet wieder dorthin gehe? Mit Elias war ich doch ebenfalls bei ihm im Restaurant!"

Bianca und Nele schüttelten beide ihre Köpfe. Wie konnten sie sich nur so sicher sein?

„Ich verstehe nicht, warum es nun komisch oder auffällig sein sollte, wenn du bisher immer dort essen warst?"

„Angenommen, dass er mich darauf anspricht: Was sage ich denn dann?", fragte ich.

„Du brauchst dich doch gar nicht zu rechtfertigen. Er soll froh sein, dass du dort isst und seinen Job sicherst."

„Dein Selbstbewusstsein hätte ich auch gern mal."

„Das bring ich dir schon bei." Nele klopfte mir auf die Schulter.

„Aber mal ehrlich, habe ich es ernsthaft nötig, einem Mann nachzulaufen, der eindeutig gar kein Interesse an mir hat?" Meine Worte bescherten mir fragende Blicke.

„Der *ist* an dir interessiert!"

„Er hatte eine andere Frau bei sich! Womöglich waren sie sogar intim miteinander!"

„Schön, wie du das umschreibst." Bianca lachte.

„Hättet ihr Bock auf einen Kerl, der gerade noch an einer anderen Frau dran war?"

„Ihr seid nicht zusammen! Es darf dich daher nicht stören.“ Nele tippte mit dem Finger auf die Tischplatte.

Ich schnappte hörbar nach Luft, doch wusste ich keine Antwort darauf. Schließlich hatte sie damit ins Schwarze getroffen. Es hatte mich nichts anzugehen.

„Letzten Endes liegt es an dir, wie wichtig es dir ist, ihn näher kennenzulernen, und ob du ihm eine Chance geben willst. Wir können dir diese Entscheidung nicht abnehmen.“

Daraufhin wechselten wir endlich das Thema. Ich war mir nicht sicher, ob es wirklich so narrensicher war, wie sich Nele und Bianca das vorstellten. Ein Date mit einem fremden Mann, der dazu auch noch schwul war? Was sollte ich nur machen, wenn Sandro das merkte? Außerdem war ich gar nicht der Typ für solche Spielchen. War all das die Mühe wert? Sollte ich nicht aufgeben und weitermachen, als hätte es Sandro nie gegeben?

„Überlege dir das mit Jens“, ermahnte mich Nele beim Abschied. „Ich kann das echt kurzfristig klarmachen.“

Ich nickte stumm und verabschiedete mich.

Nachdem ich die folgenden Tage mit Arbeiten und der Versorgung des nächsten Schubs der Akne Inversa verbracht hatte, durchdachte ich den Vorschlag von Nele noch einmal in Ruhe. Da sie mich am Telefon weiterbearbeitet hatte, ließ ich mir Jens Nummer geben.

Wir telefonierten miteinander und ich stellte fest, dass er nett war. Nachfolgend schrieben Jens und ich einige Tage Textnachrichten hin und her. Das führte dazu, dass ich genug Vertrauen in Neles Plan aufbaute und tatsächlich eine Chance in diesem Spiel sah.

Statt eines erneuten Dates beim Italiener, was ich noch immer zu auffällig fand, bestellte ich mir Jens nach Hause.

Er hatte vorgeschlagen, dass wir grillen könnten. So kaufte ich einen kleinen Grill, Grillgut und Briketts. Von Sandros Wohnung musste die Sicht auf meinem Balkon uneingeschränkt möglich sein. Außerdem würden wir uns so auffällig benehmen, dass Sandro aus dem Fenster sehen musste.

Wenngleich Jens schwul war, machte ich mich trotzdem genauso schick wie für jedes andere Date auch. Es musste schließlich authentisch sein. Ich zog ein kurzes Wickelkleid an, das meiner Taille schmeichelte, und kurz über dem Knie endete. Dazu wählte ich einen Push-up-BH, der die Oberweite wirkungsvoll in Szene setzte. Meine blonden Haare steckte ich zu einer lässigen Frisur hoch. Für meinen Geschmack sah ich respektabel aus.

Ob all meine Pläne für den heutigen Abend zu realisieren waren, wusste ich nicht, aber ich nahm mir fest vor, nicht so gehemmt zu sein wie sonst immer. Ich wollte die Eifersucht in Sandros Augen sehen.

Sobald Jens ankam, umarmten wir uns an der Haustür. Das war gar nicht so einfach, weil er fast zwei Meter groß war.

Nach einem kurzen Umweg in meine Küche, um das Grillgut zu holen, traten wir hinaus auf den Balkon. Jens zündete die Briketts an und ich deckte den Tisch. Dabei unterhielten wir uns über dies und das. Es war lustig, obwohl ich total unentspannt war.

Als das Feuer endlich brannte, stand ich neben Jens und betrachtete seine eng sitzende Kleidung, die nicht so wirklich stimmig auf mich wirkte. Er sollte einen heterosexuellen Kerl darstellen, trug aber einen dekorativen Schal, der dem widersprach. Wir tranken jeder ein Radler.

„Hast du ihn bereits am Fenster entdeckt?"

Jens schüttelte den Kopf. „Das wird schon noch." Sanft strich er mir mit dem Daumen eine Strähne aus dem Gesicht, aber es war mir unmöglich, diese kurze Berührung zu genießen.

„Wäre ich hetero …", sagte er, doch ich winkte sofort ab.

„Bist du aber nicht, also lass gut sein." Ich wollte keine Komplimente hören, die nur aus Freundlichkeit gesagt wurden. Eigentlich wollte ich den Abend nur schnell hinter mich bringen und das gewünschte Ergebnis erreichen: Eine Reaktion von Sandro, die seine Eifersucht zeigte, damit ich endlich eine Bestätigung bekam, dass ich mir das alles nicht nur eingebildet hatte. Für einen Moment verlor sich die Lockerheit zwischen uns.

„Ich weiß ohnehin nicht, ob das überhaupt was bringt. Seine Wohnung scheint verlassen zu sein."

„Der Abend ist noch jung. Möglicherweise kommt er bald nach Hause und riecht das Feuer", erwiderte Jens in dem Versuch, mich zu beruhigen.

„Ich habe ihn doch extra beobachtet und er müsste heute seinen freien Tag haben."

Jens bediente den Grill, legte endlich das Fleisch auf und ich blieb neben ihm stehen.

„Da läuft jemand, der auf seine Beschreibung passt", raunte er mir nach einer Weile zu.

Unauffällig schaute ich von meiner Bierflasche hoch und erkannte Sandro schon an der Art seines Ganges.

„Das ist er", flüsterte ich.

Nagende Panik machte sich in mir breit.

„O ja, der hat was."

„Und jetzt?"

Noch ehe ich etwas tun oder sagen konnte, zog mich Jens in seine Arme und strich mir ein paar Haarsträhnen aus dem Gesicht.

„Du bist so wunderschön", sagte er etwas lauter als normal mit einem tiefen Blick in meine Augen.

Verwirrt von der Spontanität versuchte ich, die richtigen Worte zu finden, doch mein Kopf war wie leergefegt.

„Ich küss dich jetzt", flüsterte Jens, ohne dass sich sein Mund bewegte.

Ehe ich mich versah, lagen seine Lippen auf meinen.

Seine Hand wanderte über meinen Rücken hinab zu meinem Po. Geschockt blieb ich stehen. Ich war unfähig, mich auch nur einen Millimeter zu bewegen. Das war so nicht ab-gesprochen. Außerdem hatte ich gar keinen Blick auf Sandro. Konnte er uns sehen? War er noch da oder schon hineingegangen?

Sobald sich Jens von mir löste, strich er zärtlich über meine Wange und wandte sich dann erneut dem Grill zu. „Wir können bald essen."

Ich kam wieder zu mir und schaute unauffällig zur Straße, doch von Sandro war nichts zu sehen. Missmutig ließ ich mich an den Tisch sinken. Jens stellte den Teller mit dem Fleisch ab und setzte sich mir gegenüber auf seinen Platz.

„Hat er das überhaupt mitbekommen?"

„Ja", sagte Jens, was meine Augen ungewollt größer werden ließ. „Ich habe alles gesehen. Zuerst ist er stehengeblieben und hat die Augenbrauen zusammengezogen", erklärte er, während er sich den Teller mit Essen füllte.

Ich unterbrach Jens, indem ich sein Handgelenk umklammerte. „Erzähl weiter. Essen können wir gleich."

„Dann ist er langsamen Schrittes weitergegangen. Daraufhin habe ich meine Hand auf Wanderung geschickt. Seine Stirn zog sich in Falten und er hat sich auf die Unterlippe gebissen." Er beschrieb die Szene, die ich verpasst hatte so detailliert, dass ich es vor meinem inneren Auge wie einen Film sah.

„Hätte ich es doch gesehen …“

„Dann hättest du uns verraten. Du warst wie erstarrt. Das hätte er sofort bemerkt, und dann ebenfalls, dass es nur eine Show für ihn ist.“ Jens winkte ab.

„Und weiter?“

„Er stand einen Moment da, wirkte hin- und hergerissen und ist dann, mit gesenktem Blick, zur Haustür gegangen.“

„Das klingt, als wäre es ihm nicht egal.“ Ich freute mich über diese Information, die mir ein Lächeln auf das Gesicht zauberte.

„Nicht egal? Das ist die Untertreibung des Jahres!“

Das Herz schlug mir bis zum Hals. Außerdem wurden meine Hände ganz schwitzig.

„Und wenn er doch nicht auf mich steht? Ich meine, hätte er sich nicht endlich melden müssen?“

Jens musste als Mann doch besser als irgendwer sonst verstehen, wieso Sandro so handelte.

„Hast du schon mal überlegt, dass er genauso ein großes Misstrauen gegenüber dir hat, wie du gegenüber ihm?“

Ich schüttelte den Kopf.

„Ich kenne eure gesamte Geschichte nicht, aber du weißt nicht, wie seine letzte Beziehung zu Ende ging.“

„Du könntest recht haben.“ Ich sah zu Sandros Küchenfenster hinüber, doch dort war nichts zu sehen.

Mich traf der Schlag: Was wäre, wenn ich ihn durch diese verblödete Aktion vollkommen verschreckt hatte?

16

Als ich am nächsten Tag mit Melissa telefonierte, nahm ich mir die Zeit, ihr die ganze Geschichte mit Sandro zu erzählen. Seit unserer Diskussion im *Tinny's* waren fast sechs Wochen vergangen. Wir hatten uns nicht ausgesprochen, aber unsere Freundschaft war mir in Summe wichtiger als nachtragend zu sein.

„Und jetzt weiß ich nicht mehr weiter", endete ich seufzend meine Erzählungen.

„Wer rät dir denn zu solch einer Scheiße?" Ich hörte regelrecht, wie sie ihre Augen verdrehte.

„Wieso?"

„Ihr seid nicht mehr in der achten Klasse!"

„Ich weiß, aber …", sagte ich zur Verteidigung, doch Melissa unterbrach mich sofort: „Du signalisierst dem Kerl am laufenden Band, dass du kein Interesse hast."

„Wie meinst du das?"

Sie seufzte. „Ich weiß gar nicht, wo ich anfangen soll. Du bist das von Grund auf falsch angegangen."

Ich biss mir verzweifelt auf die Unterlippe. Hatte sie recht? Auf dem gemeinsamen Heimweg vor einigen Wochen, als ich betrunken war, machte er mir Avancen, die ich abgeblockt hatte. Das war mir selbst aufgefallen. Hatte ich mit der Jens-Aktion alles zerstört, was hätte werden können?

„Hörst du mir überhaupt noch zu?", hörte ich Melissa genervt nachfragen, wodurch ich erst merkte, dass ich gedanklich abgeschweift war.

„Äh ja …"

„Jedenfalls musst du auf ihn zugehen. Wenn er dich tatsächlich mit diesem Fake-Date gesehen hat, ihr zu allem

Übel auch noch miteinander geknutscht habt, würde ich einen Teufel tun und bei dir ankommen."

Seufzend ließ ich den Kopf hängen. Ich machte alles verkehrt, was man falsch machen konnte.

„Außerdem solltest du darüber nachdenken, warum du so dringend einen Freund brauchst. Du strahlst deine Verzweiflung regelrecht aus. Das schreckt Männer ebenfalls ab!"

Ihre Worte verletzten mich. Heiße Tränen stiegen mir in die Augen. „Du hast gut reden."

„Was soll das heißen?"

„Du bist mit John schon ewig zusammen. Du weißt doch überhaupt nicht mehr, wie es ist, Single zu sein!" Ich griff sie damit zwar direkt an, aber was erlaubte sie sich eigentlich mir gegenüber?

„Natürlich weiß ich das noch!"

Genervt verdrehte ich die Augen. Als ob sie das noch wüsste! Wie viele Jahre war sie schon mit John zusammen?

„Louisa, ich will mich gar nicht mit dir streiten. Du hast mich nach meiner Meinung gefragt, jetzt hast du sie gehört."

Ich atmete tief durch, um nicht vollkommen auszuflippen. Ich brauchte einen freundschaftlichen Rat zu Sandro und nicht einen Vortrag, wie verzweifelt ich wirkte. Danach hatte ich auch gar nicht gefragt. Das war genauso übergriffig wie ihre ungefragten Ratschläge zu meiner Akne inversa, die auch noch völlig falsch gewesen waren. Merkte sie denn gar nicht, dass das verletzend war?

„Und was mache ich jetzt?", fragte ich zähneknirschend, weil es nichts brachte, diese Diskussion weiterzuführen.

„Es gibt drei Möglichkeiten. Du könntest erwachsen sein, hinüber gehen und ihm gestehen, dass du ihn magst und dass die Jens-Aktion kindischer Blödsinn war."

„Und das ist nicht verzweifelt?“

„Doch!“, antwortete sie prompt. „Ich habe nicht gesagt, dass du deinen Ruf bei einer dieser Möglichkeiten steigerst.“

Seufzend verdrehte ich die Augen. „Dann sag mir mal, was deine Zweite ist.“

„Du vergisst ihn und machst weiter, als gäbe es ihn nicht.“

„Nein!“

„Gut, dann eben Alternative drei: Du gehst hinüber, fragst ihn, wer die Frau war, warum er sich nicht bei dir gemeldet hat, und schaust dann, ob er derzeit überhaupt verfügbar ist.“

Kopfschüttelnd saß ich da und schwieg.

„Ich habe nicht behauptet, dass eine dieser Möglichkeiten überragend ist, aber welche Wahl hast du denn schon?“

„Manchmal hasse ich es, dass du so ein Realist bist.“

„So oder so würde ich fast drauf wetten, dass von ihm nichts mehr kommen wird.“

Was hatte ich nur getan? Wieso hatte ich bloß auf Nele und Bianca gehört? Wie lange kannte ich sie? Gerade mal ein paar Sekunden im Gegensatz zu Melissa. Hätte ich mal von Anfang an mit ihr gesprochen, statt mich auf diese Spielchen einzulassen.

„Hast du schon deine Akne in den Griff bekommen?“, fragte Melissa.

„Wie gesagt, ich habe keine normale Akne, sondern chronische Abszesse“, erklärte ich so geduldig wie möglich.

„Ich habe mal recherchiert. Da gibt es so ein Aloe-Vera-Spray. Vielleicht hilft dir das.“

„Hast du das im Zusammenhang mit Hidradenitis suppurativa gefunden?“

Wieso tat sie das schon wieder? Hatte sie im Café nicht begriffen, dass das nicht hilfreich war?

„Außerdem hilft Zink. Das trocknet die Pickel aus", erklärte Melissa unbeirrt.

Seufzend verdrehte ich die Augen. Froh, dass sie das nicht sah, räusperte ich mich. „Danke für deine Vorschläge. Ich habe zwar keine Pickel, aber ich werde mal schauen, ob mir das irgendwie weiterhilft."

Doch wenn ich ehrlich war, würde ich keinen ihrer Ratschläge annehmen. Sie hatte von Akne Inversa keinerlei Ahnung und ich war mir zu einhundert Prozent sicher, dass sie wieder nach der Pubertätsakne gegoogelt hatte. Früher oder später würde ich den Mut haben und ihr zeigen, was sie da verwechselte. Vielleicht brauchte sie die harte Realität, um zu begreifen, dass ihre desaströsen Ratschläge in Bezug auf meine Erkrankung mehr frustrierten als halfen. „Melissa, ich würde gern noch weiter telefonieren, aber der Akku ist fast leer. Womöglich sollten wir uns jetzt schon verabschieden, ehe das Telefon sich ohne Vorwarnung abschaltet", erklärte ich gespielt enttäuscht.

Nachdem ich aufgelegt hatte, war ich froh, das Gespräch beendet zu haben. Wenngleich mich ihre offene, realistische Art in Bezug auf Sandro zurück auf den Boden der Tatsachen geholt hatte, war ich genervt von dieser Klugscheißerei bezüglich meiner Erkrankung. Es zeigte deutlich, dass sie nicht zuhörte. Außerdem hatte ich aktuell andere Probleme als meine Beulen.

Wie sollte ich das mit Sandro nur wieder hinbekommen? Würde er mich trotz der Beulen jemals lieben können?

Sehnsüchtig trat ich ans Fenster und sah zu seiner Wohnung. Es brannte Licht. Er war zu Hause. War jetzt der Zeitpunkt, hinüberzugehen und es hinter mich zu bringen? Nur welcher der möglichen Wege war der richtige?

Der gestrige Abend fühlte sich so falsch an. Ich bereute, dass ich Jens getroffen hatte. Wieso war ich davon ausgegangen, dass mir sowas helfen würde, Sandro ein Stück näher zu kommen? War ich denn völlig bescheuert?

Für die Zukunft musste ich mir unbedingt merken, bei Liebesfragen nicht mehr Nele oder Bianca um Rat zu bitten.

Kurzerhand holte ich ein Geldstück aus meiner Geldbörse. Wenn ich nicht weiterwusste, wusste es im Regelfall die Münze. Nichts zeigte deutlicher die Wahrheit an.

Zahl: Ich ging jetzt sofort zu ihm herüber.

Kopf: Ich wartete weiter ab, bis er zu mir kam.

Ich schloss die Augen und warf die Münze.

Als ich das Ergebnis sah, trottete ich zum Kühlschrank, öffnete eine Radlerflasche und trank sie in einem Zug leer. Das war nicht viel Alkohol, aber hoffentlich würde es meine Zunge weit genug lockern, dass ich hinübergehen könnte und in Ordnung brachte, was ich verursacht hatte.

Zehn Minuten später stand ich vor Sandros Haustür. Zögerlich sah ich auf das Klingelschild und konnte mich nicht entscheiden, ob ich nicht doch wieder kehrtmachen und zurück zu meiner Wohnung laufen sollte. Wäre es nicht besser, wenn ich ihn vergaß? Letztlich würde er sich nicht mehr für mich interessieren, sobald er mich nackt gesehen hatte. All die Narben und Beulen würden ihn genauso verschrecken, wie sie Elias verschreckt hatten. Kein Mann wollte eine Frau wie mich. Ich biss mir auf die Unterlippe.

Gerade, als mein Finger über der Klingel schwebte, öffnete sich die Tür und Sandro stand in Trainingsklamotten vor mir.

„Oh, Hallo."

„Hi", presste ich hervor. Dabei versuchte ich zu lächeln, doch das misslang.

„Wolltest du zu mir?“, fragte Sandro.

„Ja.“

Er nickte stumm. Sein erwartungsvoller Blick lag auf mir. Ich räusperte mich und trat von einem Fuß auf den anderen.

„Was gibt es?“ Er verschränkte die Arme vor der Brust und betrachtete mich mit einem abweisenden Blick.

„Ich glaube, wir müssen mal miteinander reden“, sagte ich mit dem Blick zum Boden. Ich hatte nicht die Kraft, ihn dabei direkt anzusehen.

„Eigentlich wollte ich jetzt joggen.“

„Oh“, stieß ich hervor. „Okay“. Ich trat einen Schritt zurück.

„Ich wüsste auch nicht, worüber wir reden müssten.“ Er drückte auf seinem Smartphone herum.

Ich nickte stumm.

Er ging an mir vorbei und ließ mich achtlos stehen. Reflexartig machte ich einen Satz nach vorn und ergriff seinen Arm. Sandro drehte sich um und sah mich fragend an. Ich schaute ihm direkt in die Augen. Warum machte er es mir nur so schwer? Wieso hatte ich es ihm nicht leichter gemacht? All diese widersprüchlichen Signale hatten bestimmt kein Vertrauen in mich geweckt.

„Es tut mir leid!“

Seine Augen weiteten sich, aber er sagte nichts.

„Das g-gestern ...“ Ich fand nicht die richtigen Worte, um aufzuklären, was das gewesen war.

„Du brauchst nichts zu erklären.“ Sandro zog meine Hand von seinem Arm.

„Ich will es aber!“

„Darauf kann ich verzichten.“

Verzweifelt seufzte ich auf. Wieso war er nur so stur?

Schweigend drehte er sich um und lief los. Überrascht, dass er mich stehen ließ, schaute ich ihm hinterher.

17

Die Tage zogen sich wie Kaugummi. Es war unerträglich. War mit Sandro alles verloren? Ich wusste nicht mehr weiter. Es schmerzte, dass er so unterkühlt war. Ich bekam ihn gar nicht mehr zu Gesicht. Außerdem fehlte es mir an Mut, erneut zu ihm hinüberzugehen. Jede freie Minute harrte ich auf dem Balkon aus, in der Hoffnung, dass er mich sah und zu mir herüberkam. Dass endlich ausgesprochen wurde, was zwischen uns lag – die heiße Frau in seiner Wohnung und Jens auf meinem Balkon.

Ich war umringt von Wut, Verzweiflung und all dem Schmerz, den mir mein Körper mit seinen blöden Beulen zufügte. Genervt von der Gesamtsituation hielt ich es kaum in den eigenen vier Wänden aus. War mir meine verzweifelte Suche nach einem Partner tatsächlich anzusehen? Strahlte ich es aus? Hatte Melissa recht?

Auch heute schaute ich hinüber zu Sandros Wohnung. Dass er zu Hause war, hatte ich mitbekommen. Er war vor etwa einer halben Stunde heimgekommen. Ohne Gruß war er schnurstracks zur Haustür gelaufen und schneller verschwunden, als ich hätte aufstehen können. Keine Chance, ein Gespräch zu führen. Vermutlich blieb nur die Möglichkeit, ihn zu vergessen. Ich wurde traurig, sobald mich diese Erkenntnis traf. Es war alles verloren. Ich konnte ihn nicht zwingen, mit mir zu sprechen. Vielleicht hatte Jens recht, indem er vermutete, dass Sandro eine abscheuliche Trennung durchgemacht hatte. Es wäre möglich, dass er mich deswegen nicht weiter treffen wollte. Er schien mir zu misstrauen und ich hatte ihm dafür genügend Gründe geliefert.

Nachdenklich trat ich zum Balkongitter. Sollte ich ihm einen Brief schreiben, um die Situation zu erklären? Würde er den überhaupt lesen? Seufzend ließ ich den Kopf hängen. Warum war das alles nur so kompliziert? Wenn ich an die Geschichten meiner Eltern dachte, wirkte es so, als wäre es bei ihrer Generation viel leichter gewesen zusammenzukommen.

Plötzlich kam mir ein neuer Gedanke: Eventuell war die Frau seine neue Freundin und er wehrte deshalb den Kontakt ab. Vielleicht erlaubte sie es ihm nicht, sich mit anderen Frauen zu treffen. Was würde nur passieren, falls sie meinen Brief las? Ich wollte nicht schuld sein, wenn sie sich von ihm trennte.

Welche Möglichkeiten blieben übrig?

Letztlich nur die zu beobachten, ob die Frau nochmal mit ihm hier auftauchte. Dann würde ich wissen, ob sie seine Freundin war.

Als mein Telefon klingelte, eilte ich in die Wohnung und nahm ab. „Hallo?"

„Hallo Louisa! Nele hier, wie geht's dir?"

Als ich Neles Stimme hörte, kamen gemischte Gefühle in mir hoch. Einerseits gab ich ihr die Schuld an der Misere mit Sandro. Andererseits freute ich mich, von ihr zu hören, weil ich so für den Moment abgelenkt war.

Ich erzählte, was seit der Jens-Aktion gelaufen war.

Nele hörte aufmerksam zu und kicherte, als ich von dem Kuss berichtete. „Jens hat aber Vollgas gegeben."

„Das ist alles, was dir dazu einfällt?"

Nele gluckste. „Das ist doch nur halb so schlimm. Sandro und du seid kein Paar. Du hast nichts falsch gemacht."

„Wieso fühlt es sich dann so an, als hätte ich alles aufs Spiel gesetzt für einen Kuss von einem Schwulen?" Genervt seufzte ich auf.

„Meinst du, Sandro hat ein schlechtes Gewissen wegen der Alten, die er bei sich daheim hatte, als du überraschend aufgetaucht bist?"

Touché.

In all meiner Verzweiflung hatte ich genau diesen Punkt ausgeblendet. Er hatte mich genauso verletzt.

„Er hat sich rar gemacht", sagte ich.

„Siehst du." Nele seufzte auf. „Männer sind alle gleich. Sie meinen, sie machen nie etwas falsch. Sie treffen nebenbei andere Frauen, aber, oh wehe, die Frau macht das genauso."

Ich nickte, doch dann fiel mir ein, dass Nele mich gar nicht sah. „Damit hast du wohl recht."

„Natürlich habe ich recht. Letztlich musst du wissen, wie du weitermachst. Wenn er nicht freiwillig mit dir reden will, können wir gern nochmal ins Restaurant."

„Und was soll das bringen?" Nervosität erfasste mich.

„Klarheit natürlich."

„Aber er arbeitet dann doch!"

„So kann er dir nicht aus dem Weg gehen."

„Er kann dennoch behaupten, er habe keine Zeit."

„Du immer mit deinen Einwänden." Nele seufzte.

„Ich glaube eben nicht, dass es so unkompliziert ist."

„Wer nicht wagt, der nicht gewinnt."

Wir schwiegen einen Augenblick lang.

„Louisa, du kannst dir natürlich weiter einreden, dass er nicht auf dich steht, und das Kapitel beenden, ehe es angefangen hat. Das überlass ich dir. Überlege es dir und sag mir dann Bescheid." Mit den Worten verabschiedete sie sich.

Ich zog mir die Sneakers an und trottete für einen Spaziergang hinaus an die frische Luft. Ich war traurig, überfordert und zugleich wütend. Ein Wirrwarr aus Emotionen erschwerte es, zu entscheiden, was der richtige Weg war. Musste ich ihm nur mehr Zeit geben? War Aufgeben die einzige Option, wenn er nicht mit mir sprechen wollte? Musste ich den Mut aufbringen, ein weiteres Mal zu ihm zu gehen?

Ich blieb stehen und sah auf das glitzernde Wasser des Sees. Die Sonne spiegelte sich auf der Wasseroberfläche. Ich konnte Hummeln summen und Vögel zwitschern hören. Es war ein warmer Sommertag, doch meine Gedanken waren zu düster, um mich zu entspannen und all das zu genießen.

Nachdem ich eine Stunde umhergelaufen war, kam ich zurück in unsere Straße. Nicht mutiger als zuvor, aber dafür entschlossener. Ich klingelte bei Sandro, wartete bange Sekunden vor seiner Tür und presste meine Hände zu Fäusten. Wir waren erwachsen. Es war doch besser, eine Klärung zu finden, als dass man sich aus dem Weg ging.

Der Türsummer ertönte und ich trat in den Hausflur.

„Oh, Louisa."

Er trug nur eine kurze Hose und mein Blick blieb auf seiner durchtrainierten Brust heften. Für einen Moment vergaß ich alles, was ich mir zu sagen überlegt hatte. Ich schluckte schwer.

„Hallo Sandro. Hast du Zeit für einen Kaffee?"

Er nickte. Stumm folgte ich ihm in seine Wohnung. Geschäftig drückte er an seiner Kaffeemaschine herum.

„Wir haben uns schon lang nicht mehr gesehen."

Sandro sagte nichts dazu.

„Offen gesagt, fand ich den Nachmittag auf deinem Balkon wirklich schön", sagte ich in dem Versuch, ein klärendes Gespräch zu führen.

Sein Räuspern drang mir durch Mark und Knochen.

„Oder?“, fügte ich beklommen hinzu.

„Doch.“ Endlich drehte er sich zu mir um, lehnte sich an die Arbeitsplatte und verschränkte die Arme vor der Brust.

Unbewusst legte ich meinen Kopf schief und sah mit festem Blick in seine braunen Augen, die im Gegensatz zu sonst verschlossen und kalt wirkten.

„Schade, dass wir nicht mehr zusammen joggen waren.“

Er zuckte stumm mit den Schultern.

„Möchte deine neue Freundin das nicht?“

Sandros Augen weiteten sich. „Wer?“

„Die Frau von neulich. Als ich dich spontan zum Joggen abholen wollte.“

Er schüttelte mit dem Kopf. „Das ist nicht meine Freundin.“

Ich biss mir auf die Unterlippe. War sie also nur ein One-Night-Stand? Verunsichert räusperte ich mich.

Sandro drehte sich um, schäumte Milch auf und bereitete einen Latte macchiato zu.

Ich betrachtete seine Rückseite, sah wie sich seine Muskeln unter den Bewegungen anspannten und lockerten. Seine Hose saß lässig auf den Hüften. Es machte mich nervös, dass er so freizügig war. Postwendend kamen wieder die Komplexe in mir hoch. Ich war nicht annähernd so gutaussehend wie er. Ich trug eine gemusterte Haremshose und ein zu großes, hellgraues T-Shirt, das – wie ich nun feststellte – ein paar kleine Löcher auf Bauchnabelhöhe hatte. Wo kamen die nur her? Seufzend wandte ich den Blick davon ab.

Wie konnte ich nur denken, dass jemand wie Sandro auf mich stehen könnte? Er könnte jede haben.

Wortlos stellte mir Sandro den Latte macchiato hin und füllte sich einen Espresso in eine kleine Tasse. Schweigend tranken wir.

„Wie geht's dir sonst so? Gibt es etwas Neues?", fragte ich beiläufig und sah mich um. „Du bist enorm weit mit dem Einrichten gekommen."

Es stand nur noch ein Umzugskarton im Wohnzimmer neben der Couch.

Sandro räusperte sich und setzte seine kleine Tasse ab. „Was möchtest du wirklich?"

Gehemmt schob ich mir ein paar Haarsträhnen aus dem Gesicht und erwiderte seinen Blick. „Dort weitermachen, wo wir das letzte Mal aufgehört haben."

Das war nicht einmal gelogen. Ich konnte sehen, wie sich die Rädchen hinter Sandros Stirn in Bewegung setzten.

Dann fuhr er sich durch seine lockigen Haare und stöhnte auf. „Machst du das immer so?"

Ich verstand nicht. Wie meinte er das? Fragend sah ich ihn an.

„Du weißt genau, was ich meine. Tu nicht so." Sandro verdrehte die Augen, als ich nicht antwortete. „Wollte der Kerl dich neulich auch nicht? Kommst du deswegen wieder zu mir?" Er klang fieser, als ich je erwartet hätte.

Mir klappte der Mund auf und zu, doch wusste ich nicht, was ich darauf sagen sollte. Er hatte ja schon Recht. Ich klammerte mich an mein Getränk, aber das war viel zu heiß.

„I-ich …", stotterte ich los, ohne zu wissen, was ich darauf sagen sollte, ohne in Peinlichkeit zu versinken.

Sandro sah mich angriffslustig an und er verschränkte erneut die Arme vor der Brust. „Du sagst mir, du brauchst noch Zeit und dann knutschst du mit irgendeinem Kerl auf deinem Balkon herum!" Sein Gesicht war wutverzerrt, dennoch klang er gefasst.

Ich sprang auf. „Und diese Frau bei dir? Was geht es dich an, wenn du dich selbst austobst?"

Sandro lachte. „Das ist nicht so, wie du denkst.“

„Sondern?“ Ich verschränkte die Arme vor meiner Brust und wartete gespannt auf die Erklärung.

Doch statt zu antworten, schüttelte Sandro nur den Kopf und winkte ab.

„Also poppst du herum, aber, ich als Frau darf keine anderen Männer küssen, weil wir einen Kaffee zusammen getrunken haben?“ Ich war wütend. Immer die gleiche Geschichte. Frauen waren sofort Schlampen, aber Kerle durften alles – wie ich es leid war.

Sandro setzte zur Antwort an, aber ich hatte keine Geduld mehr. Ich fuhr ihm direkt über den Mund: „Weißt du was, vielleicht ist es doch besser, ich gehe wieder.“ Ohne zu zögern, verließ ich seine Wohnung.

Wir waren keinen Schritt weiter, aber ich brauchte mich nicht für etwas beleidigen lassen, das ich nicht getan hatte.

18

Wieder zogen zwei Wochen ins Land, in denen ich traurig zu Hause saß und die Welt verfluchte. Der Liebeskummer hatte einen erneuten Schub ausgelöst, der für Schmerzen, Geruch und zusätzlicher Scham sorgte.

Bianca und Nele hatten einige Male versucht, mich dazu zu bewegen, mit ihnen auszugehen, doch ich war nicht in der Stimmung. Fernsehen, lesen und nichts tun, waren das Einzige, was ich wollte. Zur Arbeit zu gehen, war schon mühsam genug. Ich hatte keine Lust mehr. Die Luft war raus. Irgendwann war es offenbar so weit, dass man aufgab, wenn zu oft hintereinander alles schiefging.

Heute hatte ich Frühschicht und sobald ich heimkam, hatte ich mir sofort ein lockeres Nachthemd angezogen. Mit einer Schüssel Popcorn lag ich auf der Couch und scrollte durch das Streamingangebot. Endlich nahm ich mir die Zeit für all die Serienempfehlungen, die ich über die Jahre bekommen, aber aus irgendwelchen Gründen nie geguckt hatte.

Als es klingelte, war ich überrascht. Ich erwartete kein Paket und angekündigt hatte sich auch niemand.

Nachdem ich den Summer betätigt und die Tür geöffnet hatte, war ich geschockt. Sandro stand vor der Tür. Was machte er hier?

Für einen Moment schaute ich ihn erstaunt an, um dann an mir hinunterzusehen. Auf meinem Nachthemd waren Kaffee- und Wundflüssigkeitsflecken. Außerdem war es eben ein lockeres Nachthemd und nichts Ansprechendes. Ich sah aus wie der letzte Asoziale.

Nervös strich ich mir durch die Haare in der Hoffnung, dass es das Nest aus wilden Strähnen etwas besser machte.

„Hi", grüßte er mit einem Lächeln auf seinen hellroten Lippen.

„Was machst du hier?"

„Lässt du mich rein?"

Perplex trat ich einen Schritt zur Seite. „Klar."

Im Wohnzimmer räumte ich die Popcornschüssel von der Couch und ließ mich dort niedersinken. Er schaute sich um. Es sah wild aus in der Wohnung. Meine Motivation aufzuräumen, war seit unserem letzten Aufeinandertreffen gänzlich verschwunden, und so stand noch viel Geschirr auf dem Esszimmertisch.

„Störe ich?" Nervös trat er von einem Bein auf das andere.

Ich schüttelte den Kopf. „Setz dich doch."

Sobald er neben mir saß, nahm ich seinen Duft wahr – frisch und herb. Das gefiel mir.

„Ich glaube, ich war nicht ganz fair zu dir."

Aufmerksam sah ich ihn an und drückte ein kleines Sofakissen gegen meine Brust, so dass ein paar der Flecken versteckt wurden.

„Wir sind kein Paar und natürlich darfst du tun und lassen, was du willst." Seine Stimme klang belegt.

Ich nickte stumm. Vorerst hörte ich nur zu, damit er alles aussprach, was er mir erzählen wollte.

Nervös strich er sich durch sein lockiges Haar. „Können wir nochmal neu anfangen?"

Ich sah in seine braunen Augen. Seine Unsicherheit stand ihm ins Gesicht geschrieben. Mein Herz klopfte ganz wild und ich fühlte mich so unsicher in meinem Outfit. Wenn er sich angekündigt hätte, hätte ich mir etwas Schickeres angezogen.

„Erst möchte ich wissen, wer diese Frau war."

Sandro seufzte. Sein Blick wanderte zum Boden.

Er knetete seine Hände durch. „Das ist eine lange Geschichte."

„Ich habe Zeit", sagte ich, setzte mich aufrechter hin und zupfte an meinem Nachthemd.

„Na gut." Damit startete Sandro seine Erklärungen.

Kurz nach unserem Kaffeedate hatte sich diese Frau namens Giulia bei ihm gemeldet. Offenbar hatte sein Vater eine uneheliche Tochter, von der seine Mutter und er bisher nichts gewusst hatten. Er traf sich mit ihr, um sie kennenzulernen. Zum einen war er voller Neugier. Zum anderen wollte er wissen, ob sie ihn nicht belog.

„Mittlerweile habe ich das Ergebnis vom DNA-Test und sie hat nicht gelogen", beendete Sandro die Geschichte.

Er tat mir leid. Das musste ihn ganz schön beschäftigt haben.

„Und wie geht es dir damit?"

Sandro zuckte mit den Schultern. „Es hat mich erst voll geschockt und jetzt bin ich hin- und hergerissen. Soll ich warten, bis meine Mutter zufällig darauf stößt, oder es erzählen? Aber eigentlich finde ich, sollte es mein Vater ihr selbst beichten."

Nachdem ich diese Geschichte gehört hatte, wurde mir Vieles klar. Nicht ich war der Grund für seine Zurückhaltung und Abwesenheit, sondern sein Privatleben hatte ihn auf Trab gehalten und einiges durcheinandergebracht, mit dem er erst einmal fertig werden musste.

„Ich weiß nicht, was ich dir raten soll."

„Ich erwarte dazu keine Lösung. Es ist letztlich mein Problem." Sandro machte eine wegwerfende Bewegung. „Es tut schon gut, mal mit jemandem darüber zu reden. Ich schätze, ich könnte meinen Bruder Giovanni ins Boot holen, aber er ist eine Plaudertasche. Ich weiß nicht, ob er so besonnen ist, es nicht sofort meiner Mutter zu erzählen."

Ich nickte verständnisvoll. „Nicht leicht."

„Absolut nicht!" Seine braunen Augen hatten nichts mehr von der Kälte. Sie waren wieder warm und funkelnd. So wie ich sie bisher kannte.

„Darf ich auch etwas fragen?"

Wieder nickte ich, gespannt darauf, worum es ging.

„Was ist das mit diesem Kerl von neulich?"

Seufzend fuhr ich mir mit den Händen durch mein Gesicht. „Das war nur eine blöde Idee von einer Freundin. Vergiss das schlicht und einfach!" Mittlerweile war es mir mehr als peinlich, dass ich dieser Aktion überhaupt zugestimmt hatte.

„Wollte sie dich verkuppeln?"

Ich schüttelte den Kopf. „Na gut", sagte ich, atmete tief durch und strich mir nochmal die Haare glatt. „Nele hatte die Idee, dich aus der Reserve zu locken, indem ich dich eifersüchtig mache. Sie war der Meinung, dass du voll auf mich stehst, und ich dich so provozieren sollte. Daraufhin hat sie mir die Nummer ihres Kumpels Jens gegeben, der sich für die Aktion bereit erklärt hatte. Mittlerweile weiß ich, dass es total bescheuert und unreif war."

Sandro schüttelte den Kopf. „Frauen."

„Jens hat es aber völlig übertrieben. Von Küssen war nie die Rede!"

„Möglicherweise mag er dich."

„Nein, er ist schwul."

Sandro brach in Lachen aus.

Ich spürte, wie mir das Blut in den Kopf schoss.

„Lass mich raten, die Idee hattet ihr, weil ihr Giulia für meine Freundin hieltet?"

Ich nickte mit hochrotem Kopf. Sandro lachte noch mehr.

„Ich dachte zwischenzeitlich, dass du ein Fuckboy wärst, weil ich sie nicht mehr bei dir gesehen habe." Beschämt biss ich mir auf die Unterlippe.

„Was zur Hölle ist ein Fuckboy?", fragte Sandro mit großen Augen.

Jetzt war es an mir zu lachen. Plötzlich spürte ich das erlösende Gefühl eines aufplatzenden Abszesses unter meiner Brust. Ich hatte keinen BH an und hatte ihn nicht abgeklebt, weil das Nachthemd ohnehin schon mit allerlei zugeschmiert war. Schnell sprang ich auf.

„Ich muss mal eben wohin", erklärte ich und rannte sofort ins Bad.

Ich riss das Nachthemd von meinem Körper und kramte nach einer Mullkompresse.

„Verdammt", fluchte ich halblaut.

„Alles in Ordnung?", hörte ich Sandro aus dem Flur rufen.

„Ja, schon in Ordnung."

Dann stellte ich fest, dass keine Schere im Spiegelschrank lag. Wo hatte ich die nur wieder hingelegt? Suchend schaute ich mich in dem Chaos aus Verbandsmitteln, Kosmetika und getragener Wäsche um, doch ich fand sie nicht. Ich klemmte die Kompresse zwischen Bauch und Busen fest und zog widerwillig mein Nachthemd wieder an. Als ich auf den Flur trat, stand Sandro da und sah mich besorgt an. Aus einem Reflex heraus drückte ich meinen Arm auf den Fleck.

„Ich komme gleich wieder", erklärte ich und eilte an ihm vorbei ins Schlafzimmer.

Schnell zog ich mir etwas anderes an. Was würde er nur denken, was das war? Ich war nicht bereit, mich dahingehend zu offenbaren. Dafür war es viel zu früh.

Mit einem knielangen Rock und einem blauen Shirt, mit Spitzeneinsatz an den Schultern, bekleidet betrat ich das Wohnzimmer. Ein Sport-BH hielt die Mullkompresse an Ort und Stelle. So fühlte ich mich gleich besser und ich musste nicht mit der Küchenschere ins Bad, was mit Sicherheit zu Fragen geführt hätte.

„Warum hast du dich umgezogen?"

„Habe mich beim Händewaschen nassgemacht."

Nahm er mir diese Notlüge ab?

„Kommen wir wieder zurück zum Fuckboy", sagte Sandro grinsend.

Beruhigt atmete ich aus.

„Was ist das oder lenkst du nur ab?"

„Ein Mann, der nur an Sex interessiert ist und keine Beziehung will. Sie heucheln Interesse nur vor, um das Vertrauen einer Frau zu gewinnen. Außerdem sind sie miserabel erreichbar oder melden sich nur nachts, wenn sie einen wegstecken wollen", erklärte ich die wesentlichen Punkte.

„Wann habe ich mich jemals nachts gemeldet?"

Ich winkte ab.

„Hochinteressant, wie man das alles so nennt. Steht denn unser Joggingdate noch?"

„Ich jogge nicht mehr."

Er sah mich fragend an.

Ich entschied mich für einen Teil der Wahrheit. „Das ist für meine Krankheit nicht förderlich."

Sandro legte den Kopf schief. Dann wanderte ein schneller, irritierter Blick über meinen Körper.

„Du siehst die Krankheit so nicht."

Eine Sorgenfalte bildete sich auf seiner Stirn.

„Ich werde nicht daran sterben. Ich habe das schon lange."

„Möchtest du darüber reden?“

Ich schüttelte den Kopf. Sandro nickte und ergriff meine Hand. Bei dieser Berührung durchzuckte ein Blitz meinen Körper. Es war genauso mystisch, wie ich es in Erinnerung hatte.

„Ist in Ordnung, aber wenn dir danach ist, kannst du mit mir reden.“

Dankbar nickte ich und drückte seine Hand. Hoffentlich würde er das genau so sehen, wenn er erst mal wüsste, was ich hatte, und eine Ahnung bekam, welchen Einfluss diese Erkrankung auf das Leben, meinen Körper und mich hatte.

19

Ich verbrachte den Vormittag mit dem Abtelefonieren diverser Hautärzte. Dennoch hatte ich keinen gefunden, der auf Akne Inversa spezialisiert war. Bianca und Nele hatten mir einen bei unserem ersten Treffen genannt, aber ich kam nicht mehr auf den Namen. Leider waren Bianca und Nele arbeiten, sodass sie auf meine Nachrichten nicht reagierten.

Nach unserem klärenden Gespräch war ich wieder zuversichtlicher, was Sandro und mich anging. Vielleicht hätten wir nun eine Chance. Irgendetwas war da zwischen uns, aber was genau konnte es sein?

Dennoch motivierte es mich, meine Erkrankung anzugehen. Selbst, wenn die Krankheit nicht heilbar war, wünschte ich mir eine Besserung. Meine Recherchen ergaben nur Hautkliniken in Großstädten, die zu weit weg waren. Außerdem war ich mir nicht sicher, ob ich eine Sanierung meiner betroffenen Körperpartien in Betracht ziehen sollte. Die Wundheilung würde Monate dauern. Würde mein Chef, dies akzeptieren, ohne mich in der Zeit zu kündigen?

Seitdem ich in den sozialen Medien so viele Wundbilder sah, war ich mir fast sicher, dass ich Fistelgänge hatte, da ich die röhrenförmige Verbindung zwischen zwei Abszessen deutlich durch die Haut ertasten konnte. Möglicherweise würde ich gar nicht um die Sanierung herumkommen. Demgegenüber standen auch noch Antibiotika und immunsuppressiver Therapien, über die ich Aufklärung benötigte. Mit Salben würde ich nicht ewig weiter hantieren können.

Außerdem rührte ich heute Morgen etwas Peeling mit Zucker und Öl an, mit dem ich regelmäßig meine Haut schrubben wollte. Ob das etwas brachte, wusste ich nicht, aber schaden würde es nicht. Von diesem Tipp hatte ich in einem Forum gelesen. Da ich schlichtes Sonnenblumenöl genommen hatte, würde es zumindest keine Schübe auslösen, wie es ein gekauftes Peeling mit Parfüm könnte.

Um mir die Zeit bis zur Schicht zu vertreiben, kaufte ich in der Drogerie noch ein paar Sachen ein, die ich ausprobieren wollte.

In der Selbsthilfegruppe hieß es immer „Finde deine Trigger heraus und du wirst die Erkrankung mildern". Mit dem Wechsel des Waschmittels würde ich anfangen, da es die wenigste Arbeit und Mühe erforderte. Sobald mein Deo und Duschgel leer wären, würde ich damit weitermachen. So oder so war eine sofortige Umstellung aller Sachen, die möglicherweise Schübe auslösten, nicht empfehlenswert. Es wäre dann nicht möglich nachzuvollziehen, was davon letztlich der Auslöser war.

Nachdem ich endlich eine Antwort von Bianca bezüglich meiner Frage zu ihrem Arzt erhielt, war ich überrascht, weil es gar kein Hautarzt war, sondern eine Allgemeinmedizinerin. Nach einem Blick auf die Homepage stellte ich fest, dass es sogar eine eigene Akne-Inversa-Sprechstunde gab. Wie hätte ich darauf kommen können, dass ein Allgemeinmediziner sich mit dieser Krankheit besser auskannte als ein Facharzt? Ich vereinbarte für die nächste Akne-Inversa-Sprechstunde einen Termin. Zufrieden trug ich diesen in meinen Kalender ein und konnte gar nicht glauben, dass es endlich voranging.

Schlaflos im Bett zu sein, brachte mich fast um den Verstand. Dazu schmerzten mir schon wieder die Achseln. Ich konnte kaum liegen. Eine falsche Bewegung, und ein unermesslich großer Schmerz durchzog meinen Körper. Dazu brannte in mir diese tiefe Sehnsucht, die wie in Wellen über mich hinweg schwappte.

Unkontrollierbar.

Anstrengend.

Bittersüßer Schmerz.

Knurrend schmiss ich mein Kissen an die Zimmerdecke, um es dann mit vollem Karacho ins Gesicht zu bekommen. Stöhnend vergrub ich mich darin. Völlig von mir und meinem Körper genervt, stand ich auf. Planlos lief ich durch die Wohnung. Mein Körper war müde, doch mein Geist war hellwach. Fühlte sich so verliebt sein an, wenn man den letzten Herzbruch noch nicht vollständig ausgeheilt hatte? Ich ließ mich an den Küchentisch sinken und legte den Kopf auf die Tischplatte. „Was zum Teufel will ich eigentlich?“, knurrte ich in den leeren Raum.

Doch außer dem Ticken der Küchenuhr war nichts zu hören. Keine Antwort.

Kein Knarren.

Kein Kratzen.

Einfach nichts.

Eine erdrückende Stille, von der ich fast verrückt wurde. Ich sprang vom Stuhl auf, der dabei umkippte, doch ich hob ihn nicht auf. Achtlos kletterte ich über ihn hinweg und stapfte zur Balkontür, riss diese auf und trat hinaus.

Ich hörte die Grillen zirpen, roch den Duft von heißem Asphalt und feuchtem Rasen. Die kühle Nachtluft tat gut. Ich schloss die Augen und nahm die Geräusche und Gerüche in mir auf. Atmete tief ein, hielt die Luft an, pustete dann wieder aus. Ich spürte, wie mein Herzschlag gemächlicher und es in meinem Kopf friedlicher wurde. Die Gedanken wurden langsamer, weniger, bis es vollkommen leise in mir wurde. Ich konzentrierte mich weiter auf meine Atmung.

Plötzlich hörte ich es laut rumpeln. Sogleich öffnete ich die Augen und sah mich um. Sandro stand auf seinem Balkon. Mein Herz sank mir in die Hose. Beobachtete er mich schon die ganze Zeit? Oder war er eben erst herausgekommen? Beschämt strich ich mir das Haar glatt. Sollte ich etwas sagen?

„Louisa“, sagte er mit seiner tiefen Stimme und eine Gänsehaut bildete sich auf meinem gesamten Körper.

„Sandro“, stieß ich hervor.

Konnte er mich überhaupt hören? Ich trat näher an das Balkongitter. Er trug nur enge Boxershorts. Nervös legte ich die Arme um mich.

„Ist alles in Ordnung?“

Ich schaute direkt in sein Gesicht, doch seine Augen waren in der Dunkelheit kaum zu erkennen. Außerdem war er ein paar Meter von mir entfernt. Nervös kaute ich auf meiner Unterlippe herum. Was sollte ich antworten?

Letztlich schüttelte ich den Kopf.

„Soll ich herüberkommen?“

Meine erste Intuition war es zu nicken, doch dann entschied ich mich anders und schüttelte erneut den Kopf.

„Kann ich etwas für dich tun?“

Ich hatte so viele Fragen an ihn, doch wusste ich nicht, ob er ehrlich antworten würde. War er an mir interessiert? War er einer von den Guten oder ein richtiger Arsch? Würde er jemals jemanden lieben können, der Akne Inversa hatte?

„Louisa?“, fragte Sandro mit Sorge in seiner Stimme.

Elias hatte zu viel in mir kaputtgemacht. Gleichzeitig kam diese unaufhörliche Sehnsucht, nicht mehr allein kämpfen zu müssen. Einmal nur geliebt zu werden, war mein größter Wunsch. War das zu viel verlangt? Ich spürte heiße Tränen in den Augen. Ich war völlig übermüdet, doch mein Kopf sprang schon wieder freudig in das Gedankenkarussell, das so schnelle Kreise fuhr, dass mir schwindelig wurde.

„Sprich doch mit mir." In seiner Stimme hörte ich deutlich seine Nervosität.

„I-I-ich", stammelte ich, aber unterbrach mich sofort selbst, da ich hörte, wie schwer meine Stimme klang. Außerdem machte das keinen Sinn. Die Nachbarn würden alle mithören können, so laut, wie wir miteinander sprachen.

Eine heiße Träne lief mir über die Wange.

„Weinst du?" In Sandros Tonfall schwang Unruhe mit.

Verdammt, war das peinlich. Wie konnte ich mir so die Blöße vor einem Schwarm geben? Das war so unsexy. Ich winkte ab, drehte mich um. Hektisch wischte ich über meine Wange.

„Du hast doch was. Lass mich nicht so stehen. Jetzt sprich doch endlich mit mir!"

Mich zu offenbaren, würde mich zu einer lebendigen Zielscheibe machen. Es würde jeden Arsch in die Karten spielen. Er könnte meine Verletzlichkeit ausnutzen. Vermutlich war es deswegen für Elias so leicht gewesen, mich um den Finger zu wickeln. Ich war naiv, bedürftig und liebeshungrig. Er hatte mich gelesen wie ein Buch und jetzt würde sich das Ganze mit Sandro wiederholen.

„Vielleicht sollten wir uns mal zusammensetzen und reden!"

„Ich komme herüber."

Bevor ich die Möglichkeit hatte zu widersprechen, war er in seiner Wohnung verschwunden.

Ich atmete tief durch und versuchte, mich zu sammeln. Er kam herüber. Wir würden in Ruhe reden. Eventuell würden sich dabei einige Fragen klären.

Ich zog mir einen Morgenmantel über und öffnete, als es klingelte die Tür. Sandro hatte sich Jeans und ein Shirt übergezogen. Dazu trug er Hausschlappen. Ich trat zur Seite und ließ ihn eintreten.

Wir liefen in die Küche. Ohne zu fragen, reichte ich ihm ein Bier aus dem Kühlschrank. Schweigend tranken wir jeder einen Schluck, um uns dann auf den Balkon zu setzen. Wir schalteten kein Licht ein. Nur der Mond beleuchtete uns.

„Du bist mir ein Rätsel."

„Du mir auch!"

Wir sahen uns kurz an, um dann zu grinsen.

Seine Hand griff nach meiner. Dadurch bemerkte ich, wie kalt meine war. Doch seine Berührung löste eine Hitze in mir aus, die die Schmetterlinge in meinem Bauch zum Leben erweckte.

„Was haben die Männer nur mit dir gemacht?", flüsterte Sandro.

„Woher weißt du das?"

„Du hast mir gesagt, dass dir das Herz gebrochen wurde."

Ich nickte stumm.

„Hat er dich betrogen?"

„Nein, wir waren kein Paar. Wir sind keins geworden."

„Hat er gesagt, warum er nicht wollte? Oder war er einer dieser Fuckboys?"

„Nein, er war, glaub ich, kein Fuckboy. Ich weiß aber auch nicht so recht. Er wollte mich wegen meiner Krankheit nicht."

Sandro trank von seinem Bier und sah mich mit einem durchdringenden Blick an. Ich konnte ihm die Frage regelrecht von den Augen ablesen: Was musste es für eine

Krankheit sein, dass jemand sich von einem anderen Menschen abwandte?

„Er füllte mich ab, nahm sich, was er brauchte, um mich dann zu beschimpfen und wie eine heiße Kartoffel fallenzulassen." Daraufhin trank ich einige Schlucke Bier und schwieg.

„Hat er dich vergewaltigt?" Sandros Lippen waren nur eine dünne Linie. Sein Gesicht war fahl.

Energisch schüttelte ich den Kopf. „Nein. Ich schlief freiwillig mit ihm."

Sandro sah mich mit einem durchdringenden Blick an.

„Wirklich! Anfangs war Elias charmant, intelligent und nett. Ich ging gern mit ihm aus." Seufzend rieb ich mir die Schläfen. „Wir hatten viel Spaß, bis er dann mehr wollte, ohne dass wir je geklärt hätten, ob aus uns mehr werden würde."

„Hast du ihn geliebt?"

Ich schüttelte den Kopf. „Ehrlich gesagt, habe ich die Vorstellung geliebt, nicht mehr allein sein zu müssen."

Sandro ließ meine Hand los, um sich mit beiden Händen durch das Gesicht zu fahren. Ich hörte die Bartstoppeln in der Stille der Nacht an seiner Haut kratzen.

„Ich will dich nicht bedrängen, aber was für eine Krankheit hast du, dass er so austickt?"

„Es ist nicht ansteckend!"

„Ich verurteile dich nicht." Er schob seine Hand auf die meine. Er schaute mich ermutigend an. „Ich werde nicht wegrennen."

„Nach allem, was war …" Ich unterbrach mich, um tief Luft zu holen. „Ich kann dir das noch nicht sagen. Sei mir nicht böse, aber ich brauch einfach noch ein bisschen mehr Zeit. Das ist einfach sehr … privat … und wir kennen uns erst so flüchtig. Ich konnte es Elias auch nicht sagen. Da waren einfach schon zu viele schlimme Erfahrungen. Bitte nimm das jetzt nicht persönlich."

Er nickte verständnisvoll. „Aber irgendwann wirst du es mir doch erzählen, oder?"

„Ja." Ich knibbelte an dem Flaschenetikett herum. „Aber wieso kannst du nicht schlafen? Ist es noch wegen der Situation mit deiner Halbschwester?"

Er schüttelte den Kopf. „Okay, ich sag es dir jetzt einfach, weil ich endlich Klarheit will."

Was kam denn jetzt? Das Blut rauschte durch meinen Körper.

„Meine Nachbarin verdreht mir den Kopf." Mit einem kecken Grinsen setzte er die Bierflasche an seine Lippen.

Für einen kurzen Augenblick wünschte ich mir, der Flaschenhals zu sein und seine Lippen zu spüren. Dann fiel es mir wie Schuppen von den Augen. Meinte er etwa mich?

„Aber weißt du ...", forderte er wieder meine Aufmerksamkeit. „... So langsam beginne ich zu verstehen, dass es nicht zwingend nur mir so geht."

Ich spürte die Hitze in meinen Kopf steigen.

„Und auch wenn sie immer wieder so verschlossen ist, hoffe ich, dass sie es nicht ist, um mich zu quälen oder um einen auf geheimnisvoll zu tun, sondern weil sie nicht anders kann und genauso empfindet wie ich."

20

Die Zeit mit Sandro verging wie im Fluge. Auf einmal war der Knoten geplatzt und wir erzählten uns Geschichten aus der Schulzeit und aus unserer Kindheit, als sei es das Selbstverständlichste der Welt. Außerdem zogen wir uns gegenseitig auf, als wären wir selbst dabei gewesen. Es war schön, lustig und irrsinnig entspannend. Als es anfing, in der Ferne zu dämmern, saßen wir da und schauten uns schweigend in die Augen. Wahrscheinlich war dies das schönste Nicht-Date, das ich je hatte. Doch irgendwann musste ich gähnen. Es ließ sich nicht mehr unterdrücken.

„Wann musst du arbeiten?", fragte Sandro.

„Nachmittags", antwortete ich mit einer wegwerfenden Handbewegung, verzog dann aber sofort das Gesicht.

Der fiese Abszess unter der Achsel meldete sich wieder.

„Was hast du?" Er zog seine Stirn in Sorgenfalten.

„Passt schon!" Vorsichtig tastete ich meine Achsel ab.

Die Hitze des Abszesses konnte ich selbst durch den Morgenmantel fühlen.

Sandros Blick lag fragend auf mir, doch er sagte nichts.

Ich blieb dabei: Ich war noch nicht bereit zu offenbaren, was mich so quälte. Die Krankheit hatte alles zerstört, was ich mühselig mit Elias aufgebaut hatte. Das mit Sandro wollte ich langsam angehen lassen.

Er nahm erneut meine Hand. So saßen wir wieder eine Weile da und genossen die Gesellschaft des anderen, bis es hell wurde. Müde schloss ich die Augen. Mein Körper fühlte sich schwer an.

„Ich glaube, da muss jemand ins Bett."

Ich zuckte mit den Schultern, aber ein langgezogenes Gähnen gab ihm leider unvermeidlich recht. Wieso war er noch hellwach? Es war doch gewiss schon fünf Uhr morgens.

Sandro stand auf, zog mich vom Stuhl hoch und schob mich zum Balkongitter.

„Schau mal der Sonnenaufgang“, sagte er leise, direkt hinter mir und zeigte zum Himmel.

Ich sah in die angegebene Richtung, um ein Mix aus Gelb, Orange und Rosa am Himmel zu entdecken. Sein Körper war nah an meinen gepresst. Deutlich spürte ich seine Körperwärme. Vorsichtig sank ich an seine durchtrainierte Brust. Ohne zu fragen, legte er seine Arme um mich. Seine Hände platzierte er auf das Balkongitter. Ich konnte nicht weg, aber das wollte ich auch nicht. Nach einem kurzen Zögern legte ich meine Hände auf seine.

Für einen Augenblick schloss ich die Augen, um seine Nähe und seinen Geruch wahrzunehmen.

„Schön.“ Er seufzte. „Und dann dieser Sonnenaufgang“, fügte er hinzu, was mich für einen Moment irritierte.

Hatte er zuvor nicht von dem Naturspektakel gesprochen? Mittlerweile hatten sich die Schmetterlinge bei dieser engen Nähe zu einem Rave zusammengefunden. Sie tanzten wild in meinem Bauch durcheinander, was eine Übelkeit auslöste, die wunderhübsch und verrückt war. Meine Haut prickelte angenehm. Sandros Wärme übertrug sich auf mich. Es fühlte sich überwältigend an, in seinen Armen zu sein.

Irgendwann ließ er das Gitter los, legte seine Hände an meine Hüften und zog mich sanft ein kleines Stück näher zu sich heran. Ich schloss die Augen, genoss sein Selbstbewusstsein und Selbstvertrauen. Als ich seinen Atem an meinem Hals wahrnahm, legte ich den Kopf schief, um ihm mehr Platz zu geben. Abwartend hielt ich die Luft an. Würde er mich dort küssen?

Mein Herz schlug mir bis zum Hals. Plötzlich war all die Müdigkeit wie ausgeknipst. Ich kratzte meinen ganzen Mut zusammen und drehte mich um. Seine Hände lagen auf meinem Po. Er sah mit großen Augen zu mir herunter. Sekunden später rutschten seine Finger wieder an die Hüften. Für einen kleinen Moment lag etwas Fragendes in seinem Blick.

Ich biss mir auf die Unterlippe. In mir schrie alles nach seinen weichen Lippen und einen kurzen Kuss.

Mehr wollte ich gar nicht.

Mehr brauchte ich nicht.

Die Sehnsucht entflammte in mir und gewann schnell die Oberhand. Sah er mir das an? Noch ehe ich reagieren konnte, beugte er sich herunter.

Sein Gesicht war nur wenige Zentimeter von meinem entfernt und es kam Stück für Stück näher. Ich konnte jede Pore auf seiner Nase sehen. Wie automatisch legte ich den Kopf schief, befeuchtete meine Lippen. Voller Sehnsucht wartete ich darauf, dass es passierte, doch alles war wie verlangsamt. Sein Gesicht kam immer näher. Um mich herum war alles vergessen. Ich schloss die Augen und spürte seinen warmen Atem auf meiner Haut. Ich legte die Arme um seinen Hals.

Sanft berührten seine Lippen meine. Ein leiser Seufzer entfuhr mir schneller, als ich ihn unterdrücken konnte. Sandro zog mich fester an sich und küsste mich mit einer Leidenschaft, dass mir Hören und Sehen verging. Ein Feuerwerk aus Sehnsucht, Lust und Glücksgefühle explodierte in mir. Meine Knie wurden weich. Voller Verlangen klammerte ich mich an ihm fest. Er schmeckte nach Bier und etwas Süßem. War es Marmelade? Ich verwarf den Gedanken sofort wieder, um mich mit Herz und Seele auf den Tanz unserer Zungen einzulassen. Er küsste zärtlich und gleichzeitig voll brennender Leidenschaft. Wer hatte ihm so etwas nur beigebracht? Es war der helle Wahnsinn. Meine Beine trugen nur mit Mühe mein Gewicht. Mein gesamter Körper vibrierte oder war es gar ein Zittern?

Sandros Finger fuhren meine Taille entlang hinauf zu meinem Hals. Dann nahm er mein Gesicht zwischen seine Hände. Seine Fingerspitzen glitten in meine Haare. Sanft biss er in meine Unterlippe, um anschließend mit seiner Zunge kurz dran zu stupsen.

Nachdem wir uns lösten, war ich mir nicht sicher, ob Minuten oder Stunden vergangen waren. Außer Atem leckte ich mir über die leicht geschwollenen Lippen. Sandros Augen waren vor Lust verhangen. Seine Hände lagen auf meinen Hüften.

„Mist, wir haben den restlichen Sonnenaufgang verpasst." Er deutete grinsend hinter mich.

Ich drehte mich um, sah, dass die Sonne schon sehr hochstand, doch es war mir egal. Schulterzuckend wandte ich mich wieder Sandro zu.

Nervös schob ich mir ein paar blonde Haarsträhnen aus dem Gesicht und sah zu ihm hinauf.

Jetzt, da er direkt vor mir stand, wurde mir erst bewusst, wie groß er war. Wieso war mir das bisher nie aufgefallen? Die Erwartungen steigerten sich in mir. Er musste doch jetzt etwas sagen. Sandro konnte mich doch nicht küssen und das dann unkommentiert stehen lassen. Es zu ignorieren, würde mein Gemüt nur weiter verunsichern.

„Willst du mit mir ausgehen?"

21

Nachdem Sandro gegangen war, fiel ich todmüde ins Bett. Obwohl ich total aufgeregt war, schlief ich schnell ein. Mein Schlaf war gefüllt von verschiedensten Träumen und immer war Sandro der Hauptakteur.

Glücklich wachte ich vom klingelnden Wecker auf. Wann ich zuletzt so zufrieden aufgewacht war, wusste ich nicht. Der Abszess in meiner Achsel brannte und schmerzte extrem. Unter der Dusche ließ ich den Wasserstrahl einen Moment länger darauf gerichtet, in der Hoffnung, dass er aufging, doch es passierte nichts. Somit schmierte ich erneut die Salben darauf.

Während ich die Mullkompressen unter der Achsel befestigte, überlegte ich, ob ich mich krankmelden sollte. Da ich neulich erst krankgeschrieben war, wagte ich es aber nicht. Meinen Job zu verlieren, konnte ich mir nicht leisten. Außerdem hatte ich zur Abwechslung nur einen üblen Abszess und nicht wie so oft mehrere, die gleichzeitig Schmerzen mit sich brachten.

Als ich endlich in der Küche stand und Kaffee kochte, war die Ablenkung vorbei. Sandro schoss in meine Gedankenwelt und nahm sämtlichen Platz darin ein. Noch immer spürte ich seinen Kuss auf meinen Lippen, so als wäre es erst vor wenigen Minuten geschehen. Da er am Wochenende arbeiten musste, hatten wir uns für Donnerstagabend verabredet. Übermorgen. Ich konnte es kaum erwarten. Zum Glück hatte ich Freitag meinen freien Tag, sodass ich ausschlafen konnte. Zwar musste ich dafür am Samstag arbeiten, doch das kam mir in dieser Konstellation gar nicht mehr so grausig vor.

Ganz und gar beschwipst von den Glücksgefühlen gab ich mich der Erinnerung an die vergangene Nacht hin. Sein

Kuss war so wunderschön gewesen, dass mein Herz noch immer raste, als sei ich um den Block gesprintet. Alles in mir kribbelte wie verrückt. Es fühlte sich irrsinnig gut an. So war ich nie zuvor geküsst worden. Kein Mann hatte solch ein Gefühl ausgelöst. So etwas kannte ich bisher nur aus Büchern und Filmen. Dennoch war es letzte Nacht geschehen.

Mir.

Nur mir.

Ganz vielleicht auch Sandro.

Unglücklich hatte er nicht gewirkt – eher im Gegenteil.

Das Gefühl des Glücks versuchte ich zu genießen und in meiner Erinnerung für düsterere Zeiten zu konservieren, wie ein Gegenmittel gegen Zweifel und Sorgen. Zwar war es unwahrscheinlich, dass es anhalten würde, doch bis dahin wollte ich es nie mehr vergessen.

Schneller als erwartet, war die Freizeit schon wieder vorbei. Auf der Arbeit trottete ich mit einer Palette mit Tiefkühlwaren in den Laden. Zum Glück durfte ich am Kühlregal Waren ein-räumen.

Eine halbe Stunde später verfluchte ich, was ich vorher höchstwillkommen geheißen hatte. Dem Drang, mir etwas Kaltes unter die Achsel zu pressen, weil der Abszess so extrem pochte und schmerzte, konnte ich nur schwer widerstehen. Außerdem hasste ich mich dafür, keine Schmerztablette genommen zu haben. Die verdammte Zugsalbe streikte, sonst wäre der Abszess schon vor der Arbeit aufgegangen.

Der Laden war verhältnismäßig leer. Draußen war sonniges Wetter. Vermutlich verbrachten die meisten Leute ihre Freizeit im Freibad, am See oder Eis essend im Park. Da wäre ich auch lieber, doch ich hatte keine Wahl.

Als ich die obersten Regale einräumte, spürte ich, dass mein Bewegungsradius der Schulter eingeschränkt war. Ich hatte Probleme, die Arme hoch genug zu bekommen, doch was blieb mir übrig? Die Ware musste verstaut werden. Halbe Paletten zurückzustellen, war eine Todsünde und würde riesigen Ärger mit sich bringen. Mühsam kämpfte ich weiter. Aufgeben war heute nicht möglich. Pappsteige für Pappsteige legte ich die Joghurtbecher ins Kühlregal. Ich presste die Lippen fest zusammen. Der Schmerz war kaum auszuhalten. Bei der letzten Pappsteige passierte es: Mein Arm blockierte und ehe ich etwas tun konnte, fielen zwanzig Joghurtbecher aus über einem Meter Höhe hinunter. „Scheiße!", entfuhr es mir schneller, als ich mich stoppen konnte.

Zum Glück war weit und breit keiner zu sehen. Seufzend hob ich die Becher auf. Einige waren kaputtgegangen. Die heil gebliebenen wischte ich mit einem Tuch ab und stellte sie in das Regal. Den Rest trug ich ins Lager, warf sie dort weg und holte den Wischer.

„Was machst du hier so lange?", fragte mein Chef im scharfen Ton, als er mich wischend vor dem Regal fand.

„Aufwischen", antwortete ich so freundlich, wie ich konnte.

„Das sehe ich", stieß er genervt hervor. „Und warum?"

„Mir ist etwas heruntergestürzt."

„Pass nächstes Mal gefälligst besser auf!" Ohne ein weiteres Wort verschwand er.

Als wäre ihm so etwas noch nie passiert! Schnaubend räumte ich den Wischer wieder fort. Im Bad wusch ich mir die Hände, zog mein Shirt hoch und schaute mir die Achsel an. Die Haut um den Abszess war feuerrot. Trotz der Mullkompresse war die Verfärbung deutlich zu sehen. Zähneknirschend ließ ich das Shirt wieder sinken. Wie sollte ich den Tag nur überstehen? Kalter Schweiß stand auf meiner Stirn. Die Schmerzen waren kaum zu ertragen. Schnell griff ich nach meinem Smartphone, um eine Nachricht an Melissa zu schicken.

Louisa, 15:26 Uhr: Hast du zufällig Zeit, mir eine Schmerztablette zur Arbeit zu bringen?

Hoffnungsvoll wartete ich kurz auf eine Antwort, doch es kam nichts. Also musste ich so weiterarbeiten. Ob ich konnte oder nicht. Außerdem musste ich aufpassen, keinen weiteren Fehler zu begehen. Bei der Laune meines Chefs würde es ein riesiges Donnerwetter geben. Ich atmete nochmal tief durch, um dann in der Gemüseabteilung nach dem Rechten zu sehen.

Kurz vor Feierabend kam Melissa mit sorgenvoller Miene ins Geschäft. „Alles in Ordnung?"

Ich schüttelte den Kopf. Die Schmerzen waren kaum noch zu ertragen. Ich fühlte mich, als hätte ich Lava unter den Armen. „Hast du eine Schmerztablette für mich dabei?"

Sie nickte, kramte in ihrer Tasche und reichte mir zwei weiße Tabletten. „Ibuprofen. Ich hoffe, das ist okay."

Wortlos schluckte ich die Tabletten ohne Wasser. Das löste zwar einen Hustenreiz aus, doch ich hatte keine Pause mehr. Außerdem war meinem Chef längst aufgefallen, dass ich verdächtig oft ins Lager lief. Wenn ich das schon wieder tat, würde es vermutlich einen Anschiss geben, den ich nicht mehr ertragen konnte.

„Warum arbeitest du, wenn du nicht fit bist?", fragte Melissa.

„Ich war neulich erst krank und will meinem Chef keinen Grund geben, mich zu kündigen“, sagte ich und schaute mich dabei um, ob er in Hörweite war und womöglich mitbekam, dass ich mit jemandem sprach.

Das konnte er überhaupt nicht leiden. Seiner Meinung nach war man hier zum Arbeiten und nicht zum Quatschen.

Melissa verdrehte die Augen und schüttelte den Kopf.

„Danke, dass du mir was gebracht hast. Ist nur noch eine Stunde. Durch deine Hilfe werde ich die jetzt noch herumkriegen.“ Dankbar sah ich sie an.

„Na denn. Du bist ja alt genug.“ Sie winkte ab. „Was habt ihr heute für Gemüse im Angebot?“

Überrascht sah ich sie an, doch dann schaltete ich in den Verkäufermodus und begleitete sie in die Gemüseabteilung, um ihr die Zucchini zu zeigen.

„Sorry, dein miesepetriger Chef war da eben, daher wollte ich dich schnell weglotsen. Ich weiß doch, dass er bei Gesprächen überempfindlich ist.“ Sie zwinkerte mir zu.

Dankbar lächelte ich sie an. „Wir müssen uns unbedingt mal wieder im *Tinny's* treffen!“

„O ja, ich melde mich.“

Schweigend verließ ich sie, um weiterzuarbeiten, ehe mein Chef mich doch erwischte.

22

Den Abend verbrachte ich mit einer Kühlkompresse unter der Achsel auf der Couch. Trotz der Tabletten hatten die Schmerzen kaum nachgelassen. Der Abszess war steinhart. Langsam wusste ich nicht mehr weiter. In der Selbsthilfegruppe hatte ich verschiedene Vorgehensweisen herausgesucht, doch weder der Kamillenteebeutel, noch das Kirschkernkissen hatten mir geholfen. Die Kühlkompresse sorgte dafür, dass die Schmerzen erträglicher wurden, doch sobald ich sie herunternahm, war es kaum auszuhalten. Da die Zugsalbe kläglich versagt hatte, schmierte ich die antibiotische Salbe darauf, doch noch immer war die Beule zu und machte keine Anstalten, sich zu öffnen. Es war wirklich zum Verrücktwerden. Warum sträubte der Eiterparasit sich so? Womit hatte ich das wieder verdient?

Irgendwann machte ich ein Foto davon, schickte es Nele und Bianca und fragte um Rat. Vielleicht hatten sie ja eine Idee.

Nele, 21:23 Uhr: Autsch. Hast du schon Voltaren Forte ausprobiert?

Louisa, 21:24 Uhr: Nein, habe ich gar nicht zu Hause.

Nele, 21:25 Uhr: Zugsalbe?

Louisa, 21:25 Uhr: Lässt mich im Stich …

Nele, 21:26 Uhr: CBD-Öl?

Louisa, 21:26 Uhr: Probiere ich mal … Danke

Mit letzter Kraft klaubte ich mich von der Couch, um mich ins Bad zu schleppen. Ich tröpfelte etwas CBD-Öl auf die Haut und drückte eine Kompresse darauf. Der Schmerz trieb mir die Tränen in die Augen. Das Handy vibrierte und ich entsperrte das Display.

Nele, 21:27 Uhr: Ich fühle mit dir. Du Arme!

Das Mitleid machte es noch bedauerlicher. Heulend ließ ich mich auf den kalten Fliesenboden im Bad sinken. Warum platzte es nicht auf?

Bianca, 21:30 Uhr: Sieht echt übel aus. Ich habe Schüssler Salze für mich entdeckt. Vielleicht wäre das auch etwas für dich?

Louisa, 21:32 Uhr: Habe gerade CBD-Öl ausprobiert.

Bianca, 21:33 Uhr: O nein, echt? Das funktioniert doch gar nicht. Das ist aktuell nichts weiter als ein teurer Trend.

Louisa, 21:34 Uhr: Aber in der Selbsthilfegruppe schwärmen die doch alle davon? Nele hat es auch vorgeschlagen.

Bianca, 21:37 Uhr: Viel Glück. Ich denke, das ist nur Geldmacherei.

Augen verdrehend legte ich das Smartphone weg. Bianca nahm Globuli, aber verurteilte Naturheilmittel. Dabei war ich der Meinung, dass eine Mischung aus Salz und Zucker vermutlich eher den Blutzuckerspiegel veränderte, anstatt Abszesse verschwinden zu lassen.

Wie ein Häufchen Elend lag ich in Embryonalstellung wieder auf der Couch zusammengerollt. Zum pochenden Schmerz in meiner Achsel waren noch dröhnende Kopfschmerzen hinzugekommen. Vermutlich war mein dauerndes Geheule daran schuld. Dabei sollte ich doch glücklich sein, weil das Nicht-Date mit Sandro so positiv verlaufen war und er mich geküsst hatte. Aber mir blieb nichts, außer heulend hier zu liegen und zu fluchen. Warum tat mir mein Körper das nur immer wieder an?

Nachdem ich eine weitere Schmerztablette genommen hatte, legte ich mich ins Bett. Ich war erschöpft von den Schmerzen, vom Weinen und dem Arbeitstag. Dennoch fand ich keinen Schlaf. Die Kühlkompresse lag wieder im Gefrierfach, damit sie kalt wurde. Dafür hatte ich mir eine Tüte Erbsen unter die Achsel geklemmt. Es war mir egal, dass sie auftauten. Dann würde es morgen eben Erbsenpüree oder Eintopf geben. Hauptsache, ich würde die Schmerzen überstehen.

Am nächsten Morgen wachte ich auf und war wie gerädert. Die Achsel schmerzte immer noch. Trotz all der Mittelchen und Mühen war das Biest zu geblieben. Es war zum Verzweifeln. Mit einem Blick auf mein Smartphone entdeckte ich einige neue Nachrichten, die ich nacheinander las und direkt beantwortete.

Nele, 06:30 Uhr: Hat es geklappt?

Louisa, 07:35 Uhr: Nein, immer noch schmerzhaft, zu und scheiße.

Bianca, 22:12 Uhr: Soll ich dir die eine Auswahl Schüssler Salze zusammenstellen und vorbeibringen?

Louisa, 07:36 Uhr: Erst mal nicht, aber vielen Dank.

Melissa, 06:16 Uhr: Haben dir die Tabletten gestern geholfen? Ist es besser?

Louisa, 07:37 Uhr: Ja, etwas, danke nochmal!

Stöhnend ging ich ins Bad, riss den Verband ab, mit dem ich die Mullkompresse angeklebt hatte, und schrie auf. Es sah aus, als hätte ich mir durch das Abreißen eine Schürfwunde zugezogen.

„Verdammt!"

Nachdenklich reihte ich die Tuben nebeneinander auf. Was sollte ich heute wählen? Was war die richtige Waffe für diesen Endgegner? Ich probierte den Schuh des Galgenhumors an und stellte überrascht fest, dass er passte.

Statt weiter zu weinen, zählte ich mit einem kleinen Abzählreim aus, dass es die Zinksalbe werden sollte. Hoffnungsvoll trug ich etwas Salbe auf und klebte die Stelle erneut mit einer Mullkompresse ab.

Nachdem ich mich angezogen und für den Tag fertiggemacht hatte, holte ich die aufgetauten Erbsen aus dem Bett.

Morgen war mein Date mit Sandro. Hoffentlich würde das Biest bis dahin endlich geöffnet sein, damit ich den Abend in vollen Zügen genießen konnte.

Nach dem Frühstück beschloss ich, bei meiner Frauenärztin anzurufen. Sie hatte Ahnung und konnte mir bestimmt helfen. Ich erklärte der Arzthelferin das Problem und bat um einen Rückruf, ob die Frauenärztin etwas für mich tun konnte.

Eine Stunde später klingelte endlich das Telefon.

„Spreche ich mit Frau Lange?“, fragte mich die Arzthelferin, nachdem sie sich gemeldet hatte.

„Ja.“

„Frau Doktor sagt, sie sollen ins Krankenhaus fahren. Spalten kann sie Abszesse nicht, aber wenn es so enorm schmerzt, sollten sie das machen.“

„Notaufnahme oder wo muss man da hin?“ Mein Herz schlug mir bis zum Hals.

„Wenn sie jetzt sofort losfahren, können Sie auch in ein Wundzentrum oder zu einem Chirurgen, aber es ist Mittwoch. Denken Sie daran, dass die meisten Praxen schon mittags schließen.“

Ich bedankte mich, um dann im Netz nach einem Wundzentrum und Chirurgen zu suchen. Außerdem fragte ich Nele und Bianca mal wieder nach Praxen, die zu empfehlen waren. Glücklicherweise antwortete Bianca schnell, dass ich doch zu dem Arzt gehen sollte, den sie mir empfohlen hatte. Ob die mich als Notfall drannahmen?

Als ich dort anrief, musste ich feststellen, dass die Praxis im Urlaub war. Genervt legte ich auf. Der Vertretungsarzt würde sich sowieso nicht mit Akne Inversa auskennen. Das konnte ich direkt sein lassen.

Das nächste Wundzentrum lag eine einstündige Autofahrt entfernt, da ich aber kein Auto hatte, war es quasi unerreichbar. Schon gar nicht, wenn ich dort bis mittags sein sollte.

Ich gab es auf und zog mich um. Ich würde, wie zuvor von der Frauenärztin vorgeschlagen, ins Krankenhaus fahren.

Draußen vor dem Haus traf ich auf Sandro.

„Hey Louisa“, grüßte er und blieb stehen. „Ist alles in Ordnung?“

Ich musste genauso furchtbar aussehen, wie ich mich fühlte, daher schüttelte ich den Kopf.

„Kann ich dir helfen?“

„Ich bin auf dem Weg ins Krankenhaus.“

Sandros Augen weiteten sich. „Wieso?“

„Ich muss einen Chirurgen finden, der mir hilft.“

„Wo schmerzt es denn? Soll ich einen Krankenwagen rufen?“

Ich schüttelte entschieden den Kopf. „So schlimm ist es nicht.“ Der Druck, es ihm sagen zu müssen, wurde immer stärker. Seine Sorge war ihm ins Gesicht geschrieben. So konnte ich ihn nicht stehen lassen. „Begleite mich doch ein Stück, falls du Zeit hast.“

Er nickte und passte sich meinem Tempo an.

Während wir die Straße entlanggingen, sammelte ich meinen ganzen Mut zusammen für die Offenbarung. Am besten machte ich es wie beim Pflaster abreißen: Augen zu und los!

„Ich habe Akne Inversa!“

Sandro sah mich fragend an.

Wieder jemand, der die Krankheit nicht kannte. Hatte ich denn wirklich etwas anderes erwartet?

„Ich habe chronische Abszesse, die sich entzünden, verdammt wehtun und irgendwann aufgehen und sich entleeren.“

„Das klingt echt furchtbar schmerzhaft.“ Er bedachte mich mit einem mitleidigen Blick.

Ich nickte. „Ist es.“

„Was soll nun im Krankenhaus gemacht werden?“

„Ich hoffe, dass sie diesen Bastard aufschneiden, der mich quält und mich vor Schmerz fast umbringt.“

„Soll ich dich echt nicht begleiten?"

Für den Bruchteil einer Sekunde betrachtete ihn eingehend. „Ich möchte dich nicht aufhalten. Das wird nicht schön."

Sandro ergriff meine Hand und wir blieben stehen. „Du musst da nicht allein durch."

Tränen sammelten sich in meinen Augen. Er wusste nicht, worauf er sich da einließ. Wieso war er nur so nett?

„Du musst nicht", sagte ich mit tränenschwerer Stimme.

Er zog mich in seine Arme und hielt mich fest. Es war schön. Zugleich war ich total überfordert. Die Übermüdung, die Schmerzen. Das alles gab mir den Rest. Die Tränen flossen unaufhaltsam.

„Ich begleite dich. Ich bin nicht so wie die Kerle, die du bisher kennengelernt hast."

23

Im Krankenhaus schickte man uns in die benachbarte Notfallpraxis. Erschöpft ließ ich mich dort im Wartezimmer nieder. Die Nacht zollte ihren Tribut. Ich war fix und fertig. Sandro saß neben mir und hielt meine Hand. Er hatte keine Ahnung. Außerdem wirkte er leicht überfordert. War ihm nur annähernd klar, was ihn erwartete und womit er es zu tun hatte? Würde das unsere letzte gemeinsame Erinnerung werden?

So hatte ich mir das nicht vorgestellt. Ein Besuch im Krankenhaus mit ihm an meiner Seite sollte so früh gar nicht geschehen. Außerdem beschäftigte mich schwer, ob er gleich mit hineingehen würde? Wollte ich, dass er mitbekam, wie Ärzte mich behandelten? Sollte er hören, wie man mit mir umsprang? Die Abwertung würde wieder passieren – das war immer so. Was würde er dann nur von mir denken? Würde er den Ärzten Glauben schenken, die ihren neunmalklugen Schwachsinn vom Stapel ließen?

Sandro hielt meine Hand. Immer mal wieder drückte er sanft zu, als ob er versuchte, mich damit aufzumuntern. Wir sprachen nicht. Dafür, dass die Hausarztpraxen noch geöffnet waren, erschien mir das Wartezimmer relativ voll. Die Zeit lief mir davon. Ich musste später noch arbeiten. Zum Glück hatte ich Schlussdienst.

„Hältst du es noch aus?“, fragte Sandro immer mal wieder nach, was ich mit einem stummen Nicken beantwortete.

Er hatte keine Ahnung, wie viel ich aushalten konnte und so oft musste. Nach und nach lehrte sich das Wartezimmer, bis nur noch Sandro und ich übrigblieben.

„Warum lassen die uns so lange warten?“ Sandro seufzte genervt.

„Du kannst schon gehen, wenn du noch etwas anderes vorhast. Du hast mehr für mich getan, als ich je erwarten würde."

Er schüttelte den Kopf und schnaubte. „Ich bin keines dieser Arschlöcher. Außerdem habe ich nichts anderes vor."

Ich rutschte nervös auf dem Stuhl herum. „Würde es dir etwas ausmachen, gleich nicht mit hineinzugehen?"

„Kein Problem."

Kurze Zeit später war ich endlich an der Reihe. Wie besprochen, blieb Sandro im Wartezimmer. Im Behandlungszimmer machte ich meinen Arm und die Achsel frei. Der Arzt trat ein, begrüßte mich und setzte sich auf seinen Drehstuhl.

„Was kann ich für Sie tun, Frau Lange?"

Ich holte tief Luft und hob den Arm, soweit es der Schmerz zuließ. „Ich habe seit einigen Tagen diesen Abszess, der höllisch schmerzt und einfach nicht aufgeht. Gibt es etwas, das Sie da machen können?"

Für einen kleinen Augenblick überlegte ich, ihm die Diagnose zu sagen, aber war das nicht zu anmaßend? Er musste das als studierter Arzt doch erkennen, oder?

Der Doktor zog sich einen Handschuh an, um dann auf dem Abszess herumzudrücken. Stöhnend kniff ich die Augen zusammen.

„Sind Sie sicher, dass das kein eingewachsenes Haar ist?", fragte er.

„Ich habe Akne Inversa. Ich rasiere nicht, wie man sieht", antwortete ich so höflich wie möglich und deutete auf die Haare, die unter meiner Achsel standen.

Der Arzt zog seine Augenbrauen zusammen und drückte nochmal auf dem Abszess herum. Keuchend zog ich die

Luft zwischen den Zähnen ein. Machte er das mit Absicht?

„Haben Sie eine Pflasterallergie?“

Ich zuckte mit den Achseln.

„Sieht so aus. Die roten Striemen lassen das vermuten.“

„Können Sie etwas für mich tun?“, fragte ich erneut, da die Zeit bis zum Arbeitsbeginn immer knapper wurde.

Ich würde quer durch die Stadt müssen, da ich nichts für die Arbeit mitgenommen hatte und ich auch nicht angenommen hatte, dass ich so lange würde warten müssen.

„Ja.“ Seufzend stand er auf und kramte in seinen Schränken.

Ohne Erklärung sprühte er etwas auf meine Achsel. Darauf folgte eine Salbe, die kühlte.

„Legen Sie sich mal besser hin.“

Ich folgte dieser Anweisung und legte mich auf die Seite.

„Still halten.“

Noch ehe ich etwas sagen konnte, hatte er ein Skalpell in der Hand und schnitt. Ich unterdrückte einen Schrei. Mir wurde übel vom Schmerz.

„Fast geschafft.“

Die Tränen rannen über meine Wangen. Mir war schwindelig. Der Schmerz schoss durch meinen ganzen Körper und betäubte die weitere Wahrnehmung.

„Fertig. Ich klebe Ihnen das eben ab. Halten sie nochmal kurz still.“

Ich nahm alles nur noch aus der Ferne wahr. Der Schmerz hatte nachgelassen, dennoch war ich wie benommen.

„Das war es dann“, sagte er, sobald er die Kompressen auf die Wunde geklebt hatte.

„Okay.“

Dann stand der Arzt schon auf, wusch sich die Hände und verließ grußlos den Raum.

In dem Moment erwachte ich zum Leben. Was war denn jetzt zu tun wegen der Wundversorgung? Durfte ich überhaupt arbeiten? Musste ich irgendwelche Medikamente nehmen? Warum verschwand er und ließ mich mit all den Fragen allein? Vorsichtig zog ich meine Kleidung wieder an und taumelte zur Anmeldung. Die Arzthelferin sah mich fragend an.

„Ich brauch, glaub ich, eine Krankmeldung", sagte ich noch völlig durch den Wind von der Prozedur im Behandlungszimmer.

Glücklicherweise nickte die Arzthelferin nur, stand auf und verschwand. Erschöpft lehnte ich mich an den Tresen. Der Schmerz war nicht fort, nur anders. Schluchzend krallte ich mich an der Theke fest, um nicht umzufallen.

In dem Moment kam Sandro aus dem Wartezimmer. „Dachte ich mir doch, dass ich deine Stimme gehört habe." Er wurde aschfahl. „Louisa?"

Als ich ihn sah, konnte ich nicht mehr an mir halten und die Tränen liefen wie ein Sturzbach.

Sandro überwand die letzten Meter und griff mit seinen warmen Händen nach meinen, wodurch mir klar wurde, wie kalt mir schon wieder war.

„Was haben sie mit dir gemacht?"

„Aufgeschnitten ohne richtige Betäubung."

Sandros Augenbrauen schossen zum Haaransatz.

In dem Moment kam die Arzthelferin um die Ecke und reichte mir die Krankmeldung.

Zittrig taumelte ich zum Ausgang. Sandro folgte mir. Ich schaute zu ihm hinüber. Er schien vor Wut zu kochen.

Kaum standen wir vor der Notfallpraxis, schoss es aus ihm hervor: „Sind die denn irre? Die können dich doch nicht ohne Betäubung aufschneiden!"

Völlig erschöpft schleppte ich mich zu einer Bank, die keine zwei Meter entfernt stand, und ließ mich darauf sinken. Es schüttelte mich vor Tränen. „Ich stelle mich sicher nur an."

Sandro redete sich weiter in Rage, doch ich war kaum in der Lage, ihm zu folgen. Zu arg war ich mit meiner eigenen Wut und Verzweiflung beschäftigt.

Einige Zeit später hatte ich mich endlich wieder gesammelt. Noch immer saß ich auf der Bank vor dem Krankenhaus. Sandro hockte vor mir. Seine Hände lagen auf meinen Knien. Immer wieder streichelte er mich sanft.

„Was kann ich für dich tun?"

„Erstmal muss ich jetzt eben auf der Arbeit anrufen und mich krankmelden." Mit den Worten ergriff ich mein Smartphone und erledigte das.

Danach wischte ich mir die Tränen aus dem Gesicht. Sandros mitleidiger Blick machte mich fertig.
Vermutlich würde ich ihn jetzt verlieren, weil ihm die ganze Situation zu viel war. Meine Heulerei war alles – nur eben nicht attraktiv.

„Ich weiß gar nicht, was ich nun wegen der Wundbehandlung beachten muss."

„Nicht einmal das haben sie dir beantwortet?"

Er sprang auf die Beine und fing erneut an wild gestikulierend über diesen Arzt zu schimpfen. „Merda! Weißt du was? Ich geh da jetzt rein und knöpf mir diesen Weißkittel vor. Der spinnt doch wohl."

Ehe er losgehen konnte, hielt ich ihn am Arm fest. „Tu das nicht. Das bringt nichts. Der war vergleichsweise nett zu mir." Ich war erschöpft, ausgelaugt und wollte heim. „Bringst du mich nach Hause?"

Es war deutlich zu erkennen, dass Sandro lieber erst hineingehen und dem Arzt die Leviten lesen wollte, doch das würde ohnehin nichts bewirken. Widerwillig atmete er tief durch, aber war vernünftig genug und machte sich mit mir auf dem Heimweg.

Zu Hause angekommen brachte er mich bis auf die Couch. Außerdem stellte er mir etwas zu trinken hin, schmierte mir ein paar Brote und legte mir diese auf den Tisch.

„Da liegen aufgetaute Erbsen in der Küche."

„Ich weiß, damit habe ich gestern gekühlt. Ich mach da nachher noch etwas draus." Ich machte eine wegwerfende Bewegung. „Das ist nicht schlimm."

„Kann ich dir noch irgendetwas Gutes tun?"

Nachdenklich sah ich ihn an. Er hatte Tee gekocht, den ich sofort trank. Ich hatte ungemeinen Durst. Prompt verbrannte ich mir die Zunge, doch ich schluckte die heiße Flüssigkeit dennoch.

Es wäre mir unangenehm, noch unfähiger zu wirken, als ich sowieso schon war.

Tief in mir wusste ich, dass ich mich nach einer Umarmung sehnte. Ich war fix und fertig. Etwas Nähe würde so guttun. All diese Hormone ausstoßen, die mein Körper brauchte, doch ich schwieg. Aus Angst vor Ablehnung brachte ich es nicht über mich, darum zu bitten. Sandro stand unschlüssig da.

„Du hast genug getan. Ich will dich nicht weiter aufhalten", sagte ich.

Ich hatte Sorge, dass er nie wiederkommen würde. Einerseits musste es ihn total abschrecken und nerven. Andererseits verschwand er nicht und hatte sich selbst angeboten. Außerdem hatte ich es mir nicht ausgesucht. All das passierte gegen meinen Willen. Der fiese Abszess war unerträglich, doch die Wundschmerzen waren genauso schmerzhaft.

„Du hältst mich nicht auf." Sandro setzte sich auf die Couch. „Ich habe nichts vor. Arbeiten muss ich erst heute Abend. Du musst das nicht allein schaffen."

Ich bedachte ihn mit einem fragenden Blick. Meinte er das ernst?

„Wirklich! Ich bin nicht wie Elias!"

Wenn er wüsste, dass Elias nicht einmal die Wahl gehabt hatte. Er hatte nicht gewusst, was ich hatte, bis er es gesehen hatte und selbst dann war ich ihm eine Erklärung schuldig geblieben. Eigentlich war es alles meine Schuld, doch wollte ich so weit gehen und Sandro dies gestehen?

24

Als ich am nächsten Tag vom Hausarzt zurückkam, war ich noch ein wenig geschockt. In meiner Achsel war ein richtiges Loch. Der Arzt hatte mir erklärt, wie ich mit der Wunde umzugehen hatte, und gleich einen Verbandswechsel vorgenommen. Ich traf Sandro draußen auf der Straße. Er kehrte von seiner Joggingrunde zurück und war vollkommen verschwitzt. Trotzdem sah er heiß aus. Woran lag es, dass Männer, selbst wenn sie vom Sport völlig durchgeschwitzt waren, einfach zum Anbeißen waren?

„Wie geht es dir heute?", fragte er.

„Der Verband wurde gewechselt. Die Wunde wurde noch nicht einmal genäht. Da ist ein richtiges Loch."

Sandros Augen weiteten sich.

Waren das jetzt zu viele Informationen? „Aber wenigstens hat mir der Hausarzt Schmerzmittel aufgeschrieben."

„Wollen wir dann unser Date heute Abend verschieben?"

„Warum?"

Sein Blick verriet nichts. Kam ihm das gelegen? Hatte er etwa schon etwas Anderes vor?

„Solange du Schmerzen hast, will ich dich nicht quälen." Er wischte sich mit dem Handrücken den Schweiß von der Stirn. „Außerdem will ich nicht, dass du Ärger mit deinem Chef kriegst, wenn du krankgeschrieben bist und er dich an irgendeinem Ort antrifft. Ich weiß, dass du es theoretisch darfst. Dennoch ist das mit Chefs immer so eine Sache. Zumal man dir nicht ansieht, dass etwas nicht in Ordnung ist."

Ich nickte wortlos, da die Enttäuschung, die sofort in mir aufstieg, schwer zu schlucken war.

„Verschoben ist ja nicht aufgehoben“, sagte Sandro und legte mir seine warme Hand auf die Schulter.

Für einen Moment war ich irritiert von dieser eher freundschaftlichen Geste. Er hatte mich doch zuerst geküsst. Hatte er es sich anders überlegt?

„Ich muss dann mal rein.“

„Warte!“

Ich sah ihn fragend an. Was wollte er denn jetzt wieder?

„Gibst du mir deine Nummer?“

Ich unterdrückte ein Grinsen, ließ mir sein Smartphone geben und gab meine Telefonnummer ein. „Ich heiße im Übrigen Lange mit Nachnamen und nicht Nachbarin“, sagte ich grinsend und lief dann grußlos zur Tür.

Als ich über meine Schulter zurücksah, konnte ich eine leichte Rotschattierung auf seinen Wangen sehen. Er lachte und das war so umwerfend niedlich, dass ich wegsehen musste, um keine weiche Knie zu bekommen.

Nach der Date-Absage war die Alternative mal wieder den Streamingdienst zu nutzen, doch während ich durch das Programm scrollte, merkte ich, wie enttäuscht ich war. Ich hatte mich auf den Abend mit Sandro gefreut. Wir hatten zwar keine fixen Pläne gemacht – so oder so wäre es aber besser gewesen, als hier allein vor der Flimmerkiste zu hängen. Mein Chef war in letzter Zeit so komisch drauf und wenn er uns in einem Restaurant oder im Kino gesehen hätte … Ich mochte mir gar nicht ausmalen, was dann passiert wäre. Nebenher chattete ich mit Nele und Bianca, doch die konnten mich nicht richtig trösten.

Irgendwann klingelte es. Überrascht trottete ich zur Tür, obwohl ich mal wieder total schlampig aussah. Da stand Sandro mit einer Auflaufform in der Hand.

„Was machst du denn hier? Du hast doch die Verabredung abgesagt?“ Irritiert sah ich ihn an.

„Ja, ich weiß, aber dann habe ich Lasagne gekocht und hatte keine Lust, allein zu essen.“ Er drängte sich an mir vorbei in die Wohnung.

Ich wünschte, ich hätte zur Abwechslung mal die Zeit genutzt und etwas aufgeräumt. Völlig überrumpelt trottete ich hinter ihm her.

Wie selbstverständlich machte er sich am Backofen zu schaffen. Achselzuckend kehrte ich um und schlich ins Schlafzimmer. Solange er beschäftigt war, konnte ich mich eben frischmachen. Was würde Sandro nur denken, wenn ich immer so furchtbar schäbig aussah?

Zurück in der Küche sah ich, wie Sandro die Lasagne in den vorgeheizten Ofen schob. Er hatte zwischenzeitlich sogar den Tisch gedeckt. Anscheinend fühlte er sich hier ganz wie zuhause.

„In rund einer halben Stunde gibt es Essen“, sagte er, während er einen prüfenden Blick durch das Ofenfenster warf.

„Prima!“

Als er sich umdrehte und mich erblickte, konnte ich sehen, dass er überrascht war. „Du hast dich umgezogen?“

„Hättest du meine Nummer genutzt, um mich vorzuwarnen, dass du das Date zu mir nach Hause verlegst, wäre ich schon fertig gewesen als du kamst“, sagte ich grinsend und zupfte an meiner lockersitzenden Tunika.

„Du gefällst mir, egal, wie du angezogen bist.“

Die Worte trafen mich sofort im Herzen, das mit voller Kraft diese Aussage feierte. Mir wurde warm. Das Kribbeln in meinem Bauch kam zurück.

Er überwand die Distanz zwischen uns und, bevor ich reagieren konnte, beugte er sich zu mir herunter und küsste mich. Sanft. Langsam.

Seine Lippen lagen mit einer Zärtlichkeit auf meinen, als wäre ich aus feinem Porzellan und zerspränge beim leichtesten Druck in tausend Scherben.

Nach einem kurzen Überraschungsmoment nahm ich meinen Mut zusammen und zog ihn näher an mich heran. Meine Hände fuhren über seine Brust hinauf zu seinem Hals. Ich legte die Arme um ihn und intensivierte den Kuss. Endlich küsste er mich. Viel zu lang hatte ich mich danach gesehnt.

Völlig außer Atem lösten wir uns wenig später voneinander. Sanft strich Sandro mir eine Haarsträhne aus dem Gesicht und sah mir mit einem tiefen Blick in die Augen. Meine Hände wanderten über seine Brust hinab. Dann löste ich mich von ihm. Statt mich dem Durcheinander in mir hinzugeben und das nächste Gedankenkarussell zu besteigen, genoss ich, was in diesem Augenblick zwischen uns passierte.

Kaum trat ich einen Schritt zurück, um die Nähe zwischen uns zu lösen, zog er mich wieder an sich und nahm mich in den Arm. Ich schloss die Augen, fühlte seinen harten, warmen Körper. Sein Kinn lag an meiner Stirn und war so weich. Er war tadellos rasiert.

„Ich hätte nicht absagen dürfen", sagte Sandro in die angenehme Stille zwischen uns.

Ich lauschte nur, ohne etwas dazu zu sagen, obwohl ich es ähnlich sah. Wir hätten von Anfang an von einem Ausgehen zu einem *wir treffen uns in der Wohnung oder auf dem Balkon* wechseln können. Dann lachte er kurz auf. Irritiert löste ich mich von ihm, um ihn anzublicken.

Er rieb sich seine Stirn. „Ach, erst machst du dieses Hin und Her mit mir und jetzt bin ich auch nicht besser mit der Date-Absage und dann tauche ich unangemeldet auf."

Ich stieg auf die Zehenspitzen und küsste ihn. Hier in meiner Küche standen zwei gebrochene Herzen. Wir waren beide gezeichnet von unseren Ex-Beziehungen, die uns, aus der Angst wieder verletzt zu werden, völlig unbeholfen miteinander umgehen ließen. Als er meinen spontanen Kuss erwiderte, fühlte ich mich das allererste Mal seit langer Zeit gemocht.

Als die Selbstzweifel schon wieder in einem kleinen Teil meines Hirns ihren Platz einnahmen und damit drohten, sich aufzuplustern und die Herrschaft an sich zu reißen, löste ich mich von Sandro. Ich wollte in seine wunderschönen Augen sehen, die so strahlten, dass es mich fast blendete. Er war aus eigenem Antrieb hergekommen und hatte Lasagne mitgebracht, die einen köstlichen Duft in meiner Küche verbreitete. Ich war so glücklich.

„Wenn du wüsstest, du könntest nicht wieder verletzt werden, würdest du anders leben?" Diese Frage war mir schon so oft vor dem Schlafen durch den Kopf gegangen.

Sandro lehnte sich nachdenklich an die Arbeitsplatte. „Darüber habe ich bisher nie nachgedacht. Aber letztlich gibt es ohne Erfahrungen keine Weiterentwicklung und wenn einem alles zugeflogen käme, wäre es doch langweilig, oder?"

„Und in Bezug auf die Liebe?"

Ehe er antworten konnte, piepte der Backofen und er kümmerte sich um das Essen, während ich Servietten hervorholte, die Sandro nicht gedeckt hatte.

Sobald wir am Küchentisch saßen, die Teller gefüllt mit der herrlich duftenden Lasagne, kostete ich und war hin und weg. Ein Feuerwerk aus Tomate und Kräutern wurde schon beim ersten Bissen in meinem Mund entfacht. Genüsslich schloss ich die Augen. „Sehr lecker."

Sandro lächelte mich stolz an und probierte dann auch endlich sein Meisterwerk. „Ganz okay."

Ich schüttelte den Kopf und verdrehte die Augen. „Immer diese Tiefstapler." Ich streckte ihm die Zunge frech entgegen.

„Probiere mal die Lasagne meiner Mutter. Erst danach weißt du, was wirklich gut ist."

„Gerne. Wann?"

Zu einer echten italienischen Lasagne würde ich niemals nein sagen. Nicht umsonst aß ich so oft bei dem Italiener, bei dem Sandro arbeitete. Ich liebte die mediterrane Küche.

„Wann immer du willst." Seine Augen funkelten mich herausfordernd an.

„Ich nehme dich beim Wort."

Erneut lenkte ich zum Ursprungsthema. Sandro hatte lange genug für Ablenkung gesorgt. „Also, um zurück zum Thema zu kommen. Wenn du wüsstest, du könntest nicht wieder verletzt werden, würdest du die Liebe anders angehen?"

Sandro räusperte sich, um dann einen Schluck zu trinken. Er behielt diesen lange im Mund. Ich konnte sehen, wie er ihn von einer Seite auf die andere gleiten ließ. Verdammt! Das war ein langweiliger Supermarkt Dornfelder. Was glaubte er, daraus zu schmecken? Ungeduldig legte ich den Kopf schief, versuchte, ihn mit meinen Augen zu durchbohren. Das interessierte mich ernsthaft. Wenn er darauf keine Antwort hatte, konnte er das doch sagen. Ich würde ihm schon nicht den Kopf abreißen.

„Ich bin kein Typ für One-Night-Stands. Wahrscheinlich würde ich nichts anders machen."

Ich war mir nicht sicher, ob er die Frage verstanden hatte. Da ich Sandro nicht altklug belehren wollte, beließ ich es dabei.

„Wie sieht es mit dir aus?“

„Ehrlich?“

Sandro nickte.

„Ich würde komplett anders leben.“

Ein fragender Blick traf mich, doch war es an mir, geheimnisvoll zutun und mich mit einem Schluck aus dem Weinglas zu beschäftigen.

„Na, hau mal raus! Ich bin gespannt.“

Ich schluckte den Wein herunter und griff wieder zum Besteck. „Wenn mich nichts mehr verletzten könnte, würde ich meine Narben, die Krankheit und alles, was es damit auf sich hat, nicht weiter verstecken.“ Kurz stoppte ich, um Sandros Reaktion zu analysieren, doch sein Gesicht verriet nichts. „Ich würde die Kleidung entsprechend meines Geschmacks wählen und nicht danach, dass sie möglichst locker säße und wenig Reibung erzeugte, weil mich dann ja die Krankheit auch nicht mehr verletzten könnte.“

„Und in Bezug auf Liebe?“

Ich nahm einen Bissen der Lasagne, kaute ihn langsam durch, um Zeit zu gewinnen. Konnte ich so offen sprechen, wie ich dachte? Machte ich mich hiermit verletzbar? „Ich würde viel losgelöster sein.“

„Ich weiß, was du meinst. Wenn man sich einmal furchtbar die Finger verbrannt hat, möchte man die Erfahrung kein weiteres Mal wiederholen müssen.“

Der Wein ließ Hitze in mein Gesicht steigen und löste ein wenig meine Zunge. „In mir ist dieser Sturm aus Sehnsucht nach einer Partnerschaft und der riesigen Angst, wieder verletzt zu werden. Nicht gut genug zu sein.“ Ich holte tief Luft. „Vor allem in Bezug auf meine Erkrankung habe ich so viele schlechte Erfahrungen gemacht und das, was Elias mir angetan hat, hinterließ Spuren, die noch immer wehtun." Wieder nahm ich einen Schluck Wein, betrachtete Sandro, der eine Spur Mitleid im Blick hatte. „Ich mein, ich bin zwar auch selbst schuld, aber dennoch hat es etwas mit mir gemacht. Trotz der vielen Wochen, die seither vergangen sind, kann ich es nicht restlos verdrängen und vergessen."

Mein Geständnis überraschte mich selbst. Mit den Fragen hatte ich nicht darauf abgezielt, mich so zu öffnen. Die Kombination aus Wein und Medikamenten schien mir keine geniale Idee zu sein. Ich schob das Weinglas von mir weg und stand auf, weil ich mir ein Glas Wasser holen wollte.

„Ich muss gestehen, ich habe deine Krankheit gegoogelt …", sagte Sandro und ich erstarrte.

25

Halt suchend klammerte ich mich an die Tischplatte. Was würde jetzt kommen? Würde er mich verletzen? Dennoch hörte ich die kleine, leise Stimme in der Ferne, die mir sagte, dass er mich heute geküsst hatte – von sich aus –, die ich jedoch knüppelhart ignorierte.

„Und natürlich waren einige Bilder nicht enorm schön. Aber dafür irgendjemanden schlecht zu behandeln, ist absolut kindisch und unmännlich. Das sucht man sich doch nicht aus." Sandro schüttelte den Kopf. „Ich will gar nicht wissen, was so jemand mit seinem Partner macht, wenn der Krebs bekommt und alle Haare verliert … zum Schatten seiner selbst wird."

Ich nickte stumm. Er hatte damit zwar recht, aber es war eben auch meine Schuld. Ohne Vorwarnung hatte ich im Grunde solch eine Reaktion provoziert.

„Vielleicht hätte ich ihn auch darauf vorbereiten sollen." Ich drehte ihm den Rücken zu und holte schnell ein Glas aus dem Schrank.

„Was meinst du?"

Ich schluckte schwer, drehte mich um und ging zurück zum Tisch. Wie kam ich da nur wieder heraus? Für einen Moment überlegte ich, mein Weinglas umzuwerfen, um bei dem Durcheinander leichter das Thema wechseln zu können. Erwachsen war solch ein Verhalten zwar nicht, aber spezielle Umstände brauchten außergewöhnliche Lösungen. Stattdessen atmete ich tief durch und wappnete mich. Was immer nun passierte: Ich musste es beantworten. Es gab keinen vernünftigen Weg daran vorbei.

„Ich habe es ihm nicht gesagt." Meine Worte überschlugen sich fast. „Er hat erst beim Sex meine Narben und abgeklebten Wunden gesehen."

„So ein Drama wegen ein paar Narben und Pflastern?"

Ich nickte verunsichert. Kichernd schüttelte er den Kopf. Fand er mein Leid etwa lustig?

Als Sandro meinen Blick bemerkte, stoppte er sein Lachen sofort. „Ich lache nicht über dich. Verstehe mich nicht falsch, aber ich hab schon gedacht, da wäre Eiter gespritzt oder was da rauskommt. Und er hat sich deswegen so angestellt?"

Das brachte mich zum Lachen. „Nein, so traumatisiert habe ich ihn nun wirklich nicht!"

Es war befreiend, mit Sandro über die ganze Geschichte zu lachen. Von der Seite aus hatte ich es nie betrachtet. Elias hatte aus einer Mücke einen Elefanten gemacht und ich hatte es mir gefallen lassen.

Sobald wir uns wieder beruhigt hatten, schauten wir uns für einen Moment tief in die Augen. Seine Nähe entspannte mich.

„Ganz ehrlich Louisa, lass dich von so einem Idioten nicht kleiner machen, als du bist", sagte Sandro mit einer Zärtlichkeit, die mich fast vom Stuhl holte. „Du bist ein wundervoller Mensch. Auch wenn ich dich noch nicht ganz durchschaut habe. Ich verbringe gern Zeit mit dir."

Bei seinem Geständnis schlug mein Herz ein wenig schneller. Von seinen Worten ermutigt, legte ich eine Hand auf seine. „Ich habe dich auch gern um mich."

„Suche die Schuld nicht bei dir. Man muss niemanden über jeden Pickel aufklären. Es ist ja nicht mal ansteckend."

„Na, es ist aber schon mehr als ein Pickel."

„Ich weiß, aber du weißt doch was ich meine?"

Ich nickte.

„Darf ich fragen, wie viele Stellen betroffen sind?"

„Achsel, Schambereich, Leiste, Brüste … vier", zählte ich durch. „Mal mehr mal weniger."

„Weißt du denn, woher es kommt?“

„Nein. Ich bin noch auf der Suche nach den Triggern. Bei jedem ist es etwas anderes. Ich denke aber, Stress ist definitiv ein Auslöser bei mir und außerdem enge, reibende Kleidung.“

„Ich finde dich trotzdem stylish gekleidet, auch wenn du lieber anders angezogen wärst.“

Die Hitze stieg mir ins Gesicht. „Danke.“

„Nein, wirklich. Du bist wunderschön. Glaub mir und nicht diesem Hans Wurst.“

Meine Augen füllten sich mit Tränen. „Wenn das nur mal so leicht wäre! Es passiert ja immer wieder.“ Seufzend schaute ich auf meinen Teller, damit er die Tränenansammlung nicht sah.

„Die haben doch alle keine Ahnung! Ich hatte als Teeny immer mit Pickeln auf dem Rücken zu kämpfen. Das haben wir zum Glück in den Griff bekommen. Das lag offenbar mit den ganzen Hormonen in der Pubertät zusammen. Narben habe ich dennoch davongetragen. Wenn mich deswegen eine Frau nicht will, dann soll sie sich halt wen anderes suchen. Ich kann es ja nicht ändern. Mach dich nicht kleiner, als du bist. Solche Leute haben dich echt nicht verdient.“

Mir waren die Narben auf seinem Rücken bisher nicht mal aufgefallen. Als ich von meinem Teller aufschaute, lächelte er mich beruhigend an. Ich fühlte mich nach seiner Geschichte ein wenig besser. Wahrscheinlich hatte er recht damit. Wer mich nicht so nahm, wie ich war, der hatte mich auch nicht anders verdient.

Auch der restliche Abend mit Sandro verlief entspannt. Obwohl wir uns geküsst hatten, war ich dennoch hin- und hergerissen. Die Gespräche waren eher freundschaftlich, wohingegen seine Körpersprache mehr vermuten ließ. Obwohl es schon spät war, saß er weiterhin bei mir. Wir schauten zusammen einen Film. Ich hatte mich an ihn angelehnt und es war so gemütlich. Sein Arm lag um mich. Ich genoss diese kleine Berührung. Sein Daumen fuhr seitlich über meine Rippen. Ein winziges Stück herauf, ganz zärtlich, gerade so, dass es meinen ganzen Körper mit einer prickelnden Gänsehaut überzog.

Der Wein hatte seine Wirkung nicht verfehlt. Ich fühlte mich angenehm beschwipst und war nach dem zweiten Glas auf Wasser umgestiegen. Sandro hatte die restliche Flasche allein geleert, doch ihm war der Alkohol kaum anzumerken. Mittlerweile hatte er ebenfalls auf Mineralwasser gewechselt. Die meiste Zeit konzentrierte ich mich auf seine Nähe und Berührungen. Vom Film bekam ich fast nichts mit. Ganz anders hingegen Sandro. Er schien bei der Sache zu sein. Immer wieder lachte er ausgiebig, doch ich wusste gar nicht warum. Manchmal stieg ich mit ein, damit es nicht auffiel, wie sehr er mich ablenkte.

Irgendwann war der Film zu Ende, doch Sandro machte keine Anstalten zu gehen. Ohne Vorwarnung zog er meine Beine auf seinen Schoss und streichelte mir über das Schienbein. Absolut gemächlich und entspannt. Auf und ab.

Woher nahm er nur all dieses Selbstbewusstsein? Hatte jemals eine Frau zu ihm nein gesagt?

Ich lehnte mich an die Couchlehne und sah ihn mit müden Augen an. Es war so schön. Ich wollte nicht, dass er wieder ging.

„Ich mag es, wie entspannt du heute bist", flüsterte er und bei dem Klang seiner rauen Stimme kribbelte mein Bauch.

„Macht der Medikamente-Wein-Mix." Ich zwinkerte ihm

zu. Das war nur die halbe Wahrheit, dennoch war ich in Hab-Acht-Stellung.

„Wirst du irgendwann auch ohne Einfluss von Drogen und Alkohol so entspannt mit mir sein?“

„Sobald ich weiß, was dein wahres Motiv ist.“

„Was vermutest du denn, was mein wahres Motiv ist?“

Nachdenklich legte ich den Kopf schief und schwieg.

„Na, sag schon.“ Er piekte mich sanft in die Seite.

Kichernd ergriff ich sein Handgelenk. „Das weißt du selbst viel besser als ich.“

„Louisa …“ Er sah mich bittend an.

Ich schloss die Augen kurz, dann überwand ich mich. „Bei deinem Aussehen hast du so jemanden wie mich gar nicht nötig. Sexuell dürftest du mehr Angebote haben, als du jemals befriedigen könntest.“

Sandro lachte. „Meinst du?“

Ich nickte entschlossen.

„Was hat das mit dem Aussehen zu tun?“

„Ich spiele nicht in deiner Liga. Schau mich an!“ Ich ließ sein Handgelenk los und wies auf meine Gestalt.

Ich war mollig, hatte leicht hängende Brüste, trug meistens unförmige Kleidung und sah dadurch ungepflegt aus. Mittlerweile besaß ich mindestens genauso viele Narben, wie ein im Krieg gedienter Soldat.

„Ich weiß nicht, was du meinst.“ Sandro klang nachdenklich.

Ich verdrehte die Augen. „Du weißt das ganz genau, schau dich mal an.“

Er sah an sich hinab. „Ich verstehe es wirklich nicht. Was ist an mir anders, außer dass ich dem männlichen Geschlecht angehöre?“

„Du bist sportlich-durchtrainiert, gutaussehend, schlank, groß, richtig muskulös!“

„Das sind nur Äußerlichkeiten, die vergänglich sind“, sagte er mit einer abwinkenden Geste.

„Das kann man nur sagen, wenn man zu den gutaussehenden Menschen gehört. Selbst, wenn es die meisten leugnen: Mit einem gewissen Äußeren kommt man in der Gesellschaft schneller voran.“

„Das, was du machst, mag ich nicht. Nicht unser Aussehen bestimmt, wer wir sind.“ Seufzend drehte sich Sandro mehr zu mir und ergriff meine Hände. „Ich weiß nicht, was das für Penner waren, die du bisher kennengelernt hast. Aber so etwas wie unterschiedliche Ligen gibt es nicht. Zumindest nicht für mich. Aussehen ist, wie gesagt, vergänglich. Was soll ich mit der hübschesten Frau auf Erden, wenn ich mich nicht mit ihr unterhalten kann?“

„Also bin ich unterhaltsam, aber nicht hübsch?“

Stöhnend verdrehte Sandro die Augen. „Du suchst dir auch gern das raus, was dich denunziert. Kann das sein?“

Ich zuckte die Achseln. „Ist mir bisher nicht aufgefallen.“

„Muss man dich schütteln, damit du das sein lässt?“ Er lachte herzlich. „Du bist wunderschön. Krieg das bitte endlich in dein Köpfchen hinein.“

„Findest du dich schön?“

„Sind Männer schön?“ Er sah erneut an sich hinab. „Ich denke, ich bin ganz okay.“ Sanft zog er mich näher an sich heran. „Muss ich dich küssen, damit du verstehst, wie sehr du mir gefällst?“ Seine raue Stimme trieb eine angenehme Gänsehaut über meinen Körper.

„Du kannst es ja mal versuchen …“ Ehe ich mich versah, lagen seine weichen Lippen schon auf meinen.

Seine Hände wanderten über meine Schultern hinauf zu meinem Kopf und fuhren mir durch die Haare. Danach glitten sie meinen Rücken hinunter bis zu meinem Po. Er zog mich ein bisschen näher an sich heran, um sich dann vorzulehnen, und mich sanft mit seinem Gewicht auf die Couch zu pressen. Ich spürte, dass seine Berührungen mein Misstrauen Stück für Stück aufweichten. Der Kuss wurde leidenschaftlicher und wilder. Er stützte sich mit seinen Händen ein wenig ab, damit er nicht mit vollem Gewicht auf mir lag. Ich spürte die Hitze zwischen meinen Beinen. Die Schmetterlinge in meinem Bauch vibrierten im ganzen Körper. Jede Minute länger in diesem Kuss versunken zu sein, erhöhte meine Erregung. Dann spürte ich seine Erektion durch seine Hose an meinem Oberschenkel. Hart. Groß.

Keuchend löste ich den Kuss, um wieder Luft zu bekommen. Kaum hatte ich ein Atemzug genommen, stürzten sich Sandro erneut auf meine Lippen. Seine eine Hand glitt über meine Taille. Obwohl seine Finger keine der mir bekannten erogenen Zone streichelten, trieb er die Sehnsucht nach mehr voran. Sobald er sich von meinen Lippen löste, um meinen Hals mit Küssen zu überhäufen, kam ich wieder zur Klarheit. Ich räusperte mich und schob ihn sanft, aber bestimmt von mir.

„Was ist los?" Sein Blick war vor Lust verhangen.

„Das geht mir zu schnell." Ich schob ihn ein Stück weiter von mir hinunter.

Er setzte sich auf seine Fersen. „Entschuldige. Ich habe doch gefragt, ob ich dich küssen darf."

„Aber das war sehr viel mehr. Ich möchte nicht angetrunken mit dir schlafen!"

„Ich wollte gar nicht mit dir schlafen."

„Wolltest du nicht?" Irritiert runzelte ich die Stirn.

„Nein."

Redete er sich nur heraus?

Würde ich in der Situation nicht genauso lügen, statt mich zu entblößen?

„Aber …“ Es war besser, den Satz nicht weiterzuführen.

„Aber was?“

„Egal.“ Ich schüttelte den Kopf.

„Nein, sag bitte.“

Schutzsuchend zog ich die Beine an meinen Körper und umschloss sie mit den Armen. „Ich habe gespürt, dass du bereit für mehr warst.“

Sandro zog fragend eine Augenbraue hoch. Ich deutete mit einem Finger auf seinen Schritt, wo nicht mehr so viel zu sehen war, wie ich vorhin gespürt hatte.

„Das ist eine völlig normale Reaktion, wenn ich eine Frau küsse, die ich anziehend finde.“ Sandro sah mich entschuldigend an. „Ich wollte dich damit echt nicht bedrängen.“

Nervös spielte ich an einer Haarsträhne.

„Wirklich Louisa! Ich habe dich nur küssen wollen.“

Die Stimmung war hin. Ich hatte wieder mal mit meiner wiederkehrenden Angst vor Erniedrigung alles kaputtgemacht.

„Du kannst gern meine Taschen durchsuchen. Ich habe nicht mal ein Kondom dabei.“ Er leerte seine Hosentaschen, aus der eine Packung Taschentücher, eine Geldbörse und ein Schlüsselbund hervorkamen.

„Möchtest du jetzt gehen?“

„Möchtest du, dass ich jetzt gehe?“

Sofort reagierte ich mit einem deutlichen Kopfschütteln.

Sandro packte seine Sachen in die Hosentasche. „Okay. Zugegeben: Ich habe mich ein wenig hinreißen lassen, aber ich bin wirklich kein Fuckboy. Glaub mir das bitte.“ Er atmete hörbar aus. „Möglicherweise sollte ich auch mal etwas über meinen Herzbruch erzählen.“

Ich sah ihn auffordernd an.

„Dafür brauch ich aber ein weiteres Glas Wein. Hast du irgendwo noch eine Flasche stehen?“

26

„Wo soll ich anfangen?“, sinnierte Sandro, nachdem er den ersten Schluck seines frisch geöffneten Weins getrunken hatte.

„Vielleicht, als es anfing schief zu laufen?“

„Insgesamt waren wir fast drei Jahre zusammen. Wir wohnten in einer gemeinsamen Wohnung. Irgendwann kam sie auf die fixe Idee, dass sie neue Sachen ausprobieren wollte. Ich habe mir da erst gar nichts bei gedacht. Ich mein, ist ja normal, dass man das Liebesleben zwischendurch vielleicht mal aufpeppen möchte.“

Mit einem Nicken stimmte ich ihm zu.

„Doch dann schlug sie einen Dreier vor und ich war mehr als nur irritiert.“

„Ernsthaft? Einen Dreier?“

„Offenbar hatte sie schon nach etwas anderem gesucht. Ich habe mir da erst nichts bei gedacht. Eher, als wäre es nur eine fixe Idee, ein Witz.“ Er unterbrach sich, um einen weiteren großen Schluck zu trinken. „Doch sie redete dann immer wieder davon, aber für mich war das so gar nichts.“

„Und dann?“

„Habe ich sie eines Tages mit ihrem Arbeitskollegen bei uns daheim im Bett überrascht.“ Sandro starrte in sein Weinglas.

„Das ist hart.“

„Das war es.“ Er schwieg einen Moment. „Ich dachte, sie wäre die Eine und dann kam alles anders. Letztlich hätte es mir eine Warnung sein müssen, als sie anfing mit dem Gequatsche über den Dreier. Sie hat damit angedeutet, dass ich ihr nicht genüge.“

„Ich glaube nicht, dass wirklich du das Problem in dieser Beziehung warst“, sagte ich, bevor er anfing, sich weitere

Vorwürfe zu machen.

„Das Schlimme ist halt: Sie war nicht die Erste, die mich betrogen hat."

„Wie oft ist dir das schon passiert?"

Sandro nahm wieder einen tiefen Schluck aus seinem Weinglas, um sich dann zurück an die Couchlehne sinken zu lassen. Er ließ den Wein einige Male im Mund herum gleiten, ehe er schluckte. „Drei Mal mindestens. Die anderen waren aber vielleicht einfach zu klug, um sich erwischen zu lassen. Wer weiß das schon?"

Mitfühlend legte ich meine Hand auf seinen Unterarm. Betrug war echt eine niveaulose Nummer. Warum trennten sich die Leute nicht, wenn sie unglücklich waren und insgeheim etwas Neues suchten? Ein sauberer Schlussstrich war doch vernünftiger, als dem einst geliebten Partner so einen Schlag zu versetzen.

„Aber weißt du, irgendwo da draußen ist für jeden von uns der passende Deckel. Darauf vertraue ich." Sandro hob sein Glas und prostete mir zu.

Ich nickte und trank ebenfalls ein Schluck von meinem Wasser „Das Problem beim Betrügen ist, dass man als Opfer immer wieder die Schuld bei sich sucht, statt einfach eins klar zu sehen: Derjenige, der betrügt, ist einfach zu doof zum Lieben."

„Oder wir Ehrlichen sind zu blöd, das Spiel zu kapieren."

„Meinst du?"

„Klar! Ich bin noch nie fremdgegangen, weil ich mich getrennt habe, wenn eine Beziehung für mich nicht mehr funktioniert hat, doch andere halten sich die Decke warm und toben sich anderweitig aus."

„Wie eine Art Sicherheitsnetz meinst du?"

Sandro nickte schweigend. „Das Gemeine ist, was das hinterlässt."

„Mir tut diese Kussszene mit Jens echt unheimlich leid. Ich hatte ja keine Ahnung."

„Ach, alles gut. Du hattest ja recht. Wir sind kein Paar. Bis dahin war auch nichts zwischen uns." Er winkte ab. „Doch jetzt würde ich es nicht mehr akzeptieren." Seine Miene wurde ernst.

„Aber ich konnte nicht wissen, was es mit Giulia auf sich hatte."

„Weißt du, was mich an der Giulia-Sache so trifft?" Sein Blick war so traurig, dass es mir die Kehle zu schnürte. „Ich hielt meinen Vater immer für den perfekten Ehemann und besten Vater, den ich mir hätte vorstellen können. Jetzt ist diese Illusion zerstört, weil ich weiß, dass er meine Mutter betrogen hat. Rechnerisch muss es während der Ehe passiert sein. Es gab nie eine Auszeit, keine Beziehungspause oder sonst eine Zeit der Trennung. Das trifft mich zutiefst. Er war mein Vorbild."

„Hast du ihn damit schon konfrontiert?"

Sandro schüttelte erneut den Kopf, stellte sein Weinglas auf den Tisch und stand auf. Er lief ein paar Schritte durch das Wohnzimmer.

Ich wartete ab, was folgen würde. Wenn er in Redelaune war, würde ich ihm zuhören, so wie er auch Verständnis für mich und meine Sorgen hatte.

Plötzlich machte er auf dem Absatz kehrt und sah mich direkt an. „Das ist so ein Dilemma. Einerseits habe ich diesen Gerechtigkeitssinn in mir, der mir sagt, dass ich es meiner Mutter sagen muss. Sie hat es verdient, die Wahrheit zu erfahren." Er hielt inne, raufte sich die Haare, um dann wieder hin- und herzulaufen.

„Was ist die Alternative?"

„Das ist das viel größere Problem. Ich habe deren Ehe in der Hand." Er presste seine Finger zur Faust. „Wenn ich andererseits nichts sage, bin ich der Arsch, der es gewusst hat und die Klappe gehalten hat. Wie kann man das seiner Mutter antun? Wie?"

Ratlos biss ich mir auf die Unterlippe. „Du sitzt eindeutig zwischen den Stühlen. Sowohl deiner Mutter als auch deinem Vater gegenüber willst du loyal sein. Letztlich sind sie erwachsen. Du kannst versuchen, deinen Vater zu beeinflussen, sodass er deiner Mutter gegenüber die Wahrheit offenbart, oder aber du schweigst, weil es eigentlich nicht dein Problem ist."

Sandro sah mich mit großen Augen an.

„Am besten ist es, wenn du überlegst, was du dir wünschen würdest, wenn du nicht ihr Kind wärst, sondern der Betrogene. Würdest du dir von deinem Zukunftskind wünschen, dass es dir reinen Wein einschenkt, oder hoffen, dass es deine Partnerin so weit beeinflusst, dass sie es selbst zugibt?"

Nachdenklich rieb sich Sandro über sein Kinn.

„Auch wenn du ein Leben lang ihr Kind bist, ist es nicht an dir, die Probleme deiner Eltern zu lösen."

Er ließ sich zurück auf die Couch sinken, fuhr sich mit den Händen durch die Haare. „Du hast ja recht. Aber letztlich fühle ich mich verantwortlich, meine Mutter nicht weiter im Unwissen zu lassen."

„Die Frage ist, willst du deinem Verantwortungsbewusstsein folgen? Und welche Konsequenz hat das?"

Er zuckte mit den Achseln.

„Kannst du mit der Konsequenz leben? Kommst du damit klar? All diese Fragen brauchen eine Antwort, ehe du handelst. Wenn es raus ist, gibt es kein Zurück mehr."

„Damit hast du leider auch recht." Er seufzte schwer. „Warum ist das nur so schwer?"

„Wenn es leicht wäre, wäre es kein Problem." Ich zwinkerte ihm zu, was ihn kurz zum Lächeln brachte.

„Hast du das aus einem Glückskeks?"

Ich schüttelte den Kopf. „Im Zweifel wirf eine Münze."

„Toll. Der Zufall soll entscheiden?" Er schnaubte. „Hältst du das für eine gute Idee?"

„Ja", antwortete ich.

Fragend sah er mich an. Hielt er mich für verrückt? Kannte er nicht die Wahrheit hinter der Münze?

„Das ist ganz leicht. Zahl: Du sagst es deiner Mutter. Kopf: Du beeinflusst deinen Vater, es selbst zu sagen, und mischst dich nicht weiter ein."

„Und was bringt das außer dem Zufall?"

„Warte doch mal." Ich unterdrückte ein Seufzen. Männer waren manchmal echt wie kleine Kinder. „Das Ergebnis der Münze ist völlig egal. Deine Reaktion auf das Ergebnis wird dir den Weg weisen. Nichts ist ehrlicher als die erste Momentaufnahme nach dem Münzwurf. Bist du enttäuscht, weißt du, dass der andere Weg, der für dich intuitiv richtigere ist. Bist du zufrieden mit dem Ergebnis, weißt du, dass du besser der Münze folgst. Soweit klar?"

Sandro sah mich nachdenklich an. „Woher hast du diese Weisheit?"

„Ausprobiert", antwortete ich und griff wie selbstverständlich nach seinem Weinglas, weil mein Wasser leer war. „Wobei dabei nicht die Ehe meiner Eltern auf dem Spiel stand, aber manchmal muss man kreativ werden, wenn man nicht weiterweiß." Ich stand auf, lief zur Kommode und holte mir eine Schmerztablette aus dem Blister, der dort lag.

Sandro zog seine Geldbörse hervor und holte eine Münze heraus. Wortlos warf er diese. Ohne mich das Ergebnis sehen zu lassen, guckte er in seine Hand.

Ich setzte mich wieder neben ihm und trank die Tablette mit so einem großen Schluck Rotwein, dass ich das Glas in einem Zug leerte.

Ehe ich mich versah, beugte er sich zu mir herüber und küsste mich sanft. Wie automatisch reagierte ich trotz Überraschungsmoment und erwiderte den Kuss.

Grinsend löste er sich von mir. „Funktioniert. Ich weiß nun, was zu tun ist."

27

Am nächsten Morgen wachte ich auf und etwas Warmes lag neben mir. Völlig irritiert setzte ich mich auf und sah zur anderen Betthälfte, um festzustellen, dass Sandro in meinem Bett lag. Was machte er denn hier?

Beruhigend stellte ich fest, dass ich vollständig angezogen war. Wieso zum Teufel lag er hier?

Nachdenklich sah ich wieder zu ihm mit dem Versuch, die vergangenen Stunden zu rekapitulieren, doch ohne Erfolg. Ich war erschöpft und die Wunde in der Achsel meldete sich unaufhörlich. Die Schmerzmittel hatten offenbar die Wirkung eingestellt. Darum musste ich mich zuerst kümmern. Seufzend stand ich auf, um in die Küche zu schleichen. Mit einem Schluck Wasser nahm ich die Tablette.

Bei dem Anblick der beiden leeren Weinflaschen im Wohnzimmer kamen endlich wieder Bruchstücke der Erinnerungen zurück. Sandro hatte viel getrunken und ich war durch den Medikamenten-Wein-Mix ebenfalls nicht mehr nüchtern gewesen. Die zwei Gläser beim Essen hatten es in sich gehabt.

Ich nahm ein Haarband vom Tisch und band mir die Haare zu einem wilden Dutt auf dem Kopf zusammen. Danach trug ich die Gläser in die Küche. Sandro wohnte im Haus gegenüber – nur wenige Meter entfernt. Warum ist er nicht heimgegangen?

Nachdenklich stand ich an die Arbeitsplatte gelehnt, um herauszufinden, wie ich mich zu verhalten hatte. Ich wusste nur, dass er arg betrunken gewesen war und wir uns geküsst hatten. Wer hatte vorgeschlagen, dass er hier bleiben sollte? War ich das gewesen?

Durch den Schmerz in meiner Achsel war es nahezu unmöglich, mich zu konzentrieren. Gähnend setzte ich die Kaffeemaschine in Gang. Doch da kam mir ein weiterer Gedanke: Was machte die Übernachtung aus uns? Waren wir ein Paar? Oder gar *Freunde mit gewissen Vorzügen*?

Als das schwarze Gold in die Kaffeekanne tropfte, überlegte ich, wie ich ihn wecken sollte. Zärtlich mit einem Kuss? Freundschaftlich mit einem leichten Stups?

Nachdem ich den Kaffee in zwei Becher gegossen und eine Prise Muskatnuss hinzugefügte hatte, schlich ich zurück ins Schlafzimmer. Dort stellte ich die Tassen ab und setzte mich auf meine Betthälfte. Ich war so nervös, dass meine Hände unaufhörlich zitterten und ich sie immer wieder zur Faust ballte.

Nebeneinander zu schlafen, hatte so etwas Intimes. Mit dem verglichen, sollte das Wecken nicht mehr so schlimm sein. Zumindest probierte ich, mich damit zu beruhigen.

Ich legte mich neben ihn, betrachtete seine entspannten Gesichtszüge und genoss die Körperwärme, die er ausstrahlte. Für einen Moment war ich versucht, mich anzukuscheln. In seinen Armen würde ich mich wohlfühlen, doch war ihm das recht?

Geplagt von Zweifeln über den nächsten Schritt, machte ich gar nichts, sondern lag da und starrte ihn an.

Als er sich regte, ergriff ich die Kaffeetasse und wedelte ihm den Duft zu. Stöhnend hob Sandro die Lider. Seine Augen waren klein vor Müdigkeit und er kniff sie sofort wieder zu.

„Es ist ja schon hell draußen“, sagte er mit einem Wink auf die nicht herunter gelassene Jalousie.

„Ich habe Kaffee für dich.“

„Danke.“ Gähnend setzte er sich auf und ergriff die

Tasse. Kurz pustete er auf die dunkle Flüssigkeit, um dann sofort einen Schluck zu nehmen. „Das tut gut."

„Verkatert?"

Er nickte langsam. „War wohl etwas viel Wein."

Endlich nahm ich wahr, dass Sandro nur seine Boxershorts trug. Hatte er halbnackt neben mir geschlafen und ich konnte mich nicht einmal mehr an das gemeinsame Zubettgehen erinnern? Wie gemein war das? Ich hatte doch nur zwei Gläser Wein auf die Tagesdosis der mir verschriebenen Medikamente getrunken. Musste ich da gleich so einen Filmriss davontragen?

„Brauchst du eine Kopfschmerztablette?"

„Der Kaffee wird schon helfen", antwortete Sandro und trank einen weiteren Schluck. „Danke, dass ich hier pennen durfte."

„Kein Problem!" Ich machte eine wegwerfende Handbewegung. „Du hast fast zwei Flaschen Wein allein geleert."

Sandro grinste. „Das habe ich echt ewig nicht mehr. Entschuldige, dass ich so anhänglich war."

Fragend sah ich ihn an. Wovon sprach er? Wann war er denn anhänglich gewesen? Was hatte ich durch mangelndes Erinnerungsvermögen verpasst? „Anhänglich?"

„Dann halt liebesbedürftig. Nenne es, wie du willst."

Ich riss die Augen auf. Was zum Teufel hatte ich verpasst?

Sandro legte den Kopf schief und betrachtete mich nachdenklich. „Alles in Ordnung?"

Ich spürte, wie mir das Blut ins Gesicht schoss und ein prickelndes Gefühl über die Kopfhaut wanderte. „Ich erinnere mich nicht mehr ..."

Nun war es an Sandro, die Augen aufzureißen. „Du hattest doch gar nicht so viel Wein?"

Schulterzuckend schwieg ich.

„Ach ja!“ Sandro seufzte. „Du hast die Schmerztabletten genommen. Das kann schon ordentlich reinhauen.“ Grinsend trank er seinen Kaffee und verriet nichts weiter. „Also, weißt du nichts mehr von letzter Nacht?“

Ich sah ihn spöttisch an. „Natürlich, nur die Zeit vor dem Schlafengehen ist lückenhaft.“

Sah ich da etwa Erleichterung in seinem Gesicht aufblitzen? Was zum Teufel hatte er gemacht, dass es für ihn erleichternd war, dass ich nichts mehr wusste?

„Verrätst du es mir?“ Ich sah ihn flehentlich an. „Bitte!“

Er schüttelte grinsend den Kopf.

„Bitte!“

„Nein!“ Er grinste frech.

„Ernsthaft?“

„Das bleibt mein Geheimnis.“

Ohne Vorwarnung nahm ich ihm die Kaffeetasse aus der Hand.

Mit einem Dackelblick der Güteklasse A1 sah er mich an. „Du kannst mir doch nicht mein Lebenselixier wegnehmen.“

„Doch und ich kidnappe die Tasse, bis du mir sagst, was ich nicht mehr weiß.“

Bevor ich reagieren konnte, hatte Sandro mir in einer fließenden Bewegung die Tasse weggenommen. In einem Zug leerte er den Rest und stellte sie auf den Nachttisch. Plötzlich lag ich unter ihm. Wie hatte er das gemacht?

„Meinst du wirklich, ich lass mir den Kaffee wegnehmen?“

Sein Blick durchdrang mich. Sein Gewicht auf mir zu spüren, war nicht unangenehm – das absolute Gegenteil war der Fall: Mein Körper war wie elektrisiert.

„Ich bin angeschlagen. Das war unfair.“ Ich streckte ihm die Zunge entgegen.

„Ich sehe schon, ich hätte dich doch aufhalten sollen, als du den Rest Wein aus meinem Glas mit einer Schmerztablette getrunken hast", sagte er mit einem diebischen Grinsen.

Plötzlich beugte er sich herunter, sodass sein Gesicht nur wenige Zentimeter von meinem entfernt war. Ich sah jede einzelne seiner langen, dunklen Wimpern, so nah war er mir.

Er überwand die letzte Distanz, küsste mich vorsichtig, als wenn er abwarten wollte, wie ich reagierte. Sobald er sich sicher schien, dass ich ihn nicht aufhielt, nahm er an Leidenschaft zu. Seine Hände legten sich an meine Hüften und mit Schwung drehten wir uns. Plötzlich lag ich auf ihm. Mit dem heilen Arm stützte ich mich ab, um nicht das volle Gewicht auf ihn zu lagern. Wieder küsste er mich, machte sich an meinem Zopf zu schaffen und schnell hatte er das Haarband gelöst, sodass mir die Haare locker ums Gesicht fielen. Seine Hände wanderten durch die losen Strähnen. Sanft zog er mich näher an sich heran.

Außer Atem löste er sich von mir. „Weißt du eigentlich, wie wunderschön du bist?" Seine Stimme war nur noch ein zärtliches Hauchen.

Ich wusste auf dieses Kompliment keine Antwort, daher beugte ich mich wieder hinunter und verschloss seine vorlauten Lippen. Ich wollte so etwas nicht hören. Zu oft waren diese Worte in der Vergangenheit unwahr gewesen.

Sandros Hände wanderten über meinen Rücken hinab zu meinen Hüften. Dort ließ er sie liegen. Wieder löste er sich von mir. Überrascht sah ich ihn an.

„Was ist das genau zwischen uns?"

War er etwa verunsichert? Es klang fast so.

„Wie würdest du uns denn definieren?"

„Ich weiß nicht. Wie siehst du das denn?"

„Ich erinnere mich nicht an die letzten wachen Stunden vor dem Schlafengehen. Wie soll ich mir eine Meinung bilden, wenn ich nicht alle Fakten kenne?“

„Touché.“

„Du hast also zwei Möglichkeiten: Du präsentierst mir alle Fakten, egal ob sie peinlich sind, oder du definierst nach deinen Maßstäben und ich nach den mir vorliegenden Daten, aber ob die ausreichen, um mich von dir völlig zu überzeugen?“ In einer übertriebenen Geste der Nachdenklichkeit sah ich zur Zimmerdecke. „Es liegt an dir.“

28

Bald darauf verließen wir das Bett für das Mittagessen. Die Reste der Lasagne schmeckten aufgewärmt ebenfalls lecker. Eine Definition zwischen Sandro und mir hatten wir nicht finden können. Mit einem anderen Thema hatte er für Ablenkung gesorgt. Ich hatte dies so hingenommen und nicht weiter nachgefragt.

Nach dem Essen spazierten wir etwas am See. Ungezwungen nahm Sandro meine Hand. Es fühlte sich gut an. Im Gegensatz zu vielen anderen Menschen gingen uns die Gesprächsthemen nicht aus. Trotz allem war es mir nahezu unmöglich, mich völlig fallenzulassen. Zu groß war die Sorge, wieder enttäuscht zu werden. Ich hatte mich ihm gegenüber schon so sehr geöffnet und auch er hatte mir viel von sich erzählt, doch die Vorsicht blieb. Obwohl er alles aufgeklärt hatte, ließ mich diese Angst nicht los. Tief in meinem Inneren wusste ich, das ich nicht in seiner Liga spielte, und wartete nur darauf, dass ihm dies bewusst wurde.

Was musste passieren, um endlich wieder völlig zu vertrauen? Brauchte ich nur mehr Zeit? War ich überhaupt in der Lage, mich erneut auf jemanden einzulassen?

Schneller als angenommen, verging der Nachmittag und Sandro musste sich für die Arbeit fertigmachen. Aus diesem Grund verabschiedeten wir uns vor dem Haus.

Abends rief mich Melissa an, um sich mit mir spontan zu treffen. Die Zeit bis zu ihrem Besuch nutzte ich, um aufzuräumen.

Pünktlich zur vereinbarten Uhrzeit klingelte es. Melissa stand gutgelaunt mit einem Strauß Sonnenblumen vor der Tür.

„Ich habe doch gar nicht Geburtstag."

„Du hast mir doch erzählt, dass du krank bist, deshalb wollte ich dir eine Freude machen.

„Danke!" Ich machte mich sofort daran, eine Vase hervorzukramen. Ich bekam nur selten Blumen, daher musste ich erst überlegen, wo ich überhaupt eine hatte. Vielleicht im Schrank im Flur?

„Ich setze mich auf den Balkon!"

Nachdem ich die Blumen versorgt hatte, ging ich mit zwei selbst gemischten Ipanema nach draußen.

„Oh, cool! Cocktails!"

„Alkoholfrei. Ich muss Schmerzmittel nehmen", sagte ich, nachdem ich die Gläser abgestellt hatte. „Soll ich Rum für dich holen?"

Melissa schüttelte den Kopf, probierte den Cocktail und schloss genießerisch die Augen. „Superlecker!"

In dem Moment piepte mein Smartphone.

Sandro; 18:56 Uhr: War echt schön mit dir. Schade, dass die Zeit so schnell umging!

Louisa, 18:57: Melde dich doch, wenn du Feierabend hast. Vielleicht bin ich dann ja noch wach.

„Was gibt es Neues an der Männerfront? Hast du das mit deinem Nachbarn geklärt?"

Ich nickte grinsend.

„Seid ihr jetzt ein Paar? Nun erzähl doch mal."

Ich ließ es mir nicht nehmen, ihr jedes noch so kleine Detail zu berichten.

Sie schien sich wirklich für mich zu freuen. „Und seid ihr inzwischen ein Paar?", wiederholte sie.

„Wenn ich das mal wüsste. Womöglich sind wir noch beim Daten", antwortete ich achselzuckend.

„Typisch Mann …“ Melissa seufzte und verdrehte die Augen. „Nie wollen sie etwas festzurren.“

„Aber er hat doch nach einer Definition gefragt und ich habe es ihm überlassen.“

„Das war keine gute Idee. Als ob Männer so etwas entscheiden wollen“, antwortete Melissa abwinkend. „Wenn ich John nicht auf den Pott gesetzt hätte, wären wir gewiss noch weitere sechs Monate zwischen Single und Pärchen sein herumgeeiert.“

„Was soll ich also deiner Meinung nach tun?“

„Ihn auf den Pott setzen und eine feste Beziehung daraus machen.“

Nachdenklich sah ich hinüber zum See und nippte an meinem Ipanema. Mir kam das zu forsch und schnell vor. Wie viele Dates hatten wir denn? Was lief uns überhaupt davon? Warum sollte ich es so eilig haben?

„Was soll das ändern?“

„Er weiß um die Grenzen seines Handelns.“

„Und du meinst, wenn ich das alles jetzt nicht überstürze, dann sucht er sich doch noch eine Andere?“ Die Logik verstand ich nicht.

„Ihr seid beide frei und könnt tun, was ihr wollt. Während wir Frauen immer brav nur einen Mann daten, sind Männer da um einiges freier. Sie daten schlicht und einfach alles, was sich anbietet. Mehrere gleichzeitig ist da völlig normal.“

Mit großen Augen sah ich sie an. War das ihr Ernst?

„Theoretisch kann das ein Mann aber auch während einer Beziehung tun.“

„Ja, aber während dieser Schwebe zwischen Single und Pärchen sein, kennen sie keine Schuldgefühle.“

Ich war nicht in der Lage, dieser Argumentation zu folgen. Woher nahm sie nur diesen Quatsch?

„Willst du wirklich eine andere Frau zwischen euch wissen?“ Sie wirkte regelrecht bedrohlich.

Welche andere Frau meinte Sie denn nur? Ich hatte nicht den Eindruck, dass Sandro bei all seinen Erzählungen gelogen hatte. Er wirkte so ehrlich auf mich. Ich hatte ihm jedes Wort abgenommen. Waren das nur Melissas wilde Theorien? Oder waren alle Männer so verlogen, wie sie glaubte? Konnte ich auf mein Gefühl vertrauen oder sollte ich lieber Melissa Glauben schenken, die immer realistisch war?

Meine beste Freundin hatte mich mit einer Menge Zweifel zurückgelassen. Sie war gegen zehn Uhr verschwunden, da sie mit John beim Kino für die Spätvorstellung verabredet war. Das Ping meines Smartphones holte mich aus meinen Grübeleien.

> *Sandro, 22:23 Uhr: Heute ist leider viel los. Das wird sicher spät, aber schreib mir trotzdem, wenn du schlafen gehst.*

Die Nachricht enttäuschte mich ungemein. Ich hatte gehofft, eine weitere Nacht neben ihm schlafen zu dürfen. Aufgewühlt versuchte ich, mich mit dem Lesen meiner momentanen Lektüre abzulenken, doch Melissas Worte hallten wie ein Echo in meinem Kopf nach. Allein die Vorstellung, Sandro mit einer anderen Frau zu sehen, bereitete mir Bauchschmerzen. Ich hatte mit meinen ständigen, stinkenden und vor allem triefenden Eiterparasiten doch gar keine Chance gegen eine andere Frau. Außerdem war jede andere weniger kompliziert als ich mit all meinen Komplexen.

Die Zweifel fraßen mich auf. Damit wurde für mich klar, wie sehr ich ihn schon mochte. Sandro hatte längst mein Herz in seinen Händen. Wenn er jetzt zu fest zudrückte, würde es zerstört werden.

Doch dann kam endlich ein erlösender Gedanke: Melissa war in letzter Zeit menschlich wie ein Presslufthammer. Ihre Empathie für meine Erkrankung war nahezu nicht vorhanden. Dazu kannte sie Sandro gar nicht. Sie entschied nach Hörensagen. Offenbar musste ich endlich Realist werden und anerkennen, wie es war: Melissa konnte mir aktuell gar nicht mehr die Freundin sein, die ich mir wünschte und brauchte.

Trotz allem blieb die mögliche andere Frau in meinem Hinterkopf. Das hatte Melissa ausgezeichnet hinbekommen.

Ich sah hinüber zur Vase mit den Sonnenblumen. Die letzten Male war sie – egal bei welchem Thema – immer wie ein Brecheisen auf mich losgegangen und heute kam sie mit einem Geschenk. Hatte sie selbst gemerkt, wie sie sich verhielt, und war es eine unausgesprochene Entschuldigung für ihre Fehler mir gegenüber? War ich undankbar? Obwohl sie nicht das nötige Einfühlungsvermögen hatte, wollte sie mir doch letztlich nur helfen. Oder?

Seufzend gab ich es auf, räumte mein Buch zur Seite und stand auf. Nachdenklich lief ich durch die Wohnung, um dann wieder einmal auf dem Balkon zu landen. Ich schaute mich um. Es waren Rasensprenger in der Ferne zu hören. Außerdem konnte ich das nasse Gras riechen.

Ich schloss die Augen und nahm einen tiefen Atemzug. Konnte Melissa besser beurteilen, was zwischen Sandro und mir der nächste richtige Schritt war? Ich stieß die Luft aus. In meinem Magen brodelte es.

Als ich die Augen wieder öffnete, fasste ich einen Entschluss. Es war an der Zeit, sich von dem zu lösen, was mich nicht glücklich machte. Schlussendlich hatte man immer die Wahl, ob man sich für jemanden mitfreute oder ein unnötiges Drama heraufbeschwor. Melissa hatte sich entschieden und ich mich auch. Selbst wenn es schwer war, manchmal musste auch ich auf mein Herz hören und loslassen.

29

Ich wartete, aber von Sandro kam keine Nachricht. Als es fast schon halb drei war, gab ich das Warten auf und legte mich schlafen. Bisher war mir nicht bewusst, wie lange Restaurants geöffnet hatten. Ich dachte immer, dass dort spätestens um halb eins Feierabend war.

Am nächsten Morgen wachte ich auf und meine Achsel schmerzte weiterhin. Da ich duschen wollte, nahm ich die Kompresse ab, betrachtete die Wunde und stellte fest, dass sie immer noch geöffnet war. Man sah direkt auf das Fleisch. Ob ich damit überhaupt duschen durfte? Es war blöd, dass ich den Hausarzt zu fragen vergessen hatte. Ausgerechnet heute war Samstag, sodass mir nicht einmal die Option blieb, dort anzurufen und nachzufragen. Seufzend setzte ich mich an den Laptop und suchte im Selbsthilfegruppenforum nach ähnlichen Themen. Es war am wahrscheinlichsten, hier die Antwort zu finden.

Natürlich fand ich dort nur allerhand widersprüchliche Aussagen. Während die einen schrieben, dass man das dürfte, malten die anderen den Teufel an die Wand, wenn man keinen geeigneten Filter an der Duschbrause hatte, der sämtliche Keime aus den Rohrleitungen und Armaturen filterte. Woher bekam ich denn kurzfristig so einen Duschbrausenfilter?

Ich entschied mich, die Wunde mit einem wasserfesten Pflaster abzukleben.

In der Dusche merkte ich dann, wie schwer das Shampoonieren mit einer Hand war, da der andere Arm kaum zu heben war. Statt der sonst entspannenden Wirkung einer Dusche fühlte ich mich total gestresst und genervt.

Das Abtrocknen der Haare stellte sich ebenfalls schwieriger heraus als gedacht, weswegen ich sie nur leicht abrubbelte, und sie dann lufttrocknen ließ. Anziehen war der nächste Kampf, den es zu gewinnen galt. Daher entschied ich mich für eine Pulloverjacke mit einer locker sitzenden, kurzen Hose. Beim Frühstück ertönte mein Smartphone. Voller Neugier ergriff ich es sofort.

> *Sandro, 9:48 Uhr: Guten Morgen! Ich hoffe, du hast gut geschlafen. Schade, dass du dich nicht mehr gemeldet hast. Bist wahrscheinlich beim Warten eingeschlafen?*

Verwirrt betrachtete ich die Nachricht, um sie dann ein weiteres Mal zu lesen. Wie meinte er das? Er sollte sich doch melden, wenn er Feierabend hatte. Darauf musste ich einfach direkt antworten.

> *Louisa, 9:49 Uhr: Moin, wann hattest du denn Feierabend? Hast dich ja gar nicht mehr gemeldet. Habe bis halb drei gewartet.*

> *Sandro, 9:50 Uhr: Ich hatte um halb zwei Feierabend, aber da nichts mehr kam, dachte ich, du wärst am Schlafen.*

Völlig verwirrt scrollte ich durch die letzten Nachrichten und erkannte dann endlich das Missverständnis. Während ich ihn gebeten hatte, sich zum Feierabend zu melden, hatte er mir geschrieben, dass ich ihm schreiben sollte, wenn ich ins Bett ging. Seufzend schlug ich mir mit der flachen Hand an die Stirn. Ich war manchmal zu blöd.

Louisa, 9:52 Uhr: Da haben wir offensichtlich aneinander vorbeigeschrieben.

Sandro, 9:52 Uhr: Ups :-)

Mit dem Rest meines Kaffees setzte ich mich auf den Balkon und genoss die morgendlichen Sonnenstrahlen im Gesicht. Als ich hinübersah, konnte ich Sandro in der Küche stehen sehen.

Sandro, 09:57 Uhr: Was machst du heute?

Nachdenklich sah ich zum See hinüber. Das Glitzern der Sonnenstrahlen war wieder ein wunderschönes Naturschauspiel. Ich würde gern Zeit mit Sandro verbringen. Konnte ich das so direkt schreiben oder würde ich ihn damit verjagen?

Louisa; 9:59 Uhr: Nichts, außer mich weiter auszukurieren.

Ich entschied, bei der Wahrheit zu bleiben. Mir fehlte die Courage für die Offensive.

Sandro, 10:00 Uhr: Sollen wir gleich eine Runde spazieren gehen?

Ich freute mich riesig über seinen Vorschlag und stimmte dem zu. Er hatte von sich aus Lust, Zeit mit mir zu verbringen. Das war doch schon mal ein positives Zeichen.

Ich trank meinen Kaffee aus und eilte zurück in die Wohnung. Trotz der Bewegungsschmerzen zog ich mir ein T-

Shirt an. Kaum hatte ich die Sandalen an den Füßen, klingelte es schon.

„Na“, begrüßte mich Sandro breit grinsend.

„Na.“

Erwartungsvoll wartete ich ein paar obligatorische Sekunden. Er zog mich an sich und küsste mich zärtlich. Ich schloss die Augen, ließ mich voll und ganz auf den Kuss ein. Als er sich von mir löste, war ich atemlos. Ein Seufzen unterdrückend griff ich nach meiner Lederhandtasche und dem Hausschlüssel.

„Wollen wir los?“, fragte ich und fühlte mich hochmotiviert.

„Gerne!“

Er ergriff meine Hand, sobald wir auf der Straße waren. Glücklich passte ich mich seinem Tempo an. Während er mir vom stressigen Abend im Restaurant erzählte, liefen wir völlig entspannt um den See herum. Es war weniger los als an den meisten Sommernachmittagen im August.

Er entschuldigte sich sogar für das Missverständnis, aber es war ja nicht seine Schuld. Ich hatte die Nachricht ebenfalls nicht korrekt gelesen.

„Voll doof, dass ich heute Abend wieder arbeiten muss“, sagte Sandro mit hängenden Mundwinkeln.

„Was hättest du denn vorgehabt, wenn du frei gehabt hättest?“

War heute ein Sportevent im Fernsehen? Schaute er überhaupt irgendeinen Sport?

Sandro sah mich mit einem intensiven Blick von der Seite an. „Zeit mit meiner Lieblingsnachbarin verbringen.“

„Oh, hast du Frau Müller auch endlich kennengelernt? Die backt so tollen Apfelkuchen.“

Sein durchdringender Blick wechselte zu einem verwirrten Stirnrunzeln. „Wer?“

„Frau Müller, die wohnt genau über mir. Sag bloß, du kennst Frau Müller noch nicht!" Mit großen Augen sah ich ihn an.

Sandro schüttelte den Kopf.

„Vielleicht kennst du sie auch als Petra?", fragte ich, aber er schaute weiter, als wenn er nicht wüsste, ob ich es ernst meinte oder ihn verarschte. „Das ist doch die Bildzeitung in unserer Straße. Die kennt jeden, weiß alles und ist immer bestens informiert."

„Ist mir bisher noch nicht aufgefallen. Demnach hält man sich besser von ihr fern?"

Ich nickte. „Es sei denn, sie hat Apfelkuchen gebacken. Da werde ich jedes Mal schwach."

„Du weißt schon, dass ich nicht Frau Müller gemeint habe?", sagte Sandro ernst mit einem fragenden Blick.

Grinsend nickte ich. „Dann gewiss eine von deinen Nachbarn?"

„Ich mein dich", sagte er und zwickte mir sanft in die Seite. „Stell dich nicht so dumm, das nehme ich dir ohnehin nicht ab."

Frech streckte ich ihm die Zunge entgegen. „Da wärst du der Erste."

„Meinst du." Sandro verdrehte die Augen. „Ich mag so etwas nicht."

Ich fühlte mich leicht vor dem Kopf gestoßen. Warum wurde aus einem lockeren Spaß denn so etwas Ernstes? Das war doch gar nicht meine Intention. Ich wollte ihn doch nur ein wenig aufziehen und lustig sein. Verunsichert sah ich zu Boden.

Schweigend schlenderten wir nebeneinander her, weil ich nicht wusste, was ich auf diese Aussage erwidern sollte. Ich kickte ruhelos einen Kieselstein vom Weg in die Büsche. Außerdem fehlte mir die Pulloverjacke, in der ich die zu Fäusten geballten Hände tief vergraben hätte, sodass er sie nicht sehen könnte. Enttäuschung wirbelte durch meinen Körper. Die Stimmung war dahin. Immerhin schien er eine andere Art Humor zu haben. War das Zusammenlachen nicht ein wesentlicher Grundbaustein einer funktionierenden Beziehung?

Wenige Minuten später kamen wir wieder bei uns in der Straße an. Noch immer lag eine Schwere zwischen uns. Warum nahm er mir das nur so krumm? Nervös blieb ich stehen. Sollte ich ihn hineinbitten?

„Ich muss noch ein paar Sachen erledigen“, sagte Sandro.

Also wohl doch keine weitere Zeit zu zweit. Ich schluckte die Enttäuschung hinunter und nickte stumm. Unschlüssig stand ich da. Sollte ich ihn umarmen? Würde er mich küssen? Wortlos nickte Sandro mir zu, um dann schnellen Schrittes zu seiner Haustür zu laufen. Was war das denn nur gewesen?

30

Am Abend besuchten mich Bianca und Nele, mit denen ich mich spontan verabredet hatte. Sie hatten Sekt und Snacks dabei.

Ich holte die Sektgläser aus dem Vitrinenschrank im Wohnzimmer. „Das wäre doch nicht nötig gewesen!“

„Ich finde, wir feiern alle viel zu selten die positiven Seiten des Lebens“, entgegnete Bianca von der Balkontür aus.

Wir wollten den schönen Sommerabend draußen genießen. Es war noch angenehm warm.

„Und was gibt es zu feiern?“ Bei mir war nichts Weltbewegendes passiert, zumindest nichts, was Bianca nicht schon gewusst hätte.

„Ich habe die Beförderung bekommen, für die ich so lange gearbeitet habe. Ich bin endlich die stellvertretende Leitung in unserem Kindergarten.“

„Herzlichen Glückwunsch“, gratulierte ich von Herzen.

„Danke!“ Schon knallte der Sektkorken.

„Für mich bitte nur ein halbes Glas“, sagte ich rasch, als Nele anfing, die Sektgläser zu befüllen.

Sie schüttelte verächtlich den Kopf. „Halbe Gläser gibt es nicht.“

Seufzend nahm ich das Sektglas entgegen, das sie mir reichte. „Aber dann nur das eine. Ich nehme noch Schmerzmittel!“

Nele reagierte darauf mit einer wegwerfenden Handbewegung. „Stell dich mal nicht so an. Du fährst doch heute nicht mehr.“

Nachdem wir angestoßen hatten, trank ich einen winzigen Schluck der prickelnden Brause. Sofort breitete sich die Wärme des Alkohols in meinem Magen aus. Wir setzten uns nach draußen auf den Balkon. Bianca war die Erste, die ihre Neuigkeiten erzählte.

„Was ist eigentlich aus deinem Typen geworden?“, fragte ich neugierig, als sie ihre Erzählung beendet hatte.

Biancas Wangen färbten sich rot. „Ich denke, wir sind ein Paar.“

„Oh, das ist doch absolut super!“

Es schien in Biancas Leben rund zu laufen. Für einen kurzen Augenblick zwickte der Neid in mir. Meine Karriere war schlicht und ergreifend nicht vorhanden. Außerdem war das mit Sandro und mir auch noch in der Schwebe.

„Hast du ihn endlich auf die Matratze bekommen?“, fragte Nele, woraufhin sich Biancas Gesicht dunkelrot einfärbte.

Sie ergriff ihr Sektglas und trank einen langen Schluck, den sie einen Augenblick in ihrem Mund behielt, ehe sie ihn hinunterschluckte.

„Na, komm schon! Wir sind hier unter uns“, forderte Nele sie auf, das Schweigen zu brechen.

Bianca schüttelte den Kopf. „Ich kann das einfach noch nicht. Ich bin durchgängig am Blühen. Die Beulen sind echt hartnäckig.“

„Wo bist du nochmal betroffen?“

„Po, Schambereich und Oberschenkel!“ Sie verdrehte genervt die Augen. „Alles Stellen, die beim Sex auf Teufel komm raus nicht verdeckt werden können. Es ist echt zum Mäusemelken!“

„Kauf dir einen Ouvertslip“, entgegnete Nele, was zur Folge hatte, dass sowohl Bianca als auch ich sie fragend anstarrten.

„Sagt nicht, dass ihr keine Ouvertslips kennt?“, fragte Nele kopfschüttelnd und mit weit aufgerissenen Augen. „Kann doch nicht sein.“

Bianca und ich wechselten einen Blick. Waren wir zu prüde?

„Jetzt sag doch endlich, was das ist." Bianca seufzte. „Oder muss ich googeln?"

„Das sind diese Slips, die im Schritt geöffnet sind. Verdeckt jegliche Narben, Abszesse oder alles andere, was der Mann nicht sehen sollte. Trotzdem liegt für den Sex praktischerweise alles offen da." Nele schaute uns prüfend an. „Das müsst ihr doch kennen!"

Ich schüttelte den Kopf. Das war mir absolut unbekannt, klang aber sehr interessant. Das schrie nahezu nach Onlineshopping. Wenn das so simpel war, durfte ich mir das nicht entgehen lassen.

„Und wie hilft mir das mit meinem Oberschenkel-Abszess? Das Biest ist gigantisch. Es öffnet und schließt sich seit Wochen immer wieder", entgegnete Bianca.

Da kam mir ein Gedanke. „Je nachdem, wo der ist, helfen vielleicht halterlose Strümpfe."

„Das schmerzt doch, wenn die direkt darauf enden?", sagte Nele.

„Wenn du es mit Mullkompressen abklebst, nicht. Der Spitzenrand würde das dann auch noch verdecken."

Bianca sah uns beide verschämt an.

„Das sind Seidenstrümpfe. Wie Strumpfhose nur ohne Hosenteil."

„Ihr meint Strapse?", fragte sie.

Ich schüttelte sofort den Kopf, stand auf und holte ein Päckchen aus dem Schlafzimmer.

„Wieso hast du so etwas?", fragte Bianca und beugte sich näher zu mir, um die Verpackung genauer zu betrachten. „Bei dir sind die Oberschenkel doch gar nicht betroffen?"

„Ich hasse es, wenn die Schenkel von der Hitze im Sommer so aneinander kleben. Ich nutze die Strümpfe gern für förmlichere Anlässe, damit ich keine Strumpfhose anziehen muss, die sowieso ständig wegrutscht“, sagte ich, während ich die Verpackung öffnete.

Dann reichte ich ihr einen Strumpf hinüber.

„Manchmal finde ich es echt anstrengend, dass wir uns um all diese Dinge noch zusätzliche Gedanken machen müssen. Das nimmt mir jegliche Spontanität“, entgegnete Bianca, als sie den Strumpf über ihren Arm zog.

„Nimm Sie gern mit nach Hause.“

Sie sah dankbar zu mir auf. „Hast du die auch wirklich übrig?“

„Klar, sonst würde ich es dir nicht anbieten.“ Ich winkte lässig ab.

Bianca steckte die Strümpfe zurück in die Verpackung. Anschließend verschwanden sie in ihrer Handtasche.

„Jetzt genug von mir. Louisa, was gibt es Neues an der italienischen Front?“, fragte sie dann.

Seufzend ergriff ich mein Glas und trank einen Schluck.

„Ach, doch so gut?“ Nele lachte ironisch.

„Ich weiß gar nicht, was ich sagen soll. Es ist kompliziert.“

Sofort beugten sich Nele und Bianca gespannt vor und durchlöcherten mich mit erwartungsvollen Blicken.

„Nun erzähl schon! Wir wollen alle Details.“

Wieso bei mir immer alle Details, während Bianca so rasch aus der Geschichte herausgekommen war?

„Okay, ich erzähle es euch, aber dann gebt ihr mir mal einen Ratschlag, was das alles bedeuten soll.“ Ich berichtete von den vergangenen Tagen, der Übernachtung, dem stetigen Hin und Her. „Was habe ich falsch gemacht, dass er dann so einen Abgang macht?“

„Das ist halt anstrengend, wenn man jemandem immer wieder sagen muss, wie toll er ist. Warum glaubst du ihm das denn nicht einfach?“, antwortete Nele.

„Das ist wie ein Automatismus. Wie legt man das denn ab?“

„Eventuell musst du einfach anerkennen, dass du es wert bist, geliebt zu werden“, sagte Bianca. „Wir haben alle diese Erfahrungen gemacht mit der Akne Inversa und den Männern.“

„Das mit dem anderen Typen ist jetzt schon mindestens zwei Monate her“, fügte Nele hinzu. „Irgendwann muss man es hinter sich lassen und weitermachen.“

Hatten sie recht? Hing ich der Sache mit Elias zu lange nach? War da nicht jeder verschieden? Der eine machte sofort weiter, während der andere einige Zeit zum Verarbeiten brauchte?

„Darüber hinaus hat Sandro sich in meinen Augen oft genug bewiesen, dass er anders ist als dieser – wie hieß er noch?“ Bianca warf Nele einen fragenden Blick zu. „Elias?“

Ich nickte stumm.

„Genau, Elias!“, fuhr Bianca fort. „Das sind zwei verschiedene Menschen. Du kannst Sandro doch nicht für das Fehlverhalten von Elias bestrafen?“

„Tu ich doch gar nicht!“

„Unbewusst schon. Du wehrst dich seit unserem ersten Treffen bei ihm im Restaurant mit Händen und Füßen dagegen, dass er dich mögen könnte“, sagte Nele.

Kraftlos sank ich in meinem Stuhl zusammen. Was sollte ich denn nur machen? Einfach hinunterschlucken, schien mir nicht zu liegen. Andererseits hatten sie so recht. Ich konnte Sandro nicht ausbaden lassen, was Elias falsch gemacht hatte. Das war Sandro gegenüber nicht fair.

„Was schlagt ihr vor, wie es mit Sandro und mir weitergehen sollte?“

„Sind ihm die Details von der Sache zwischen Elias und

dir bekannt?“, fragte Bianca.

Ich nickte.

„Nicht noch mehr Gespräche. Das ist so unsexy.“ Nele verdrehte die Augen. „Hör einfach auf, das Opfer zu sein!“

„Wenn das doch nur so einfach wäre …“

„Ja, es ist scheiße, was Elias dir angetan hat, aber du allein entscheidest, wie du damit umgehst“, entgegnete Nele energisch. „Du kannst weiterhin das Opfer spielen oder du stehst auf, richtest dein Krönchen und machst weiter. Willst du echt so einem Arschloch die Macht über dein Liebesleben geben?“

Ich schüttelte mit hängenden Schultern den Kopf. Ihre Energie schüchterte mich ein.

„Das lässt du aber im Moment zu. Lass das sein, lebe weiter, hab Spaß und sieh Sandro als das an, was er ist: ein netter Kerl!“

„Du hast ja recht“, antwortete ich nach einer Weile. „Das ist nur nicht so leicht.“

„Weil du es dir selbst schwermachst“, sagte Nele mit einem Schlag auf dem Tisch. „Das ist dein Leben. Lass dich von solchen Sachen doch nicht so kaputtmachen!“

Hilfesuchend sah ich zu Bianca, aber die blieb stumm und nickte mir nur aufmunternd zu. „Siehst du das auch so?“

Bianca zuckte mit den Achseln. „Ich bin selbst so vorsichtig geworden.“

„Ihr beide lasst euch viel zu sehr von der Akne Inversa beeinflussen. Ja, es ist scheiße. Es schmerzt höllisch. Es nervt. Mir geht es doch ganz genauso, aber wir haben immer die Wahl! Entweder wir vergraben uns vor der Welt und machen es noch miserabler, oder wir leben unser Leben und machen unser Schicksal zu Narbengold. Menschen sind nun mal kacke! Keiner weiß das besser als wir.

Wenn ich nur an all die Vorurteile vieler Ärzte denke, die es doch eigentlich besser wissen müssten und dann mit Übergewicht, Rauchen und mangelnder Hygiene um die Ecke kommen, statt mal die neueren Studien zu lesen. Was ihr verdammter Job ist!", redete sich Nele in Rage. „Und dann seid ihr beiden auch noch Gefangene in eurer eigenen Scham." Sie schlug auf den Tisch. „Das macht mich traurig. Ihr seid beide unglaublich großartige Frauen. Erkennt das doch bitte mal."

Meine Augen füllten sich vor Rührung mit Tränen.

Ich ergriff Neles Hand über den Tisch hinweg. „Danke, Nele!"

Bianca rieb sich ihre verdächtig glänzenden Augen. „Das ist so wahr und du hast so recht."

„Natürlich habe ich recht", sagte Nele. „Man hat immer die Wahl, wie man die Dinge sieht und angeht."

„Aber wenn mich Sandro, so wie ich bin, nicht mag, ist er der falsche Mann für mich, oder?"

„Sich immer wieder selbst kleiner zu reden, als man ist, zeugt nicht von einem Charakterzug mit dem andere klarkommen müssen, sondern grenzt an eine Persönlichkeitsstörung!", antwortete Nele.

„Gehst du da nicht etwas zu weit?", warf Bianca ein.

„Irgendeiner muss euch doch mal aus diesem sinkenden Schiff aus Selbstmitleid herausholen. Ich meine, ihr könnt ja machen, was ihr wollt. Es ist schließlich euer Leben, aber dann wundert euch nicht, wenn ihr die bombastischen Männer aus eurem Leben vertreibt."

Narbengold? War das nicht etwas sehr weit hergeholt? Wie sollte ich aus dieser Erkrankung irgendetwas Brauchbares machen? Vielleicht hatte Nele aber doch Recht. Ich hatte es Sandro wirklich nicht leicht gemacht. Möglicherweise musste ich über mich selbst hinauswachsen und auch mal das Positive sehen. Durch die Diagnose hatte ich zwei wundervolle Freundinnen gefunden.

Ich erhob mein Glas. „Ein Hoch auf unser Narbengold."

Bianca musterte mich nachdenklich, erhob aber auch ihr Glas.

„Ohne unsere Diagnose hätten wir uns nicht gefunden", sagte ich und zwinkerte ihr zu.

„Stimmt." Bianca lächelte.

„Auf uns drei", sagte Nele feierlich und wir stießen an. „Wir werden den Maulwurf unter unserer Haut noch zu Narbengold machen. Wartet es nur ab."

31

Auf der Suche nach den richtigen Worten löschte ich geschätzt hundert Nachrichtenentwürfe an Sandro. Dann gab ich es auf, räumte den Balkontisch ab und spülte die Sektgläser durch. Für mich war es verdammt schwierig, einen Schritt auf ihn zuzugehen. Weitere Nachrichtenentwürfe kreisten durch meine Gedanken, doch keiner gefiel mir. Genervt gab ich es auf.

Es war an der Zeit, am Laptop nach den Ouverts zu suchen, von denen Nele erzählt hatte. Erleichtert stellte ich fest, dass es diese Wäsche nicht nur in den schmuddeligen Sexshops gab, sondern auch in normalen Dessous- und Unterwäscheshops. Außerdem gab es eine Sonderaktion: Expresslieferung ohne Zusatzkosten. Ich scrollte mich durch die Kollektion. Zögerlich wählte ich vier Modelle und dazu noch ein paar passende BHs.

Mittlerweile war es halb zwölf. Ob Sandro schon Feierabend hatte? Ich ging zum Fenster und schaute hinaus, doch gegenüber in der Wohnung war weiterhin alles dunkel. Endlich fasste ich mir ein Herz und schrieb ihm das erste, was mir einfiel.

> *Louisa, 23:33 Uhr: Hast du schon Feierabend? Würde gern ein Bierchen mit dir trinken.*

Ungeduldig starrte ich auf mein Smartphone. Ich wollte unbedingt vermeiden, dass ich seine Antwort übersah. Ob er mich wohl absichtlich so lange warten ließ oder war es wieder so voll im Restaurant?

Eine gefühlte Ewigkeit später piepte endlich der Nachrichtenton.

Sandro, 23:47 Uhr: Ich bin echt müde. Lass uns das auf morgen verschieben. Gute Nacht.

Es lief mir eiskalt den Rücken hinunter. War das nur eine Ausrede? Hatte er keine Lust mehr auf mich und meinen mangelnden Selbstwert? Traurig zog ich mir im Bett die Decke über den Kopf und ließ die heißen Tränen von meinen Wangen rinnen, ohne sie fortzuwischen. Es fiel mir schwer, die Schuld nicht bei mir zu suchen. Irgendwann schlief ich ein, verfiel in einen chaotischen Traum und wachte mit einem heftigen Zucken auf.

Draußen war es schon hell. Verwirrt sah ich mich um. Mein Gesicht spannte. Die Augen brannten leicht. Vorsichtig rieb ich sie mir und sah zum Wecker. Es war halb zehn.

Im Bad stellte ich fest, dass ich neue Abszesse unter dem Busen hatte. Zur Abwechslung schmerzten sie mal nicht, doch ansprechend sahen sie trotzdem nicht aus. Mir mangelte es an Motivation, daher überließ ich sie sich selbst. Die Wunde unter meiner Achsel sah besser aus. Die Wundöffnung war schon etwas kleiner geworden. Vorsichtig schmierte ich ein bisschen Jodsalbe darauf und verschloss sie wieder mit einer Mullkompresse.

Nachdem ich mir die Zähne geputzt hatte, was mir durch die Bewegungseinschränkung durch die Achsel unendlich schwerfiel, zog ich mir ein Wickelkleid an, das locker-luftig auf der Haut lag und in dem ich mich wohl fühlte. Etwas Parfüm sprühte ich auf mein Haar und den Hals. Dann ergriff ich meinen Hausschlüssel, schlüpfte in die Ballerinas und marschierte hinüber zu Sandro. Ehe ich wieder einen Rückzieher machen würde, brachte ich es hinter mich. Ich musste endlich wissen, woran ich war. Hatten wir eine Chance oder nicht? War ich zu ungeduldig oder bewegte es sich zwischen uns wirklich nicht schnell genug?

Mit klopfenden Herzen, als wäre ich gerannt, stand ich vor seiner Haustür. Zögerlich drückte ich den Klingelknopf. Ich war von den Haarspitzen bis zum kleinen Zeh angespannt. Was würde passieren und was würde er sagen?

Als der Summer ertönte, drückte ich die Tür auf und ging in den Hausflur. Sandro stand mit verwuschelten Haaren im Türrahmen.

„Ach, du bist das." Er wirkte sehr verschlafen.

„Habe ich dich geweckt?"

Er trug lockere Boxershorts und ein verkehrt herum angezogenes Shirt. „Ja schon! Komm doch herein." Er trat ein Schritt zur Seite, sodass ich an ihm vorbeikam.

Seine Wohnung war überraschend ordentlich. War ich etwa der einzige Chaot?

„Kaffee?", fragte er, während ich ihm in die Küche folgte.

„Gerne."

Sandro werkelte geschäftig an der Maschine herum und ich sah mich weiter um. Mittlerweile hingen sogar Bilder an den Wänden.

„Ist das deine Mutter?", fragte ich voller Neugier, während ich die Fotos betrachtete.

„Ja, da hängen nur Familienfotos", bestätigte Sandro, der kurz in die Richtung schaute, in die ich deutete.

„Dein Bruder sieht dir aber extrem ähnlich."

Die beiden könnten glatt Zwillinge sein. Die Parallelen waren wirklich erstaunlich.

„Leider. Dabei ist er etwas älter als ich."

Ich wandte mich von den Bildern ab und beobachtete ihn beim Aufschäumen der Milch.

„Du willst doch einen Latte macchiato, oder?"

Ich nickte stumm. Sobald er mit unseren Getränken fertig war, setzten wir uns ins Wohnzimmer auf die schwarze

Ledercouch. Schweigend nahm ich den ersten Schluck. Der Kaffee war, wie immer, lecker.

Sandro räusperte sich und sah mich mit einem fragenden Blick an.

„Wie war deine Schicht?“ Mein Mut von vorhin war plötzlich nicht mehr da.

„Anstrengend. Wir hatten wieder das gesamte Restaurant ausgebucht. Ich weiß gar nicht, was da aktuell los ist. Gestern haben wir sogar spontane Gäste abgelehnt. Das hatten wir schon lang nicht mehr.“ Er seufzte und rieb sich den Nasenrücken.

Ich nickte verständnisvoll.

„Und wie geht es dir?“, fragte er auf meine Achsel deutend.

„Geht schon. Hör zu, wegen gestern …“

„Nein, darüber brauchen wir nicht reden.“

Nun war es an mir, ihn mit einem fragenden Blick zu durchbohren. Er wusste doch gar nicht, was ich sagen wollte. Wieso behauptete er, dass es nicht wichtig wäre, darüber zu reden?

„Warum nicht?“

Seufzend stellte Sandro seine Espressotasse auf den Couchtisch. Er rieb sich durch das Gesicht, pustete pfeifend die Luft aus und sah dann wieder zu mir.

„Ich hatte gestern einen dämlichen Tag, war echt müde und hab es an dir ausgelassen.“

Ich nickte stumm.

„Dennoch habe ich dir etwas zu sagen.“

Ich straffte die Schultern

Sandro atmete hörbar aus. „Manchmal finde ich, ist es echt schwierig, gegen dich anzureden.“

Das Herz sank mir in die Hose. Was bedeutete das? Mein Mund klappte auf und zu, doch ich war unfähig etwas zu sagen. Beendete er was auch immer das zwischen uns war?

„W-was soll das heißen?"

Seufzend drehte sich Sandro zu mir herum und sah mir tief in die Augen. „Ich weiß, dass du eine Menge durchgemacht hast und die Männer nicht sonderlich gut mit dir umgegangen sind, doch du nimmst kein einziges Kompliment an." Er unterbrach sich und bedachte mich mit einem langen, intensiven Blick. „Und gestern wusstest du genau, dass ich dich meinte, und du sprichst von irgendeiner Apfelkuchentante."

Ich ließ den Blick zu meinen Händen wandern, die sich wie fremdgesteuert gegenseitig im Schoss kneteten.

„Ich meine es echt nicht böse. Verstehe das bitte nicht falsch."

Mir trieb es bereits die Tränen in die Augen. Schnell blinzelte ich sie weg, aber es kamen direkt neue. Ich atmete leise durch. Nele hatte recht behalten. Keiner stand auf Frauen, die so mit sich selbst umgingen. Ich hatte es versaut. Enttäuscht griff ich nach meinem Latte macchiato und rührte darin herum, um meinen Händen etwas zur Beschäftigung zu geben.

„Ich weiß nicht, was ich noch tun kann, damit du mir endlich vertraust und glaubst, dass ich dich mag."

„Dein Hin und Her trägt nicht dazu bei, dass ich dir leichter vertrauen kann", presste ich mit tränenerstickter Stimme hervor. „Erst bist du gestern total nett und küsst mich. Dann dieser eiskalte Abschied, keine Umarmung, kein Kuss, einfach nichts. Was soll ich denn deiner Meinung nach darüber denken?"

„Ich weiß, ich bin selbst mit daran Schuld. Ich bin auch nicht fehlerfrei."

Ich nickte stumm, trank einen Schluck und stellte das Glas auf den Tisch.

„Ist dir kalt?", fragte Sandro, als er bemerkte, wie meine Hände zitterten.

Ich schüttelte den Kopf. „Möchtest du, dass ich gehe und dich von jetzt an in Ruhe lasse?" Das war die schwierigste Frage, die ich Sandro bisher stellen musste.

Seine Augen weiteten sich. „Wie kommst du darauf?"

Verwirrt starrte ich ihn an. Er war es doch, der angefangen hatte, mich zu kritisieren. Hörte er sich selbst nicht zu?

Er trank seinen Espresso leer, beugte sich näher zu mir und ergriff meine Hände.

„Sandro, du fängst so ein verwirrendes Thema an und wunderst dich über die Frage? Weißt du, was das mit mir macht?" Ich entzog ihm meine Hände.

Er fuhr sich durch die Haare. „Es tut mir echt leid. Ich möchte doch nur, dass du aufhörst, dich so klein zu machen. Du bist so eine atemberaubende Frau und es ist echt anstrengend, sich immer wieder durch diesen kalten Panzer aus Selbstzweifeln zu boxen."

Erneut schossen mir die Tränen heiß in die Augen. Unfähig etwas zu sagen, starrte ich ihn an. Erst Nele und nun auch noch Sandro.

„Erinnerst du dich an den Moment, in dem wir darüber sprachen, was wir tun würden, wenn wir nicht mehr verletzt werden könnten?"

Ich nickte stumm. Worauf wollte er hinaus?

„Manchmal wünschte ich mir, du wärst bisher nie verletzt worden und würdest mir die Chance geben, mich mit offenem Herzen kennenzulernen." Eine gewisse Traurigkeit lag in seiner Stimme und Mimik. „Doch alles, was ich bekomme, ist Zurückhaltung, Angst, Zweifel und Misstrauen. All das gesät von irgendwelchen Arschlöchern, mit denen du dich in der Vergangenheit abgegeben hast."

„Und was soll ich deiner Meinung nach machen?"

„Mir mal eine echte Chance geben! Vergiss die anderen oder liebst du sie womöglich immer noch?"

„Nein, ich liebe sie nicht!" Aufgeregt sprang ich auf. „Ich bin längst über sie hinweg!"

„So fühlt es sich aber für mich nicht an", sagte Sandro. „Ich wurde selbst schon verletzt und will das nicht nochmal erleben, doch wenn du nicht offen für etwas Neues bist, drehen wir uns weiter im Kreis!"

Kopfschüttelnd sah ich ihn wieder an. „Denkst du echt, ich würde dir keine Chance geben wollen?"

„Ich weiß es ehrlich gesagt nicht. Es ist so kompliziert."

Seine Worte verletzten mich wie Fausthiebe.

„Was soll ich tun, damit du mir glaubst, dass ich dir eine wirkliche Chance gebe?"

Sandro zuckte mit den Achseln.

Seufzend sank ich wieder auf die Couch und gegen die Lehne, presste die Finger auf die Augen, weil die Tränen immer mehr wurden. Stumm rannen sie in meine Hände. Ich versuchte, keinen Laut von mir zu geben, mich nicht zu bewegen. Wo war der Ausgang? Ich musste raus hier, ehe ich vollkommen zusammenbrach.

„Weinst du?" Ehe ich mich versah, nahm er mich in den Arm. „Das wollte ich echt nicht."

Warum machte er es dann? All die unterdrückten Emotionen versuchten, einen Weg aus mir herauszufinden. „So bin ich eben. Entweder nimmst du mich so, wie ich bin, oder ich muss gehen", sagte ich mit tränenerstickter Stimme.

„Ich will nicht, dass du gehst."

„Warum glaubst du mir nicht, dass ich Interesse an dir habe? Ja, ich habe Zeit gebraucht. Das habe ich von Anfang an gesagt." Ich wischte mir ein paar Tränen aus dem Gesicht.

„Manchmal bin ich mir nicht sicher, ob es um mich als Person geht oder du nur nicht allein sein willst."

Das traf mich wie ein weiterer Fausthieb. Ich befreite mich aus seiner Umarmung und starrte ihn empört an.

„Was habe ich dir nur angetan?", stieß ich hervor und stand auf. „Wenn du so wenig Vertrauen in mich hast, scheine ich nicht die Einzige zu sein, die hier ihr Liebesleben zurück auf Werkseinstellung stellen sollte." Mit den Worten eilte ich zur Tür, doch bevor ich sie öffnete, war Sandro hinter mir und hielt mich am Oberarm fest.

„Bitte geh jetzt nicht!"

Ich drehte mich zu ihm um und wartete, auf einen guten Grund diese Unterhaltung weiterzuführen. Alles in mir zog sich vor Schmerz zusammen. Angestrengt starrte ich ihn durch meine Tränen hindurch an.

„Bitte bleib! Ich wollte etwas völlig anderes erreichen."

Ich ließ den Türgriff los und lehnte mich an die Wand im Flur.

„Schieß los. Ich bin ganz Ohr", sagte ich selbstsicherer, als ich mich fühlte.

Sandro trat einen Schritt näher auf mich zu. Er ergriff meine Hände, sah mir tief in die Augen. „Ich wollte endlich hören, dass du mich ehrlich magst. Dass ich kein Trostpflaster bin, kein Ersatz, kein Abschnittsgefährte, bis der Richtige kommt."

„Ich glaube, ich bin hier nicht die Einzige, die mit Selbstzweifeln zu kämpfen hat." Vorsichtig wischte ich mir einige Tränen von der Wange.

„Weißt du überhaupt, durch wie viele Höllen du mich schon geschickt hast?", fragte Sandro mit einem kleinen Lächeln auf den Lippen.

Ich schüttelte stumm den Kopf, weil ich keine Ahnung hatte. Egoistisch wie ich war, nahm ich nur mich und nichts anderes wahr. Was ich ihm alles antat, war mir nicht aufgefallen. Beklommen biss ich die Zähne zusammen.

„An dem Tag, als du mit diesem Widerling im Restaurant warst, hatten wir so einen intensiven Blick, dass ich ewig an dich denken musste. Da hast du mir zum ersten Mal den Kopf verdreht und ich nahm an, du hättest diesen Kerl zum Freund und wärst unerreichbar." Er brach ab und rieb sich die Stirn. „Dieser andere Kerl auf deinem Balkon war wie eine Ohrfeige." Er hielt inne, sah mir tief in die Augen und stieß einen Seufzer aus. „Bist du auch in mich verliebt?"

32

Das kam unvermittelt.

Sein Blick war so durchdringend, dass ich das Gefühl hatte, er würde mir unmittelbar in die Seele schauen. „Und jetzt keine ausweichenden Sprüche oder Witze. Offen und direkt heraus."

Nervös strich ich mir die Haare aus dem Gesicht. Konnte ich mich so weit hervorwagen? Würde er mein Eingeständnis ausnutzen? Schnell rief ich mich innerlich zurück. Vielleicht sollte ich es wirklich endlich mal mit Vertrauen versuchen. „Ja!"

Sandro überwand die Distanz zwischen uns, zog mich fest in seine Arme und küsste mich.

Wir verbrachten den Tag knutschend auf seiner Couch. Es entspannte mich ungemein, die Zeit mit Sandro zu verbringen. Vergessen war die hitzige Diskussion und vergossenen Tränen. Durch das Geständnis unserer Gefühle füreinander war etwas von uns abgefallen.

Nachdem es zum Mittagessen nur ein paar belegte Aufbackbrötchen gegeben hatte, fühlte ich mich zum Abend hin wie ausgehungert.

„Ich muss heute leider schon um sechs im Restaurant sein", sagte Sandro mit dem Blick auf die Uhr. „Das bedeutet, ich muss mich jetzt umziehen."

Sehnsüchtig sah ich ihn an. Am liebsten würde ich nicht von seiner Seite weichen, aus Sorge, was dies wieder mit uns machte. Doch ich rief mich zur Ruhe, da wir diesen Teil unserer Beziehung einvernehmlich aufgegeben hatten: keine Zweifel mehr.

„Wie wäre es, wenn ich mitkomme?"

Sandro sah mich überrascht an. „Das wird doch langweilig. Ich werde zum Quatschen keine Zeit haben."

„Ich habe ohnehin Hunger und kann dort etwas essen. Dann entfällt das nervige Kochen heute. Anschließend verschwinde ich wieder, wenn das Restaurant so voll ist."

„Ich weiß gar nicht, ob ein Tisch frei ist, aber sofern dir notfalls der Bartresen nichts ausmacht, würde ich mich freuen." Er gab mir einen schnellen Kuss, stand dann von der Couch auf und lief in sein Schlafzimmer.

Ich stapfte ins Bad, in dem ich einen Kamm fand. Schnell richtete ich mir die Haare und zupfte nochmal mein Kleid zurecht.

Sandro klopfte an die Badezimmertür. „Darf ich kurz hinein oder störe ich?"

„Kein Problem. Komm rein."

Sandro trat ins Bad, stellte sich neben mich vor dem Spiegel und fuhr sich durch die Haare.

„Dann ist das hier jetzt was Festes?"

Sandro hielt mitten in der Bewegung inne und betrachtete mich überrascht durch den Spiegel. „Ich dachte, das wäre klar."

„Okay", entgegnete ich.

Am liebsten würde ich jetzt vor Freude durch das Badezimmer tänzeln, aber ich riss mich lieber zusammen. Nicht, dass er mich noch für verrückt hielt. Vielleicht könnte ich das später zu Hause machen. Wenn ich allein war und mich niemand sah.

Dann verließ ich mit einem breiten Grinsen und einem warmen Gefühl in meinem Bauch das Bad und wartete im Wohnzimmer auf ihn. Dort konnte ich es mir doch nicht verkneifen und drehte freudig eine verwackelte Pirouette.

Sandro trug eine schwarze Hose, Sneakers und ein weißes Hemd mit Logo-Aufdruck des Restaurants als er das Zimmer betrat.

„Fertig?"

„Ja, du auch?"

Nickend stand ich von der Couch auf. „Dann lass uns los."

Gemeinsam verließen wir die Wohnung.

„Wirst du deinen Eltern gleich sagen, wer ich bin, oder soll ich mich wie ein normaler Gast verhalten?"

„Meine Eltern werden in der Küche viel zu beschäftigt sein, um überhaupt mitzubekommen, was sich vorne im Gästeraum abspielt. Aber dass ich an jemandem dran bin, wissen sie schon."

„Echt?"

„Klar, die haben mir das so schnell angemerkt."

Sandro war ein richtiger Familienmensch. Ich hingegen pflegte nur wenig Kontakt zu meinen Eltern. Vielleicht würde ich durch ihn zukünftig mehr Gefallen daran finden.

„Was empfiehlst du mir denn Leckeres?" Ich wechselte das Thema, bevor er mich nach meiner Familie ausfragte und feststellte, dass wir in der Hinsicht extrem verschieden waren.

„Ich esse ja gern die Pizza Caprese. Die ist mit Mozzarella, Kirschtomaten und Basilikum."

„Das klingt lecker."

Endlich kamen wir im Restaurant an. Ich sah mich um. Auf allen leeren Tischen standen Reserviert-Schilder.

„Ich schau mal eben", sagte Sandro, schritt direkt zu einem dicken schwarzen Buch und schaute sich die Spalten an. „Wie ich es ahnte: Geht nur Tresen."

„Kein Problem. Ich nehme dann die Pizza Caprese und dazu eine Cola."

Sandro verschwand in der Küche.

Kaum saß ich am Tresen, kamen schon die nächsten Gäste, die Sandros Kollege in Empfang nahm und zu ihren Tischen führte. War das wohl ein Verwandter von Sandro? Ich betrachtete den Kellner näher, doch er hatte gar nichts Südländisches an sich. Außerdem war er blond.

Sandro trat an die Bar, füllte eine Cola ab und reichte sie mir. „Ich soll dich lieb von meinen Eltern grüßen. Du bist heute eingeladen!"

Völlig verdattert sah ich ihn an. „Wie? Ich bin eingeladen?"

„Meine Mutter sagt, du sollst langsam essen. Wenn sie es schafft, kommt sie zwischendurch kurz zu dir."

„D-Deine Mutter will m-mich kennenlernen?"

Sandro nickte, doch bevor ich etwas antworten konnte, kam schon sein Arbeitskollege an die Bar.

„Drei Bier, ein Glas Merlot und zwei Wasser", las der von seinem Zettel ab.

Sandro machte sich daran, die Getränke zuzubereiten.

„Ich habe heute erstmal den Bardienst aufgedrückt bekommen", sagte er, nachdem er die Getränke übergeben hatte.

„Machst du das nicht so gerne?"

„Nein, aber Darius hat es nicht so mit Bierzapfen und ehe wir wieder alle weggießen und neue zapfen müssen, übernehme ich lieber direkt den Dienst."
Er zapfte weitere Biere an. „Aber du bist ja hier. So kann ich mich wenigstens ein wenig nebenher unterhalten."

Schon war Darius mit der nächsten Getränkebestellung zurück. Aufmerksam sah ich Sandro dabei zu, wie er ein Weizenbier eingoss.

„Verdammt kannst du das schnell, ohne abzusetzen und warten zu müssen“, bewunderte ich ihn, wie er die Flasche in einem Zug in das Glas goss.

„Übung!“ Er winkte lässig ab.

Einige Zeit später kam Sandros Mutter heraus. Sie war groß, schlank und sah umwerfend schön aus. Genau wie Sandro hatte sie lockiges, braunes Haar. Sie stellte einen Pizzateller vor mir ab. Der Duft von Basilikum stieg mir in die Nase. Mir lief direkt das Wasser im Mund zusammen. Das war ein ausgezeichneter Tipp von Sandro.

„Du bist also Louisa?“, fragte sie und ich nickte zurückhaltend. „Ich bin Sandros Mamma. Mein Name ist Francesca.“

„Freut mich, Sie kennenzulernen.“ Ich war ein wenig überfordert, in meinem unförmigen Wickelkleid vor ihr zu sitzen. Zudem war ich nicht mal aufgestylt. Im Vergleich zu ihr sah ich langweilig aus. Was sie wohl von mir hielt?

„Ich habe leider nicht so viel Zeit. Das Lokal ist heute ausgebucht. Entschuldige, aber ich muss wieder nach hinten. Buon appetito!“ Sie zwinkerte mir zu und verschwand.

Während ich aß, kamen immer wieder neue Gäste. Sandro schien gestresst zu sein. Volle und leere Gläser tauschte er immer wieder mit seinem Kollegen.

Dann verschwand er nach hinten, kam mit einigen Tellern auf seinen Unterarmen und Händen zurück, die er im Gastraum an einen Tisch brachte. Ein weiterer Mann in dem weißen Restaurant-Hemd kam herein.

Sandro wies ihn im Vorbeigehen an, das Telefon zu überwachen und erstmal weitere Getränkebestellungen abzuarbeiten, dann verschwand er wieder in der Küche.

„Möchtest du noch etwas trinken?“, fragte mich der neue Kollege.

„Gerne, eine Cola."

In dem Moment kam Sandro schon wieder angelaufen. „Buch' das auf mich!"

Verwirrt sah ich zu ihm hinüber. Ich dachte, seine Eltern luden mich ein? Im Vorbeigehen zwinkerte er mir zu. Ehe ich reagieren konnte, war er schon wieder verschwunden.

Nachdem ich Sandro und den anderen eine Weile bei der Arbeit zugesehen hatte, kam Sandro zu mir. „Hat es dir geschmeckt?" Er nahm mir den leeren Pizzateller weg.

„Ja, war lecker. Ist das okay, wenn ich dann gleich gehe? Ist ja echt wieder eine Menge los."

Sandro nickte. „War ja so abgesprochen. War meine Mutter bereits hier? Nicht, dass es Ärger gibt, weil du schon gegangen bist."

„Ja, Francesca hat sich kurz vorgestellt. Richtest du ihr bitte nochmal meinen Dank für die Einladung aus?" Ich stand auf.

Er nickte. „Ich komme gleich wieder", sagte Sandro zu seinen beiden Kollegen und wir traten hinaus.

„Du hast doch gar keine Zeit", warf ich ein, sobald wir draußen vor dem Restaurant standen.

„Dann nehme ich sie mir, um mich von meiner Freundin vernünftig zu verabschieden." Er trat einen Schritt auf mich zu und küsste mich sanft.

Von dem Stress im Restaurant war hier draußen nichts mehr zu merken. Es war friedlich. Die letzten Sonnenstrahlen des Tages wärmten mich.

„Danke, dass du hier warst", sagte Sandro, sobald er sich von mir löste. „Beehre mich mit deinem Besuch bald wieder." Er zwinkerte mir grinsend zu.

Ohne ein weiteres Wort ging er zurück ins Restaurant.

Zufrieden machte ich mich auf den Heimweg. Wir waren ein Paar. Ich hatte einen Freund. Sandro war mein fester Freund. Es war kaum zu glauben. Freudig klatschend sprang ich in die Luft, riss die Arme ausgelassen empor und bereute es sogleich, als der Schmerz durch meine Achsel fuhr. Sandro musste verrückt sein, dass er mit mir zusammen war. Eine Frau voller Selbstzweifel, Schmerz und Schüchternheit.

33

Am Montagmorgen wurde ich von dem Postboten aus dem Bett geklingelt. Dass ich etwas per Express bestellt hatte, war mir längst entfallen. Bevor ich das Paket öffnete, brauchte ich zuerst einen Kaffee. Solch heiße Ware auf leeren Magen, wäre zu viel für mich. Während die Kaffeemaschine ächzend ihren Job verrichtete, rief ich bei meinem Hausarzt an. Da heute mein letzter Tag der Krankschreibung war, sollte der Arzt überprüfen, ob alles vernünftig verheilt war. Den Arm konnte ich noch immer nicht vollkommen schmerzfrei heben. Als ich auflegte, ertönte der Nachrichtenton meines Smartphones.

Sandro, 9:43 Uhr: Na, bist du auch schon wach?

Louisa, 9:43 Uhr: Und längst wieder fleißig.

Sandro, 9:44 Uhr: Darf ich trotzdem herüberkommen?

Louisa, 9:44 Uhr: Klar doch!

Ich war zwar gerade dabei, den Karton zu öffnen, entschied jedoch, das auf später zu verschieben, wenn ich allein war.

Bevor ich ihn verschwinden lassen konnte, klingelte es schon an der Haustür. Kurzerhand schmiss ich den halb geöffneten Karton hinter die Couch und hoffte, dass Sandro ihn nicht entdeckte. Dessous waren doch etwas arg Intimes. Damit setzte ich mich besser zuerst allein auseinander. Außerdem wusste ich nicht, wie lange ich ihn in Sachen Sex auf der Wartebank parken wollte. Natürlich war da die Lust, mit ihm zu schlafen, aber im Moment überwog die Angst davor, die Erfahrungen aus der nahen Vergangenheit zu wiederholen.

„Na." Sandro zog mich in seine Arme und küsste mich zärtlich.

Wir liefen ins Wohnzimmer.

„Möchtest du einen Kaffee?" Sandro nickte, daher marschierte ich direkt weiter in die Küche.

„Wovon halte ich dich jetzt ab?"

„Vor allem Haushalt. Aber ist nicht wichtig. Der läuft ja nicht weg. Später muss ich noch zum Hausarzt."

„Deswegen gönne ich mir eine Putzfrau, die einmal die Woche Klarschiff macht."

Jetzt war mir klar, warum es bei ihm so ordentlich aussah. Das war gar nicht sein Werk. „Ist das nicht voll teuer?"

Sandro schüttelte den Kopf. „Die kommt nur einmal pro Woche für zwei Stunden. Da wird gesaugt, gewischt, Bad und Küche geputzt. Aufräumen muss ich selbst, damit sie putzen kann." „Würde man im Einzelhandel vernünftig verdienen, würde ich mir das auch gönnen."

„Merk ich mir für deinen Geburtstag.

Ich reichte ihm einen Becher Kaffee, den er dankbar annahm.

„In der Gastro bekommt man ebenfalls eher einen unterirdischen Stundenlohn. Ich kann froh sein, dass ich bei meinen Eltern arbeite und dort ein faires Gehalt erhalte."

„Ich müsste eine Filialleitung übernehmen, damit ich etwas besser verdienen würde, aber dann steht man fast rund um die Uhr im Geschäft und dafür habe ich keine Ambitionen. Außerdem ist man dann der Arsch für alle und Personalleitung ist auch nicht so meine Sache."

„Warum hast du im Einzelhandel gelernt?"

„Ich brauchte den praktischen Anteil für das Fachabitur, da ich in den Ferien nicht gearbeitet hatte und somit die

Praktika fehlten. Meine Eltern meinten, mit einer Ausbildung hätte ich eine solide Grundlage. Irgendwie habe ich dann nach der Lehrzeit den Absprung verpasst. Jetzt gehe ich schon auf die dreißig zu. Außerdem könnte ich mich an ein kleines BAföG nicht mehr gewöhnen, glaub ich."

„Was hättest du denn ursprünglich studieren wollen?"

„Betriebswirtschaftslehre oder Wirtschaftsrecht. Zahlen liegen mir eigentlich."

„Was hält dich davon ab, das nebenher zu machen? Das müssten doch beides Studiengänge sein, die in Teilzeit belegbar sind."

„Die Motivation. Außerdem möchte ich irgendwann heiraten und Kinder. Das Studium dauert sechs Semester. Dann muss ich erstmal einen Job finden und etwas Berufserfahrung sammeln. Bis ich damit durch bin, ist es schon fast zu spät für das erste Kind."

„Man kann während des Studiums ein Kind bekommen", warf Sandro ein.

„Ja schon, aber Teilzeitjob, Teilzeitstudium, Partnerschaft und ein Kind an den Hacken. Das könnte enorm stressig werden. Meinst du nicht? Stress zu vermeiden ist bei Akne Inversa das A und O. Das scheint für mich alles nicht zusammenzupassen." Ich schaltete die Kaffeemaschine aus und ergriff meinen Becher, schüttete etwas Milch hinein und pustete kurz in die heiße Flüssigkeit.

Sandro zuckte mit den Schultern. „Ich würde es davon nicht abhängig machen. Wenn man es wirklich will, findet sich ein Weg."

Nachdenklich trank ich meinen Kaffee. Vielleicht hatte er recht. Ich schränkte mich selbst durch meine Erkrankung extrem ein.

In Liebesdingen.

Im Alltag.

In der Berufswahl.

„Warum hast du nie studiert?“

„Ich war doch in Italien, als der restliche Jahrgang in die Berufswelt startete. Hinterher machte ich die Ausbildung zum Restaurantfachmann. Ich habe zwar überlegt, Koch zu lernen, hab die Idee aber nach einem Praktikum verworfen. Dann bin ich bei meinen Eltern eingestiegen und leite mittlerweile – mehr oder weniger – den ganzen Servicebereich. Ich bin damit zufrieden und weiß, dass ich das Lokal zukünftig übernehmen werde. Im Moment sehe ich den Mehrwert durch ein Studium nicht.“

Eine Frage brannte mir unter meinen Nägeln, von der ich nicht wusste, ob ich sie überhaupt stellen durfte. Andererseits war ich seine Freundin und musste wissen, in welche Richtung er sich seine Zukunftsperspektive vorstellte. Daher fasste ich meinen ganzen Mut zusammen. „Wie siehst du deine private Zukunft? Willst du irgendwann mal Kinder?“

Sandro sah mich für einen Moment irritiert an, entspannte sich aber direkt wieder. „Ich möchte zwei Kinder, eine große Hochzeit – am liebsten in Italien mit der ganzen Familie – und meine eigenen vier Wände.“

Erleichtert nickte ich. So konkret waren meine Pläne zwar nicht, aber mit einer Hochzeit in Italien würde ich zurechtkommen.

Wir liefen zurück ins Wohnzimmer und machten es uns auf der Couch bequem.

„Ab morgen arbeite ich womöglich wieder. Durch die wechselnden Schichten kann es sein, dass wir uns manchmal gar nicht sehen.“

„Ich mach den Schichtplan für den Servicebereich. Wie früh weißt du denn, wann du einen Ausgleichstag für den Samstag hast? Eventuell kann ich auf meine Arbeitszeiten genügend Einfluss nehmen", antwortete Sandro verschmitzt grinsend.

„Mein Chef plant immer nur im Zwei-Wochentakt. Ich kann ihm für die Dienstplanung einen Wunsch für meine freien Tage oder für eine bestimmte Schicht mitteilen, es gibt aber ständig Diskussionen. Ist manchmal echt anstrengend mit ihm." Ich seufzte genervt und wechselte dann schnell das Thema, um mir die Laune nicht zu verderben. „Hat dein Vater schon von Giulia erzählt?"

„Nein. Ich gebe meinem Vater noch bis Ende des Monats und dann sag ich es meiner Mutter. Ich habe ihm das schon angedroht."

„Das bringt ihn nicht zur Vernunft?"

„Ich verstehe nicht, worauf er noch wartet. Es wird nie den richtigen Moment geben, seiner Frau zu sagen, dass er eine Affäre hatte, bei der auch noch ein Kind entstanden ist."

Ich rutschte enger an Sandro heran und lehnte den Kopf an seine Brust. Seine Nähe entspannte mich ungemein. Er legte einen Arm um mich und schmiegte seinen Kopf an meinen. Ich lauschte seinem Herzschlag, der trotz der lockeren Atmosphäre ganz schnell pochte. Ich ließ meine Hand in kleinen Kreisen von seiner Brust zum Bauch wandern. Ich spürte, wie Sandro sich entspannte.

„Welche Schicht hättest du denn morgen?", fragte er.

„Spätschicht."

„Soll ich nach der Arbeit zu dir kommen, sodass wir die Nacht miteinander verbringen?"

Für eine Sekunde setzte mein Herz einen Schlag aus und meine Finger hielten inne, doch dann atmete ich durch und schaute zu ihm hinauf. „Klar, warum nicht", sagte ich gefasster, als ich war.

Eine Welle aus Nervosität baute sich in mir auf, wie eine riesige Flutwelle, die einen Damm brechen konnte. Wollte er nur neben mir oder mit mir schlafen? Was war die Intention für so ein spätes Date? Meine Finger wurden schwitzig. Auch wenn die Anzahl der akuten Abszesse nachgelassen hatte, war ich längst nicht bereit, mich vor Sandro nackt auszuziehen.

„Soll ich dich nachher zum Arzt begleiten?“, fragte er.

Ich schüttelte den Kopf. „Ich schaff das schon allein. Dein Abend wird stressig genug.“

„Montage sind meistens lockerer. Außerdem möchte ich, dass du weißt, dass es da nichts gibt, dass du vor mir verstecken musst. Mir macht deine Krankheit nichts aus.“

Es rührte mich ein wenig, wenngleich mir bewusst war, dass ihm das ganze Ausmaß nicht klar war. Er würde viel Leid und Schmerz zu sehen bekommen – dazu die Narben, den Eiter, die akuten Entzündungsherde. Wenn ich nicht müsste, würde ich es mir selbst nicht ansehen.

„Demnächst habe ich einen Termin bei einem Arzt, der sich mit der Erkrankung auskennt. Ich weiß bisher nicht, was da passiert. Ich hoffe, dort wird eine Behandlungsmethode für mich ausgearbeitet. Mir ist zwar klar, dass es nicht heilbar ist, aber eine Minderung der Symptome würde mir schon helfen. Du könntest mich dorthin begleiten, wenn es dir zeitlich passt.“ Das zu sagen, hatte mich einiges an Mut gekostet. Meine Kopfhaut kribbelte.

„Natürlich komm ich mit. Die Zeit nehme ich mir auf jeden Fall.“

Räuspernd löste ich mich von ihm, sodass ich ihn ins Gesicht blicken konnte. „Ich denke, wir müssen über etwas anderes sprechen.“

Sandro setzte sich voller Neugier auf. „Was gibt es?“

„Irgendwann wird der Moment kommen, wo du mich nackt sehen wirst. Ich denke, darüber sollten wir reden."

Das Herz schlug mir erneut bis zum Hals.

„Was gibt es da zu bereden?"

Ich atmete tief durch und sah ihn direkt an. „Meine Erkrankung kommt schubweise. Es wird etwas dauern, bis ich den Mut haben werde, dir alles zu zeigen."

„Ich werde dich nicht verurteilen."

„Dennoch schäme ich mich. Da sind so viele Narben … und auch die Abszesse sehen echt … nicht schön aus." Ich räusperte mich. „Und meine Gefühle mir selbst gegenüber stellen sich nicht von heute auf morgen ab. Ich gebe mir Mühe. Ich möchte nur, dass du dir nichts dabei denkst, wenn ich etwas an mir verstecke. Okay?"

Sandro nickte. „Ich gebe dir die Zeit, die du brauchst."

Erleichtert umarmte ich ihn.

„War das alles dazu?"

Ich nickte an seiner Schulter.

„Was liegt denn da auf dem Boden?"

Ich löste mich von ihm und sah mich um. Das war eindeutig eine Tüte mit einem Textil. Da stellte ich fest, dass es einer der Ouvertslips war. Verdammt! Warum war mir nicht eher aufgefallen, dass etwas aus dem halb geöffneten Karton gefallen war?

„Nichts." Hektisch kickte ich das Teil in Richtung des Kartons. Natürlich traf es den sorglos hingeworfenen Karton, der umkippte, sodass der gesamte Inhalt sich auf dem Boden ergoss.

Sandro sah mich mit einem amüsierten Blick an. „Hast du geshoppt?" Das kecke Lächeln auf seinen Lippen trieb mir die Schamröte ins Gesicht.

„Ja, aber nichts Wichtiges."

„Habe ich dich dabei vorhin unterbrochen?“ Sandro setzte sich auf und ehe ich reagieren konnte, war er schon von der Couch aufgestanden und sammelte die Teile ein.

Der Mann kannte anscheinend auch keine Grenzen. Hilflos sah ich ihm zu, wie er mit den in Tüten verpackten Textilien zurückkam.

„Oh, ein BH …“, sagte er, als er sich das erste Teil genauer ansah.

Mit hochrotem Kopf saß ich neben ihm, nicht fähig zu sagen, dass er es sein lassen sollte.

Er brauchte nicht wissen, dass ich mir Dessous für ihn gekauft hatte, die meine Narben unter der Brust und im Schambereich kaschierten.

„Ouvertslip“, las er von der einen Tüte ab und sah mich mit überraschtem Blick an.

Am liebsten wäre ich sofort und auf der Stelle im Boden versunken.

„Hast du die für mich gekauft?“

Hilflos zuckte ich mit den Schultern. Offenbar schien er gar nicht zu bemerken, wie unangenehm mir die Situation war. Ich wühlte auch nicht durch seine Unterwäsche. Vielleicht sollte ich es zurückschicken. Jetzt, da er alles gesehen hatte, war der Moment der Überraschung ohnehin vorbei.

„Beim nächsten Besuch in deiner Wohnung verlange ich direkt die Unterwäsche-Schublade gezeigt zu bekommen“, entgegnete ich und hatte Mühe ruhig zu bleiben. „Ich möchte darin auch mal herumwühlen, damit ich weiß, was ich so zu erwarten habe.“

„Ehrlich gesagt, finde ich es ziemlich cool, dass du dir solche Mühe gibst.“

„Offen gesagt, mach ich das nur für mich, damit ich problemlos alles verbergen kann, was ich dir gar nicht zeigen will“, erwiderte ich bockig mit vor der Brust verschränkten Armen.

„Ich weiß, ich bin ein Klischee von einem Mann, aber je mehr du verstecken willst, desto neugieriger werde ich auf deinen Körper.“

Aus einem Reflex heraus gab ich ihm einen kleinen Klaps gegen den Oberarm. „Du bist echt blöd.“

„Loui, denkst du echt, dass ich jeden Zentimeter von dir unter die Lupe nehmen und beurteilen werde, wenn du nackt unter mir liegst?“

Achselzuckend schaute ich ihn fragend an.

„Männer sind beim Sex gar nicht so aufnahmefähig, wie du denkst. Ich bin froh, wenn ich währenddessen meinen Namen noch weiß.“

„Heißt das, ich kann schamlos alle Namen rufen, die mir einfallen?“

„Du bist ganz schön frech!“ Er gab mir einen kleinen Kuss und sah mich dann mit einem durchdringenden Blick an.

„Sagt der Mann mit meiner potentiellen neuen Unterwäsche auf dem Schoss …“

„Ich bin dafür, dass du sie anprobierst und ich dir die BH-Träger einstelle. Dann brauchst du dich damit nicht abzuquälen.“ Sandro zwinkerte mir zu.

„Und nebenbei siehst du mich endlich in Unterwäsche?“

„Nein, es geht nur um den Tragekomfort. Irgendwann musst du sie anprobieren. Warum also hadern?“ Er grinste über das ganze Gesicht.

Ich schüttelte den Kopf.

„Du hast mich doch auch schon in Boxershorts und einmal sogar nur mit Handtuch um die Hüfte gesehen.“

„Ich weiß, aber das hast du selbst entschieden. War im Übrigen echt schade, dass das Handtuch nicht gefallen ist. Ich wüsste zu gern, wie du dann reagiert hättest."

„Nacktsein ist für mich nicht schlimm. Dann hättest du eben alles gesehen." Er zuckte mit den Schultern.

„Und wenn du mir nur den BH vorführst?" Er hielt eine der Tüten hoch.

Seufzend verdrehte ich die Augen. „Ich hole dir mal eine Kühlkompresse." Ich stand auf und lief in die Küche.

Sekunden später warf ich ihm die eiskalte Kompresse in den Schoss. Sandro quietschte auf.

„Vielleicht kühlt dich das wieder ab", sagte ich grinsend.

34

Mein Hausarzt war zum Glück zufrieden mit der Wundheilung. Daher gab ich meinem Chef Bescheid, dass ich morgen wieder arbeiten kommen würde. Weil Sandro den Nachmittag mit Sport verbrachte, war ich allein zu Hause.

Ich nutzte die Zeit und probierte mich endlich durch meine neue Wäsche. Zum Glück passte sie und verdeckte genau die richtigen Stellen. Leider waren alle Teile durch die Spitze durchscheinend, sodass ein Pflaster oder eine Mullkompresse dennoch zu sehen wäre. Trotzdem überwies ich die Rechnung und wusch die neue Wäsche durch. Es war mir immer noch peinlich, dass Sandro mitbekommen hatte, was in dem Paket war, und mich dann auch noch damit aufgezogen hatte. Aber es ließ sich nun nicht mehr ändern.

Anschießend schrieb ich eine Nachricht an Nele und bedankte mich für den Tipp. Ihre Antwort kam recht schnell zurück.

> *Nele, 15:12 Uhr: Sag ich doch. Lass es krachen und mach alles, was ich auch machen würde!*

Grinsend entschied ich, nicht zu antworten. Nele würde an meiner Stelle ihren neuen Partner direkt heute Nacht bespringen. So schätzte ich sie zumindest ein. Ich ließ mir lieber etwas Zeit und war mir sicher, dass Sandro im Moment nichts dagegen einzuwenden hatte. Das Smartphone informierte mich schon wieder über eine neue Nachricht.

> *Sandro, 15:16 Uhr: Willst du mir beim Duschen helfen?*

Hatte er sich etwa den Fuß verstaucht oder sich sonst wie beim Joggen verletzt?

Louisa, 15:16 Uhr: Ist alles in Ordnung? Hast du dich verletzt?

Sandro, 15:17 Uhr: Ich denke nur schon wieder an deine neuen BHs und dachte, du würdest mir gern Gesellschaft leisten.

Kopfschüttelnd legte ich das Smartphone beiseite.

Sandro, 15:18 Uhr: Ich habe mich übrigens nicht verletzt. Nur das Kopfkino hat im Moment die Führung übernommen.

Schmunzelnd überlegte ich, ob und was eine passende Antwort wäre. Dann tippte ich los.

Louisa, 15:20 Uhr: Ein Kopfkino kann manchmal erregender sein als die Realität. Genieße es.

Sandro, 15:21 Uhr: Kaum vorstellbar! Ich geh jetzt duschen und ein Kopfkino deinerseits ist höchst willkommen!

Hitze stieg in mir auf. Ein erregtes Kribbeln durchzog meinen Körper. Als ich die Augen schloss, sah ich Sandro vor mir. Seine muskulöse Brust, die ausgeprägte Rückenmuskulatur und das trainierte V, das jeden Blick hinunter zu seinem Schritt zog. Meine beiden Hände fuhren meinen Körper hinauf zu den Brüsten. Kurz strich ich mir mit dem

Daumen über die harten Nippel. Seufzend gab ich mich der Welle der Erregung hin.

Als ich realisierte, was ich da tat, löste ich mich schnell von dem Bild und schüttelte den Kopf. Wenngleich es mir Lust bereitete und Neugierde auf mehr weckte, ließ ich es dieses Mal lieber langsamer angehen. Das letzte Mal hatte ich mich naiverweise zu schnell der Lust hingegeben. Nochmal würde mir das nicht passieren. Jetzt passte ich besser auf.

Eine halbe Stunde später klingelte es an der Haustür. Überraschenderweise war es Sandro. „Es tut mir leid, dass ich so anhänglich bin, aber irgendwie kann ich nicht zu Hause vor dem Fernseher sitzen, wenn du so nah bist."

Einerseits fand ich das süß. Andererseits war ich gerade dabei, den Haushalt zu schmeißen. Alles Mögliche, was normalerweise auf dem Boden stand, hatte ich auf die Möbel gestellt, um mal bis in die hintersten Ecken die Wohnung zu wischen.

„Oh, ich störe", sagte Sandro, als er ins Wohnzimmer trat.

„Wie erwähnt, muss ich das alles selbst machen. Und ich habe eben erst das Bad fertig gewischt und alles zurückgestellt. Ich wollte im Wohnzimmer weitermachen."

„Kann ich dir helfen?"

„Du bezahlst jemanden, dass er deinen Haushalt macht, aber willst hier durchwischen?"

Sandro zuckte die Schultern. „Wenn ich die Zeit mit dir verbringen kann, würde ich sogar Tapezieren und das hasse ich ohne Ende."

„Merk ich mir für die nächste Renovierung."

„Komm! Gib den Mopp her. Je eher das fertig ist, desto früher kann ich mit dir auf der Couch herumliegen."

Achselzuckend reichte ich ihm den Wischer und den Eimer. Er fing in der Küche an, während ich im Flur die Schuhe ins Regal sortierte, die ich achtlos ausgezogen und liegen gelassen hatte.

Kurze Zeit später war der Boden trocken und ich räumte meine Sachen zurück an ihren Platz.

„Das ging jetzt aber schnell. Jetzt weiß ich wieder, warum ich das alles der Putzfee überlasse." Sandro kreiste die Schultern und hob dann den Eimer hoch, um ihn ins Bad zu bringen und dort auszuleeren.

„So, Feierabend für heute." Er seufzte, als er mir den leeren Eimer und den Wischer übergab.

„Gut gemacht. Danke für die Hilfe." Schnell räumte ich das Putzzeug weg, um mich dann neben ihm auf die Couch sinken zu lassen.

„Wann hast du heute Dienst?" Ich lehnte mich an ihn.

Sandro streichelte meinen Fußspann. „Genau wie gestern." Dann beugte er sich vor, um mich sanft zu küssen. „Soll ich deine Retoure für dich zur Post bringen?"

„Es gibt keine Retoure." Die Hitze stieg mir kribbelnd ins Gesicht.

„Ich finde es so süß, wie rot du wirst." Sandro lachte mit einem Stups gegen meine Nase.

„Ich finde es nicht süß, wie sehr du mich aufziehst."

„Du sollst doch nur locker werden", antwortete Sandro.

„Das wird schon. Lass mir einfach etwas mehr Zeit. Wir sind erst seit gestern zusammen."

Ohne Vorwarnung hob Sandro mich auf seinen Schoß. Quietschend krallte ich mich an seinem Nacken fest. „Was hast du vor?"

Doch er antwortete nicht. Er stand wackelig auf, trug mich dann aber selbstsicher ins Schlafzimmer. „Was möchtest du hier?"

Er legte mich auf das Bett und kletterte auf meine Hüften.

„Was wird das?“ Das Herz schlug mir bis zum Hals. Ich spürte die Feuchte schon zwischen meinen Beinen, obwohl er mich noch nicht weiter angefasst hatte.

„Dich küssen, bis du locker wirst“, hauchte er, setzte dann die Ankündigung sofort in die Tat um und küsste mich innig. Seine Lippen wanderten meinen Hals entlang. Sanft saugte er an der empfindlichen Haut am Schlüsselbein.

Keuchend drückte ich den Rücken durch.

Er stieg von meinen Hüften herunter und ließ sich zwischen meine Beine sinken.

Für den Moment bereute ich, einen Rock zu tragen, doch er würde sich zügeln. Da war ich mir sicher.

Seine Hände fuhren meine Taille entlang. Seine Lippen fanden wieder die meinen. Aus einem zärtlichen Kuss wurde schnell ein leidenschaftliches Spiel aus zwei Zungen. Ein wohliges Kribbeln zog sich durch meinen gesamten Körper. Seine Küsse schrien nach mehr, doch seine Hände blieben über der Kleidung. Zögerlich entspannte ich mich unter ihm. Obwohl wir im Bett lagen, schien er meine Grenzen erkannt zu haben.

Plötzlich wirbelte er uns in einem Schwung herum und ich lag auf ihm. Irritiert über den unangekündigten Positionswechsel schaute ich ihn an. Er hatte vor Lust glasige Augen, dennoch hielt er sich zurück. Ich beugte mich zu ihm und küsste ihn so sinnlich, wie ich es konnte. Seine Hände fuhren über meinen Rücken hinab zu meinem Po. Er griff ungeniert zu, doch das störte mich nicht. Mit sanftem Druck zog er mich fester an seinen Schoss und da spürte ich die Härte zwischen uns. Ihm schien das Spiel ähnlich zu gefallen wie mir.

Ich ließ meine Hände über seine feste Brust streifen, zog vorsichtig das Shirt ein wenig höher und küsste die frei gewordene Stelle Haut über seinem Hosenbund. Sandro lehnte sich weiter ins Kissen zurück und keuchte auf. Bewundernd strich ich über seine Bauchmuskulatur. Das war bestimmt viel Arbeit. Dann sah ich wieder zu ihm. Seine Augen waren halb geöffnet und er beobachtete mich.

„Du machst mich verrückt", sagte er mit vor Erregung rauer Stimme.

Grinsend knabberte ich an seinem Hals, um dann die gleiche Stelle zu küssen. Vorsichtig, sodass kein Knutschfleck entstand – denn die waren kindisch –, arbeitete ich mich Stück für Stück höher.

„Du bringst mich um!" Sandro knurrte, als ich kurz an seinem Ohrläppchen saugte.

„Offen gesagt, schaue ich nur, wo du überall gern geküsst wirst." Ich war so entspannt und locker wie schon lange nicht mehr.

Er hatte es geschafft, mich durch Küssen zu beruhigen. Oder war ich nur naiv? Sofort verwarf ich den Gedanken wieder. Jetzt war nicht die Zeit, über so etwas nachzudenken. Vielmehr sollte ich das zwischen uns genießen.

„Das Problem ist, ich muss gleich noch arbeiten und kann das schlecht mit einem Feuerwehrschlauch in der Hose." Sandro hielt mich auf, indem er meinen Kopf packte. „Wir sollten also ein Cool-down-Programm starten."

„Und wenn nicht?"

„Dann explodiere ich."

Ohne Vorwarnung warf er mich auf die Seite und lag plötzlich wieder auf mir. Sanft rieb er seinen Unterleib an meinem. Ich spürte genau, was er mit Feuerwehrschlauch gemeint hatte. Er war so hart, dass es mich sofort noch feuchter machte. Außerdem war der Rock leicht hochgerutscht, sodass er direkt mit dem Stoff seiner Hose gegen meinen Slip rieb. Mit zusammengebissenen Zähnen zog ich zischend die Luft ein, um ein Keuchen zu unterdrücken.

„Ist gemein, oder?“

Ich nickte, da ich kaum ein Wort herausbrachte.

Er beugte sich herunter und küsste mich in einer Intensität, dass ich das Gefühl hatte, jede Berührung seiner Lippen würde direkt in meinem Höschen landen. Erregt wandte ich mich unter ihm. Ich fühlte mich übertrieben sexy und entspannt. Es war so anders als alles, was ich bisher erlebt hatte. So erregt war ich schon ewig nicht mehr.

„Soll ich aufhören?“

Ich öffnete die Augen, sah ihn direkt vor mir. Spürte, wie verliebt ich in ihn war und wie schwer es mir fiel. „Besser ist es.“

Er kletterte von mir herunter und atmete tief durch.

Meine Beine waren ganz zittrig vor Lust.

„Ist alles in Ordnung?“, fragte er.

„Geht gleich wieder.“ Ich schüttelte meine Beine vorsichtig und zog den Rock dabei zurecht.

Ich bemerkte, wie feucht mein Höschen war. Es klebte regelrecht an mir. Ob Sandro das bemerkt hatte? Unauffällig sah ich zu seinem Schritt, doch da war alles trocken geblieben.

„Und du bist sicher, dass wir beim Herummachen wie Teenys bleiben möchten?“

Ich nickte und brachte ihn mit einem langen Kuss zum Schweigen. Danach trottete ich ins Bad.

Als ich zurückkam, lag Sandro entspannt auf meinem Bett und scrollte auf seinem Smartphone herum. Ich setzte mich an das Fußende und schaute ihn an, wie er da so lässig lag – als wäre er hier zu Hause.

„Möchtest du heute Abend ernsthaft hier schlafen, wenn du weißt, dass du nicht zum Zuge kommst?"

Er sah von seinem Smartphone auf, um mir einen verwirrten Blick zu zuwerfen. „Du weißt aber schon, dass ich aus anderen Gründen als Sex bei dir sein will?"

Ich nickte stumm. „Ich möchte nur nicht, dass du heute Abend mit falschen Erwartungen herkommst."

Sandro setzte sich auf und zog mich näher zu sich heran. „Ich erwarte dich, ein wenig Küssen und Kuscheln. Mehr aber nicht." Kurz schwiegen wir uns an. „Ehrlich."

„Irgendwo habe ich bestimmt so einen hässlichen, altmodischen Schlafanzug aus der Jugendzeit herum liegen, die meine Mutter mir immer gekauft hat. Vielleicht sollte ich den zu deiner Sicherheit anziehen." Lachend zwinkerte ich ihm zu.

„Wenn du dich dann wohler fühlst, gerne! Ich mein das ernst. Ich kann und werde so lange warten, wie du willst."

35

Nachdem ich den Abend mit einer Gesichtsmaske auf der Couch verbracht hatte, wurde ich dann doch aufgeregt, als Sandro schrieb, dass er Feierabend hatte und sich auf den Heimweg machen würde. Ich kontrollierte besorgt nochmal alle Abszesse. Falls einer kurz vor dem Platzen war, würde ich ihn lieber jetzt schon abkleben. Sandro sollte nicht wieder mitbekommen, wie nervig die Krankheit war.

Leider hatte ich beim letzten Ausmisten wie im Wahn alle Schlafklamotten aussortiert, die nichts mehr taugten. Kein einziger abscheulicher Pyjama war aufzutreiben. Da ich nicht zu aufgestylt wirken wollte, entschied ich mich, ein loses T-Shirt-Kleid zu tragen. Das saß locker, war lässig und trotzdem hübsch. Dazu hatte ich eine dünne, schwarze Strumpfhose angezogen.

Wenngleich wir schon eine Nacht miteinander verbracht hatten, war das heute für mich etwas ganz Besonderes, weil die Umstände so anders waren.

Meine Hände wurden wieder schwitzig. Das Herz rutschte mir in die Hose. Die Minuten zogen sich wie Kaugummi in die Länge. Alles, was ich wahrnahm, waren die Schmetterlinge in meinem Bauch, die – trotz des Spätsommerabends – einen Frühlingsball aufführten.

Mir war regelrecht übel. So etwas hatte ich schon lange nicht mehr erlebt. Ich war glücklich, obwohl ich gleichzeitig aufgewühlt war.

Als es endlich klingelte, sprang ich von der Couch auf und eilte zur Tür. Bevor ich diese öffnete, zog ich nochmal mein Kleid glatt und atmete tief durch.

„Na, Süße." Sandro sah in seiner cremefarbenen Chinohose und dem dunkelblauen T-Shirt so gut aus.

„Hey!“ Schnell trat ich einen Schritt zur Seite und ließ ihn in die Wohnung.

„Ich dachte, ich bring mal ein paar Sachen für morgen früh mit“, sagte er und stellte seinen Kulturbeutel auf das Schränkchen im Flur.

„Clever!“ Ich kicherte nervös.

Wir standen uns schweigend im Flur gegenüber, bis Sandro sich endlich herunterbeugte und die Distanz zwischen uns überwand, um mich zu küssen. Meine Beine zitterten vor Aufregung.

Was war nur mit mir los? So schlimm war es nicht eine Minute in den vergangenen Tagen gewesen.

„Magst du noch ein Feierabendbier trinken oder möchtest du direkt ins Bett?“, fragte ich, sobald ich nach dem Kuss meine Stimme wiedergefunden hatte

„Ich brauche nichts mehr“, entgegnete Sandro, der mich mit seinen funkelnden Augen um den Verstand brachte.

Das vertraute Gefühl von ins Gesicht steigender Hitze erfüllte wieder meinen Kopf.

„Möchtest du noch einen Film schauen?“ Sandro lächelte mich amüsiert an.

Ich nickte. „Wir nehmen meinen Laptop mit ins Bett.“

„Gute Idee. Falls wir dann einschlafen, sind wir schon am richtigen Platz.“

Ich schickte ihn ins Schlafzimmer vor, während ich den Laptop aus dem Wohnzimmer holte.

Als ich zu ihm kam, stellte ich fest, dass Sandro auf meiner bevorzugten Betthälfte lag. „Da liege normalerweise ich.“

Sandro schob sich grinsend auf die andere Hälfte. „Aber eigentlich wollen Frauen nie an der Türseite liegen.“

„Ich bin eben anders als alle anderen.“

„Das habe ich schon gemerkt.“

Ich setzte mich auf die Bettkante und fuhr den Laptop hoch. Sandros Bewegungen waren deutlich auf der Matratze zu spüren. Plötzlich spürte ich seinen Atem im Nacken. Seine Hände massierten sanft meine Schultern und die Nackenmuskulatur.

„Du bist ganz schön verspannt."

Ich ließ den Kopf nach vorn sinken. Genussvoll seufzte ich trotz der sanften Massageschmerzen auf. „Was für einen Film möchtest du denn gucken?"

„Mach doch eine Liebeskomödie an. Ganz klassisch für einen Mann-Frau-Filmabend."

Ich loggte mich in den Streamingdienst ein und öffnete den nächstbesten Film, der mit Liebeskomödie getaggt war. Der Titel sagte mir nichts, aber vermutlich würde ich das Ende sowieso nicht mitbekommen. Kurz sah ich mich in meinem Schlafzimmer um. Wo stellte ich denn nur den Laptop hin, damit er auch etwas sah? Auf dem Sideboard neben dem Fenster lag zu viel Krimskrams.

Kurz entschlossen löste ich mich aus seiner Massage und räumte das Nachtschränkchen ab, sodass Platz für den Laptop war. „Siehst du so etwas?"

„Klar, das passt schon", antwortete Sandro, der es sich auf seiner Hälfte bequem machte.

Nachdenklich sah ich zu ihm hinüber. Dann stand ich einer Intention folgend auf und ging in die Küche, um zwei Flaschen Wasser zu holen. Ich atmete kurz tief ein. In mir war abrupt Angst aufgestiegen und genauso schnell wieder verschwunden. Sie war kaum zu fassen gewesen. Woher kam das nur? Ich schloss die Augen und atmete nochmal tief durch. „Sandro ist nicht wie Elias", flüsterte ich mir zu.

„Was machst du?", rief Sandro.

„Ich hole nur eben etwas zu trinken“, antwortete ich heiser.

Ich räusperte mich, ergriff die Wasserflaschen und trottete zurück ins Schlafzimmer, wo er sich seiner Hose entledigt hatte. Etwas irritiert, reichte ich ihm eine Flasche und schritt zu meiner Betthälfte. Sollte ich es mir ebenfalls bequem machen und mich fürs Schlafen umziehen? Andererseits hatte ich mir extra das Kleid angezogen, damit ich schön für ihn war. Würde mich ein Nachthemd noch mehr hemmen?

„Willst du dich nicht auch schon fürs Schlafen umziehen?“

Ich nickte stumm. Ohne ein Wort ergriff ich mein Nachthemd und verließ das Zimmer. Besorgt lief ich im Badezimmer umher. Warum war ich nur so aufgewühlt? Wieso konnte ich den Abend nicht sorgenfrei genießen?

Ich sah in den Spiegel und stellte dabei fest, wie blass ich war. „Sandro ist nicht wie Elias“, zischte ich mir wieder zu. „Er wird dir das nicht antun.“

Seufzend zog ich mir die Strumpfhose aus, faltete sie sorgsam zusammen und legte sie über den Badewannenrand. Dann zog ich das Kleid aus und hängte es auf die Duschvorhangstange.

Danach entledigte ich mich meines BHs. Meine Nippel waren so hart, als wären Minusgrade, und drückten sich sichtbar durch den dünnen Stoff des Nachthemds. Warum hatte ich das einzige langweilige Nachthemd neulich angehabt und nicht gewaschen? Jetzt musste ich mit einem aufreizenden Teil, was wie ein Babydoll aussah, zu ihm zurück ins Schlafzimmer. Wenigstens war dieses Nachthemd lang genug und hatte nur wenig Spitzeneinsatz. Ob er das wohl als eine Art Anmache verstand? Vorsichtig trug ich einen Sprühstoß Parfüm auf die Brust auf. Falls ein Abszess platzte und roch, würde es das etwas überdecken.

Langsam ging ich zurück. Meine Hände waren wieder feucht, die Beine wackelig und ich versuchte, mich kleiner zu machen. Das Alles passierte in einem Automatismus, den ich kaum zu durchbrechen vermochte. Sandro sah von seinem Smartphone auf. Ich spürte seinen Blick auf mir, doch konnte ich nur auf meine Füße sehen. Die Achseln waren nicht verdeckt. Das hatte ich nicht bedacht, als ich dieses Nachthemd ausgesucht hatte. Ich hörte Sandro zischend Luft einsaugen, doch er sagte nichts. Fand er es furchtbar, dass er die Kompresse unter der Achsel sah?

„Hast du alles?", fragte ich mit dünner Stimme, was mich sofort räuspern ließ.

„Ja … Du siehst wahnsinnig schön aus."

Wieder spürte ich die Schamesröte im Gesicht und ein pulsierendes Gefühl auf der Kopfhaut, das schnell den Rücken hinunterglitt. Ich schaltete das kleine Licht ein, das ich vorhin schon etwas mit einem Tuch gedimmt hatte, und das große Deckenlicht aus.

Schweigend startete ich den Film und machte es mir auf dem Bett bequem.

Sandro und ich lagen weit auseinander. Es war komisch, dennoch brauchte ich diesen Augenblick ohne Berührung für mich, um aufzutauen. Als ich Sandros Bewegungen auf der Matratze wahrnahm, spannte ich mich für einen Moment an.

„Darf ich mich ankuscheln?"

Ich nickte stumm. Er legte seinen Arm um mich. Ich spürte seinen warmen, harten Körper an meinem. Stück für Stück schob er sich näher an mich heran. Für den Moment schloss ich die Augen und rief mir das Mantra für den heutigen Abend in Erinnerung. Sandro war nicht Elias.

Er würde mir das nicht antun. Sanft küsste er die Haut hinter dem Ohr und streichelte über meinen Oberarm.

„Du riechst gut."

„Danke." Ich war wie gelähmt.

Von meinen eigenen Erfahrungen.

Von der Angst vor Wiederholung.

Dennoch wusste ich tief in mir drin, dass ich Sandro so nicht behandeln durfte, und wenn ich nicht lockerer wurde, den ersten richtigen gemeinsamen Abend mit Übernachtung vermasseln würde. Sandro fand meine eigenen Erniedrigungen ohnehin schon anstrengend. Ich musste anfangen, das Ganze loszulassen. Frei nach dem Motto: Neues Spiel, neues Glück.

Er zeichnete mit dem Finger sanfte Kreise auf meinem Oberarm. Dann ließ er seine Hand zu meinem Bauch gleiten und streichelte dort weiter. Ich schloss die Augen und versuchte, die Berührung zu genießen.

„Hast du das mit Absicht angezogen?", flüsterte er.

„Wieso?"

„Du hattest mir ein altmodisches Outfit angepriesen. Ich würde gern wissen, was du anziehst, wenn du sexy oder heiß meinst."

„Das weißt du doch schon, du Kartonwühler." Langsam taute ich durch den kleinen Schlagabtausch wieder auf.

„O Mann!" Er seufzte auf. „Wieso erinnerst du mich nur daran?"

Grinsend kuschelte ich mich endlich tiefer in seine Arme, spürte seine harte Brust an meinem Rücken und seine Hüfte an meiner – und genoss es.

„Und jetzt wackelst du auch noch mit deinem Po." Er keuchte verzweifelt.

„Ich mache es mir nur bequem."

Sandro legte seine Stirn auf meine Schulter und lachte. „Warum behaupten Frauen das immer? Wisst ihr, wie warm und verführerisch so ein Po im Schoss ist?"

Ich zuckte kichernd mit den Achseln.

„Du willst mich doch nur ärgern! Aber das kann ich auch."

Überrascht über diese Worte, wartete ich ab, was folgen würde. Aber Sandro tat nichts. Er lag da, hatte seine Hand weggezogen und schaute den Film. Angespannt verharrte ich, doch die Minuten vergingen, und er bewegte sich nicht einmal.

Es wurmte mich, dass er mich ärgerte, ohne einen Finger krumm zu machen. Ich atmete tief durch und versuchte, mich wieder auf den Film zu konzentrieren. Warum die Frau Liebeskummer hatte, war mir entgangen. Wahrscheinlich hatte ich das entscheidende Detail schon verpasst. Die Nähe zu Sandros Körper war so viel aufregender als dieser Film.

Einerseits schrie alles in mir, ihn anzufassen und zu erkunden – immerhin war ich auch nur ein Mensch mit sexueller Neugierde und Bedürfnissen. Andererseits wollte ich nur daliegen und die Nähe genießen.

Unerwartet regte sich Sandro. Sanft küsste er meinen Hals, ließ seine Hand zu meinem Bauch wandern und sorgte so dafür, dass sich ein wohliger Schauer über meinen ganzen Körper ausbreitete. Mein Herz schlug mir sofort wieder bis zum Hals. Alles in mir genoss die Berührung. Die Sehnsucht nach mehr wuchs langsam, aber stetig. Seine Hand fuhr über meinen Oberschenkel bis zu meinem Knie, um dann wieder umzudrehen und den Weg zurück nach oben zu wandern. Das Prickeln meiner Haut traf mich bis in meine Körpermitte, die mit leichtem Kribbeln reagierte. Vorsichtig presste ich die Beine fester zusammen, um dem Prickeln Einhalt zu gebieten, doch die Reibung vergrößerte nur meine Lust. Ich schloss die Augen. Sandros Mund streifte zu meiner Schulter. Seine Hand legte sich an meine Hüfte. Dann wanderte sie weiter über meinen Bauch. Kurz vor meiner Brust hielt er inne, fuhr mit dem Finger einen kleinen Kreis nur wenige Zentimeter unter dem Busen entlang. Aufgeregt, ob er weitergehen würde, hielt ich den Atem an. Die Erregung war in diesem Raum fast schon greifbar. Würde er meine Brüste anfassen?

Ich neigte den Kopf leicht nach hinten. Sogleich küsste Sandro zärtlich meine Lippen. Seine Hand schob sich unter meiner Brust Stück für Stück höher, dann umfasste er sie. Seufzend ließ ich mich weiter zurückfallen. Sein Daumen strich über meinen immer noch harten Nippel.

Die Berührung schoss durch meinen ganzen Körper direkt hinab in die Körpermitte. Ich spürte, wie ich feuchter wurde.

Sandros Hand fuhr zu meiner anderen Brust, um dort kurz über den Nippel zu streicheln. Erregt presste ich die Oberschenkel zusammen. Ich keuchte in den Kuss hinein. Dann ließ er von meinen Brüsten ab, löste sich von mir und sah mich an.

„Entschuldige, ich habe die Beherrschung verloren", sagte er leise und klang dabei schwermütig.

„Alles gut! Das war alles in Ordnung."

Ich drehte mich um, legte meine Arme um seinen Körper und küsste ihn voller Sehnsucht. Sandro fühlte sich angespannt an. Stück für Stück schob ich mich näher an ihn heran. Doch wieder löste er sich von mir. „Ich will nicht, dass du dich bedrängt oder gezwungen fühlst."

„Fühl ich mich nicht!" Ich wusste, dass es der Wahrheit entsprach.

Sandro schob sanft eine Haarsträhne aus meinem Gesicht. Seine Augen tauchten tief in meine ein. „Ich will nicht, dass du es bereust!“

Eine angenehme Wärme breitete sich in mir aus. Jeder andere Mann hätte jetzt weitergemacht, doch er schien sich zu sorgen, was ich wirklich wollte. Das ließ mein Herz noch einen Schlag schneller klopfen. Übermannt von seinem Einfühlungsvermögen zog ich ihn in meine Arme. Liebevoll sah ich ihn an. Ich konnte es einfach nicht glauben, dass er hier bei mir lag und uns nichts im Weg stand. Dass es sich zur Abwechslung leicht und gut mit ihm anfühlte. Ich presste mein Gesicht an seine Brust, atmete seinen ganz eigenen, wundervollen Duft tief ein.

„Was hast du?“ Sandro legte seine Hand an meine Wange.

Langsam löste ich mich von ihm. „Ich bin einfach nur so glücklich.“

36

Am nächsten Morgen wachte ich in Sandros Armen auf und war so zufrieden wie schon lange nicht mehr. Neben jemandem einzuschlafen, der einen mochte, war unvergleichlich.

„Na, auch wach?“ Sandro sah mit seinen verwüsteten Haaren immer noch verboten heiß aus.

„Ich bin viel später eingeschlafen als du.“

Obwohl ich noch nicht im Bad war, überwand Sandro die Distanz zwischen unseren Gesichtern und küsste mich vorsichtig. Mir war das unangenehm, weil ich bestimmt Mundgeruch hatte, doch ihm schien das nichts auszumachen. Widerwillig unterbrach ich den Kuss.

„Ich geh eben erst Zähne putzen.“ Ich wollte sofort aufstehen, doch er zog mich zurück.

„Ich will erst noch einen weiteren Kuss.“

Ehe ich mich dazu äußern konnte, hatte er schon seine Lippen auf meine gepresst. Zögerlich ließ ich mich darauf ein. Nach einigen Momenten löste ich mich endgültig, um endlich ins Bad zu meiner Zahnbürste zu kommen.

Kurze Zeit später kam ich in die Küche. Es roch so lecker nach Kaffee, dass ich den Duft genussvoll einsog.

„Wo hast du Brot?“, fragte er.

„Ich habe kein Brot.“

„Wie? Du hast kein Brot?“

„Es gibt so Vermutungen, dass Weizen die Akne Inversa beeinflusst, und daher versuche ich, Weizenprodukte zu reduzieren.

Ganz weglassen mag ich nicht, weil ich dafür zu gern Pasta esse.“

„Echt?“ Zerknirscht blickte er mich an.

Ich zuckte mit den Achseln. „Brot war eben das, was ich am wenigsten vermissen würde."

„Ach, die Krankheit ist doch scheiße!"

Gut, dass er das sofort verstand. Über diese Ironie musste ich glatt grinsen, doch schnell unterdrückte ich es. Nicht, dass es zu Missverständnissen käme.

„Magst du Porridge? Dann koche ich eben welchen."

„Nur, wenn es keine Umstände macht", sagte Sandro, der sich an seine Kaffeetasse klammerte.

„Alternativ könnte ich dir selbstgemachtes Granola anbieten. Mit Quark oder Joghurt." Ich öffnete den Kühlschrank. „Ich hätte ein paar Blaubeeren da."

„Dann probiere ich das Granola mit Joghurt und den Beeren." Er drehte sich um und öffnete den Schrank mit den Schüsseln.

Woher kannte er sich schon so gut in meiner Küche aus? Dann fiel mein Blick auf seine Kaffeetasse und mir wurde klar, dass er auf der Suche nach einer Tasse über die Schüsseln gestolpert sein musste.

Als wir wenig später auf dem Balkon saßen, war ich froh, mich für mein Kleid vom letzten Abend entschieden zu haben. Ich würde mich zwar für die Arbeit nochmal umziehen müssen, aber es war gemütlich und luftig genug für das sonnige Augustwetter.

„Wie ist das – soll ich heute Abend wieder nach der Arbeit vorbeikommen?"

„Ich habe morgen Öffnungsdienst. Heißt, viel zu früh aufstehen, die ganzen blöden Backwaren aufbacken, damit die Kunden nicht schon am frühen Morgen meckern, warum irgendetwas noch nicht fertig ist." Genervt seufzte ich.

„Ist es überhaupt erlaubt, wenn weniger, als elf Stunden Ruhezeit zwischen den Schichten liegen?", fragte Sandro mit hochgezogenen Augenbrauen.

„Denkst du echt, das beachtet meinen Chef?“ Ich lachte sarkastisch auf. „Dem ist das völlig egal. Hauptsache einer schließt auf.“

„Ich finde, du solltest über das Studium wirklich nochmal nachdenken.“

Ich sah ihn fragend an. Was würde das an der aktuellen Situation verbessern? „Meinst du nicht, es wäre besser, wenn ich mir einen anderen Supermarkt suche?“

„Ich denke schlicht und einfach, dass du mehr kannst.“

Wieso war er sich so sicher, während ich panische Angst vor dem Scheitern und der Überforderung hatte?

„Das Granola schmeckt echt lecker. Machst du mir auch etwas für meine Wohnung?“

Ich nickte lächelnd, ergriff den Kaffee, für den Sandro sogar Milch aufgeschäumt hatte, und trank einen großen Schluck.

„Und du brauchst eine bessere Kaffeemaschine.“

Wie konnte er nur meine billige Maschine kritisieren, die mich bisher nie im Stich gelassen hatte? „Warum?“

„Die macht keinen leckeren Kaffee. Wenn ich die Pads schon sehe …“ Sandro verdrehte die Augen und es schien ihn regelrecht zu schütteln.

„Für die ein oder zwei Tassen, die ich am Tag trinke, hat es bisher gelangt.“ Grinsend zwinkerte ich ihm zu. „Für leckeren Kaffee lauf ich rüber zum Nachbarn. Der kocht perfekten Latte macchiato.“

Lächelnd ließ Sandro seine Hand über den Tisch gleiten und ergriff meine. „Es ist wunderschön mit dir.“

„Wenn wir länger zusammen sind, können wir nochmal wegen des Studiums sprechen, aber aktuell will ich Zeit mit dir verbringen und nicht in irgendwelchen Hörsälen.“

Er beugte sich über den Tisch, nahm mein Gesicht in seine Hände und küsste mich innig. „Limitiere dich nicht meinetwegen. Ich will dir nicht im Weg stehen, sondern dich auf deinem Weg begleiten."

Dies ließ mein Herz noch eine Stufe höher schlagen. Ich zog ihn am T-Shirtkragen wieder an mich heran und küsste ihn mit einer Leidenschaft, wie noch nie zuvor. Sandro keuchte überrascht in den Kuss hinein, erwiderte diesen dann aber mit derselben Hingabe.

Sobald wir uns atemlos voneinander gelöst hatten, sah er mich mit glasigen Augen an. „Ich mag es, wenn du so leidenschaftlich alles um dich herum vergisst und einfach mal machst." Er seufzte lustvoll.

Ich spürte, wie mir die Hitze wieder einmal ins Gesicht schoss. Beschämt gab ich ihm einen leichten Klaps gegen den Oberarm.

„Um auf deinen Arbeitsplan zurückzukommen … Ich bleibe also heute Abend allein in meinem Bett?"

„Die Alternative wäre, du gibst mir Einlass in deine Wohnung und ich schlafe bei dir. Wäre nur doof, wenn du mich dann weckst, und was hättest du davon, außer dass ich dir Platz und die Decke wegnehme?"

„Weder das eine noch das andere hast du letzte Nacht getan. Ich fand die letzte Nacht sehr angenehm." Sandro zog meine Hand zu seinem Mund, küsste sanft die Knöchel und sah mir dabei tief in die Augen.

Erneut spürte ich, wie sich mein Gesicht tiefrot verfärbte. Warum war ich nur so schamhaft? Das war ich früher nie gewesen. Wann würde ich vergessen, was ich durchgemacht hatte? Wie lange würde es dauern, bis ich wieder ich war? Die Frau, die ich einmal gewesen war, bevor mehrere Männer mich zerstört hatten, als ich am verletzlichsten war.

37

Fast sechs Wochen waren verflogen. Der Sommer hatte sich nach und nach verabschiedet und Platz gemacht für den anstehenden Herbst. Die ersten Blätter verfärbten sich in kräftiges Rot und Gelb. Sandro und ich verbrachten so viele Nächte miteinander wie möglich. Durch meine Wechselschichten waren nur Nächte vor den Frühschichten aufgrund des zeitigen frühen Zubettgehens, diejenigen, in denen ich allein einschlief. Schnell war es Gewohnheit, neben Sandro einzuschlafen und morgens aufzuwachen, und meine Nervosität ließ nach. Ich fing an, mich an Sandros Seite zu entspannen.

Ehe ich mich versah, war es Zeit für den vereinbarten Termin bei dem von Bianca empfohlenen Arzt. Glücklicherweise hatte mein Chef mitgespielt und mir die passende Schicht zugeteilt, sodass es möglich war, ihn wahrzunehmen. Die letzte Nacht hatten wir zur Abwechslung mal bei Sandro in der Wohnung verbracht. Bei ihm aufzuwachen, war noch immer ungewohnt, da wir meistens bei mir schliefen. Manchmal überlegte ich, ob ich ihm einen Schlüssel geben sollte. Doch dann überkam mich wieder die Angst, dass es alles zu schnell ging und die Enttäuschung noch auf mich wartete.

Sandro war im Bad. Ich konnte deutlich das Prasseln des Wassers in der Dusche hören. Noch immer hatten wir nicht miteinander geschlafen. Er hatte es zwar einmal versucht, doch da war mein Körper mit Abszessen übersät gewesen, sodass ich es nicht über mich brachte und absolut keine Lust empfand. Das war zwei Wochen her. Hatte er es aufgegeben?

Die Suche nach meinen Triggern war ebenfalls vorangeschritten. Der Wechsel des Deos hatte den letzten Ausbruch mit richtig vielen Abszessen an beiden Achseln provoziert. Auf Empfehlung der Selbsthilfegruppe bestellte ich Schneckengel. Das sollte helfen und angeblich dafür sorgen, dass man nicht nach Schweiß roch, ohne davon Eiterbeulen zu bekommen. Ich war gespannt. Noch war die Bestellung nicht eingetroffen.

Als ich hörte, dass das Wasser abgestellt wurde, stand ich auf. Ich zupfte sorgsam das Nachthemd zurecht. Noch immer war ich bedacht, darauf zu achten, dass Sandro nichts sah, was ihn belasten könnte. Das Deo hatte ganze Arbeit geleistet. Ich kämpfte mit einem fiesen Abszess, der schlicht nicht verschwinden wollte. Immer wieder platzte er auf, eiterte, wuchs fast zu, um dann erneut zu reifen und abermalig aufzuplatzen. Es war ein anstrengendes, schmerzvolles Spiel, das der Abszess mit mir zu veranstalten schien. Dabei hätte ich schon nach der dritten Runde aufhören wollen.

Ich hatte vorsichtshalber so viele Lebensmittel aus meinen Ernährungsplan gestrichen, dass es immer schwieriger wurde, sich überhaupt vernünftig zu ernähren. Wenigstens konnte ich mich glücklich schätzen, dass Tomaten und Milch keine Probleme zu bereiten schienen.

Leise schlich ich zum Bad, klopfte und wartete.

„Du kannst ruhig hereinkommen!“

Also trat ich ein. Nur mit einem Handtuch um sein Becken stand er mit Rasierschaum im Gesicht vor dem Waschbecken.

„Stört es dich, wenn ich mir schon mal die Zähne putze?“

„Mach ruhig.“

Obwohl wir ein Paar waren, fiel es mir schwer, locker bei ihm ins Bad zu platzen. Da ich meine persönlichen Grenzen hatte und weiterhin unentspannt mit den intimeren Momenten einer Beziehung umging, wollte ich ihn nicht bedrängen. Offenbar schien Sandro sich aber wenig daran zu stören. Ich hatte ihn schon einige Male nackt gesehen. Andersherum war dem nicht so.

Voller Neugier schaute ich ihm beim Rasieren zu, während die Zahnbürste über meine Zähne glitt. Mit Ausnahme der wenigen Male in der Kindheit hatte ich keinem Mann mehr dabei zugesehen. Es war eine regelrechte Gesichtsakrobatik, wie Sandro immer wieder Grimassen schnitt, um überall die kurzen, dunklen Stoppeln zu erwischen. Sobald er fertig war, verließ er wortlos das Bad.

Als ich frisch geduscht und angezogen in die Küche kam, hatte er schon Kaffee für uns gekocht.

„Hast du eine Schere?"

„Klar!" Er drehte sich um, öffnete mit Schwung die Schublade und reichte sie mir.

Ich schnitt meinen Klebeverband zurecht und eilte zurück ins Bad.

„Kann ich dir helfen?", rief er mir hinterher.

Ich wünschte, ich hätte den Mut, ja zu sagen, doch ich verneinte. Mit vielen unterdrückten Wutausbrüchen und genervten Seufzern bekam ich nach einigen Minuten endlich die Mullkompresse unter der Achsel an der richtigen Stelle befestigt. Es klebte leider mehr schlecht als recht, weil ich nur eine Hand zur Verfügung hatte. Da wir die Kompresse aber nachher beim Arzt wieder abmachen würden, war es nicht so dramatisch.

„Wann müssen wir los?", fragte Sandro, als ich die Küche betrat.

Er hatte mir eine Banane in einen Joghurt geschnitten und Haferflocken dazugegeben. Dankbar nahm ich die Schüssel entgegen, die er mir hinhielt.

„Ich denke, wir sollten in einer halben Stunde los, damit wir den Bus um zehn erreichen."

Er nickte mir zu.

„Danke." Ich deutete auf das Frühstück.

Sandro setzte sich zu mir an den Küchentisch. „Soll ich dann mit in den Behandlungsraum? Oder wie hast du dir das vorgestellt?"

Ich zuckte mit den Achseln. „Aktuell sieht es weniger heftig aus als vor zwei Wochen. Aber gut ist eben auch anders."

„Möchtest du, dass ich mit reingehe?"

Ich war verunsichert. Mittlerweile war ich mir schon sicher, dass er mich mochte. Wahrscheinlich würde er weniger heftig reagieren, solange ein Arzt dabei war. Andererseits war ich misstrauisch, was er mit dem Doktor anstellen könnte, wenn der sich doch als kompletter Spinner entpuppte, was in Bezug auf Akne Inversa leider oft der Standard war.

Vor wenigen Monaten im Krankenhaus war er auch nur gerade so davon abzuhalten gewesen, den Arzt aufzumischen. Wer wusste schon, was passierte, wenn dieser Doktor mir irgendwelche Übergewichtsmythen erzählte und Schuldvorwürfe machte? Sandro sah ja tagtäglich, wie ich mich darum bemühte, nichts zu essen, was als Auslöser galt. Außerdem war ich noch nie so häufig spazieren gegangen, wie derzeit mit Sandro. Die Bewegung tat mir gut und ich hatte sogar ein wenig abgenommen, denn meine Klamotten saßen viel lockerer.

„Kommst du damit klar, wenn du es live siehst?"

Er nickte, ohne zu zögern.

Nachdenklich fuhr ich mir mit den Fingern durch das Haar. „Ich möchte, dass du dich darauf vorbereitest, dass

Ärzte mir immer die Schuld geben. Du darfst dann nicht ausrasten."

„Wie? Die geben dir die Schuld?" Du tust doch wirklich alles, was geht, damit du die Krankheit in Schach hältst."

„Manche Ärzte lernen nur aus den Fachbüchern während des Studiums und bilden sich dann nicht mehr weiter. Das ist jedenfalls mein Eindruck."

Ungläubig schüttelte Sandro den Kopf. „Hat der Arzt heute Ahnung? Warst du da schon mal?"

„Nein. Bianca hat ihn mir empfohlen."

„Na, dann hoffen wir mal, dass er etwas von seiner Profession versteht."

Eine Stunde später standen wir vor der Arztpraxis. Ich war enorm nervös und wickelte immer wieder dieselbe Haarsträhne um meinen Finger. „Okay, ich habe mich entschieden. Komm einfach mit rein. Starr aber bitte nicht so hin."

„Kriege ich hin. Das wird schon werden." Beruhigend strich er mir kurz über den Rücken.

An der Anmeldung erfuhren wir dann, dass der Arzt kurzfristig wegen Krankheit ausfiel und ich zu seiner Vertretung sollte, einer Kollegin innerhalb der Praxisgemeinschaft. Beunruhigt saß ich im Wartezimmer und wackelte mit meinen Beinen. Hatte diese Vertretung überhaupt Kenntnisse, um mir helfen zu können?

Sobald mein Name aufgerufen wurde, lief ich mit Sandro an der Hand in den Behandlungsraum. Ich ließ mich nervös auf die Liege sinken.

„Das wird schon", wiederholte er und nickte mir aufmunternd zu.

Wie gern wollte ich ihm glauben.

Einige Momente später kam die Ärztin herein. Sie war jung, gutaussehend und wirkte sympathisch.

„Hallo Frau Lange, wie kann ich helfen?“, fragte sie, sobald sie die Tür hinter sich geschlossen hatte.

„Ich habe Akne Inversa und mir wurde die Praxis empfohlen, um verschiedene Behandlungsmöglichkeiten zu besprechen.“ Ich wartete auf eine Reaktion, doch sie blieb entspannt.

„Mögen Sie mir die betroffenen Stellen zeigen?“

Etwas unbeholfen öffnete ich meine Pulloverjacke, zog sie aus und zeigte zuerst die Achsel. Ich versuchte, mit einer Hand die Haut straff zu ziehen und mit der anderen den Klebeverband abzuziehen. Es schmerzte wieder einmal höllisch. Als ich stoppte, half Sandro mir, den Verband abzuziehen.

Er zog sofort die Hand weg. War er so geschockt? Ich mochte ihn nicht ansehen.

Die Ärztin rollte auf ihrem Drehstuhl näher und betrachtete eingehend die Achsel. Dann drückte sie leicht darauf herum. Ich schloss die Augen, atmete tief durch und wartete.

„Haben Sie noch mehr?“, fragte sie ohne jegliche Wertung, nachdem sie die andere Achsel untersucht hatte.

So professionell war ich schon lange nicht mehr untersucht worden. Ich sah kurz zu Sandro, um dann mein Top zu heben. Er konnte seine Neugier kaum verbergen, doch ich konnte ihn verstehen. Vermutlich wäre es bei mir nicht anders. Vorsichtig hob ich den BH ein Stück an und wusste, dass er nun das Schlachtfeld zu Gesicht bekam. Das sorgte bei mir für schwitzige Hände.

Die Ärztin tastete die Beulen und dunkel verfärbten Narben ab. „Wie lange haben Sie das schon?“

„Einige Jahre, aber die Diagnose habe ich erst vor wenigen Monaten beim Frauenarzt erhalten.“ Mein Herz schlug mir bis zum Hals. Was würde kommen? Hatte sie eine Therapiemöglichkeit für mich?

„Noch irgendwo?“, fragte sie, sobald sie an den Brüsten fertig war.

Ich nickte, warf Sandro einen Blick zu und er drehte sich weg, als hätte er meine Gedanken gelesen. Ich stieg von der Behandlungsliege, öffnete meine locker sitzende Jeanshose und zog sie mit dem Slip zusammen herunter. Als die Ärztin mich da unten anfasste, schämte ich mich mehr denn jemals zuvor. Ich schielte zur Zimmerdecke. Hoffentlich war sie bald fertig. Das war so peinlich … so unangenehm.

„Sie können die Hose wieder anziehen“, sagte sie, zog ihre Gummihandschuhe aus und tippte dann auf dem Computer herum. „Also, die gute Nachricht ist, Sie haben nur drei Abszesse und neun Knötchen.“

Verwirrt starrte ich sie an.

„Die Läsionen auf Ihrer Haut sind je nach ihrer Erscheinung einzuteilen. Das an Ihrer Achsel und in Ihrer rechten Leiste sind Abszesse. Das unter Ihren Brüsten sind Knötchen.“

Ich war erstaunt, dass es dafür unterschiedliche Ausdrücke gab. Das hatte ich nicht in dem Flyer vom Frauenarzt gelesen. Vielleicht musste man das aber auch gar nicht so detailliert wissen.

„Was kann ich tun, damit diese Krankheit weniger wird? Im Moment sehe ich für meine Verhältnisse nicht so schlimm aus.“

„Haben Sie bereits Ihre Trigger gefunden?“

Ich nickte. „Einige schon.“

„Das ist gut. Suchen Sie weiter, bis Sie meinen, alle identifiziert zu haben.“

„Was ist mit den Antibiotikatherapien, von denen ich gelesen habe?“

„Clindamycin und Rifampicin wären eine Möglichkeit. Mittlerweile ist es fast Herbst, die Sonnentage werden weniger. Das wäre ein guter Zeitpunkt, damit anzufangen."

„Was sind die Nebenwirkungen?"

„Nun, neben Resistenzen, die sich mit der Dauer immer bilden können, sind Übelkeit, Durchfall und Erbrechen möglich. Die Leberwerte könnten sich verschlechtern. Letztlich haben alle Medikamente Nebenwirkungen. Welche auf Sie zutreffen, müssen wir durch regelmäßige Blutabnahmen kontrollieren, ehe ich hier den Teufel an die Wand male. Viele unserer Patienten haben damit gute Erfolge erzielt." Sie lächelte mich aufmunternd an.

„Was ist die Alternative?", fragte Sandro, der bisher still geblieben war.

„Eine Operation an den betroffenen Stellen, was aber gerade im Intimbereich schon ein größerer Eingriff wäre. Das müsste sich ein Chirurg ansehen, welcher Weg dort der Beste ist. Aber auch das garantiert nicht, dass es anschließend vorbei ist." Sie holte tief Luft. „Im Moment gibt es keine Heilung. Ich hoffe, das wissen Sie schon?"

„Was bedeutet Operation? Was würde da gemacht werden?", fragte ich.

„Nun, zum einen würde man eine Lokalisation an den Stellen mit den Knötchen und Abszessen machen und soweit herunter schneiden, bis das betroffene Gewebe entfernt ist. Das erklärt Ihnen dann im Detail der jeweilige Chirurg. Ich finde, für den aktuellen Krankheitsstand ist das noch zu invasiv und würde Ihnen im ersten Schritt zu den Antibiotika raten."

Ich warf Sandro einen Blick zu. Er wirkte gefasst und unaufgeregt. Das waren keine guten Nachrichten, sondern klang eher nach vielen weiteren Schmerzen.

„Und wenn man nichts macht, was passiert dann?", fragte Sandro.

„Dann läuft es weiter wie bisher. Frau Lange hantiert weiterhin mit verschiedenen Salben und Kompressen herum. Je mehr Trigger sie identifiziert und ihnen im Alltag aus dem Weg geht, desto weniger häufig bilden sich die Knötchen und Abszesse."

Sandro und ich wechselten einen Blick. Dann ergriff er meine Hand. „Es ist dein Körper. Ich gehe mit dir alle möglichen Wege."

„Eine Therapieform gibt es noch, aber die kann ich Ihnen nicht anbieten. Die gibt es noch nicht so lange und leider zahlt das bisher kaum eine Krankenkasse, aber einen Antrag stellen und es versuchen können Sie natürlich. Die lAight-Therapie ist neu, nicht-invasiv und trocknet die Knötchen und Abszesse von innen nach außen aus, verbessert das Narbenbild und reduziert die Anzahl deutlich." Sie drehte sich um und schrieb etwas auf einen Zettel, den sie mir dann reichte.

„Rufen Sie mal bei dem Wundzentrum an und machen Sie sich einen kostenlosen Beratungstermin. Die helfen Ihnen auch mit den Anträgen für die Krankenkasse."

„Was kostet so etwas?", fragte Sandro.

„Abgerechnet wird nach Behandlungsfeld. Ich bin mir im Moment nicht ganz sicher, aber mit etwa hundert Euro pro Sitzung muss man vermutlich rechnen. Das kann Ihnen das Wundzentrum besser und genauer erklären."

„Und das macht man nur einmal?", fragte Sandro.

„Nein, zu Anfang im vierzehn Tage Rhythmus."

„Wann stellt sich eine Besserung ein?", fragte ich voller Neugierde.

„Das kann man pauschal nicht sagen. Das ist bei jedem Patienten unterschiedlich."

Sandro wandte sich mir zu. „Ich finde den Vorschlag vernünftig. Lass uns doch dort mal ein Beratungsgespräch führen. Die Antibiotika laufen uns nicht weg.“

38

Auf dem Heimweg holten wir nicht nur die verschriebenen Salben, sondern besprachen auch die Möglichkeiten. Ich war froh, darüber reden zu können. Es war mir wichtig, seine Meinung dazu zu hören. Außerdem brannte mir etwas anderes unter den Nägeln.

„Fandest du den Anblick schlimm?“

Ich spürte Sandros durchdringenden Seitenblick, ehe ich ihn sah. „Na ja …“ Er seufzte.

Überrascht hielt ich die Luft an. Was würde denn jetzt kommen?

„Es ist weniger schlimm, als du mir bisher vermittelt hast. Ich denke eher, dass es arg schmerzhaft aussieht und ich allergrößten Respekt habe, dass du das alles so gut meisterst“, sagte Sandro und klang dabei so ehrlich, dass ich ihm Glauben schenkte.

Bereits am gleichen Tag rief ich für eine Terminvereinbarung beim empfohlenen Wundzentrum an. Sandro notierte sich den Termin ebenfalls, weil er unbedingt wieder dabei sein wollte. Anschließend saßen wir auf meiner Couch. Obwohl wir schon darüber gesprochen hatten, ließ es mir keine Ruhe.

„Ekelst du dich wirklich nicht vor dem, was du gesehen hast?“

Wahrscheinlich nervte ich, aber ich musste es noch einmal hören.

„Nein, wie gesagt, es sieht schmerzhaft aus, aber direkt ekeln tu ich mich nicht!“ Er schwieg einen Augenblick. „Ehrlich gesagt, bin ich froh, ein wenig gesehen zu haben. Ich kann das nun besser nachvollziehen und die Bilder im Internet waren wesentlich erschreckender.“

Nachdenklich saugte ich die Unterlippe in den Mund. Ich räusperte mich, weil mein Hals sich trocken anfühlte. „Wie ist das mit Sex?"

„Was soll damit sein?"

Zischend blies ich die Luft zwischen meinen Zähnen heraus und richtete mich weiter auf. „Wie lange bist du noch geduldig mit mir?"

„Solange, wie nötig. Es gibt da keine Deadline."

Mit zusammengekniffenen Augen sah ich ihn an. „Aber du hast es doch vor zwei Wochen versucht", erinnerte ich ihn mit all meiner Verwirrung. „Und seitdem hast du es nicht mehr probiert."

„Das stimmt, aber du versteckst so viel wie möglich von der Erkrankung und ich will dich nicht bedrängen. Vor zwei Wochen dachte ich, du hättest nichts, und habe deswegen den Versuch gestartet. Wenn du mir gegenüber offener mit der Krankheit umgehen würdest, wüsste ich auch besser, was machbar ist. Ich fühle mich schon etwas hilflos."

„Ich will dich doch nur beschützen vor all den ekelhaften Sachen, die ich mir hier ständig zwangsweise ansehen muss. Den Eiter. Die Narben. Den Gestank."

„Ich will aber nicht beschützt werden! Kann ich nicht einfach für dich da sein? Dir ein Pflaster zurechtschneiden oder die Haut straff ziehen, wenn es wieder runter muss, oder eine doofe Kompresse festkleben, damit du dich nicht mit irgendwelchen Verrenkungen abquälst?"

Er wollte helfen? Sich belasten? Das Elend ständig vor Augen haben?

„Ich wünsche mir, dass du mich als erwachsenen Mann entscheiden lässt, ob ich das ertrage oder nicht. Lass es mich doch wenigstens ausprobieren. Ich werde dir nicht vor die Füße kotzen. Versprochen."

Seine extreme Übertreibung entlockte mir trotz der Ernsthaftigkeit ein kurzes Lächeln. „Und wenn doch, wischst du es selbst weg“, witzelte ich, um die Lockerheit zwischen uns wieder herzustellen.

„Einverstanden … Aber um zurück zum Ausgangsthema zu kommen. Wir haben Sex, wenn du so weit bist. Ich kann wirklich warten.“

„Demnach muss ich es sagen oder dich verführen?“

Sandro nickte grinsend.

„Weißt du eigentlich, was mich das kostet?“

„Du kannst mir auch eine Nachricht schicken. Ausnahmsweise.“ Ein freches Grinsen überzog sein ganzes Gesicht.

Ich keuchte auf, zog ein Couchkissen hinter meinem Rücken hervor und schlug ihn damit gegen die Brust. „Du bist echt ein Blödmann!“

„Tja, dafür aber deiner“, erwiderte Sandro, zog mich an meinen Beinen zu sich heran und küsste mich liebevoll. „Weißt du, Männer denken nicht den ganzen Tag an Sex. Alles kommt zu seiner Zeit und, ehrlich gesagt, finde ich das, was wir haben, auch sehr reizvoll.“

Mein Herz schlug mir bis zum Hals. Die Haut kribbelte unaufhörlich. Ein pulsierendes Gefühl in meiner Körpermitte ließ mich verwirrt keuchen. Sandro hatte eine Wirkung auf mich wie kein anderer Mann jemals zuvor. Seine Worte waren zielsicher eingesetzt. Die Berührungen so gekonnt ausgeführt, als gäbe es eine Markierung auf meinem Körper, der er folgte. Sanft küsste er mich erneut, während seine Hände über meinen Rücken strichen. Eine Gänsehaut zog mein Rückgrat entlang und von da aus über den ganzen Körper. Es war so intensiv, dabei machte er nichts Unanständiges mit mir.

In diesem Moment erkannte ich, was er mit reizvoll gemeint hatte. Zwischen uns war so viel mehr entstanden als nur körperliche Lust und sinnliche Anziehung. Mir war klar, dass ich diese ganz großen Gefühle für ihn entwickelt hatte. Ich war nur nicht in der Lage, mir dies einzugestehen. Irgendwann jedoch würde er es erfahren. Vielleicht wusste er es schon längst.

Manchmal hatte ich das Gefühl, wir kannten uns schon so viel länger. Sandro war zu einer festen Konstante in meinem Leben geworden, die mir guttat und mich auffing. Seit Langem war ich nicht mehr so glücklich gewesen. Die Geborgenheit, die er mir gab, löste so viel Anspannung, wie ich es kaum für möglich gehalten hätte.

Ich ließ meine Hände durch seine weichen Haare gleiten – intensivierte den Kuss, wie ich es gernhatte. In mir schrie alles nach mehr. Ich wollte ihn. Das war eine Tatsache, die ich nicht leugnen konnte. Doch wollte ich ihn beim ersten Mal zwischen Tür und Angel, kurz bevor ich zur Schicht losmusste?

Außer Atem löste ich mich von ihm. Ich strich mit meinem Daumen über seine Wange. Die Haut war weich.

„Du tust mir so gut“, flüsterte ich.

Er lächelte liebevoll. Dann zog er mich in seine Arme und hielt mich zärtlich fest.

39

Nur wenige Tage später hatte ich es endlich geschafft, alle Abszesse loszuwerden. Ich war erleichtert, fühlte mich glücklich und konnte es kaum erwarten, dass das Wochenende kam. Morgen war mein freier Samstag und nur noch die letzten zwei Stunden der Nachmittagsschicht waren zu überstehen.

Ich saß an der Kasse. Zur Abwechslung war mein Chef mal nicht da. So war es möglich, alles etwas langsamer angehen zu lassen. Selbst die Kunden schienen zu genießen, dass sie sich nicht hetzen mussten. Zwei gaben mir sogar ein kleines Trinkgeld. Es lief also gut.

Als Sandro an meine Kasse kam, freute ich mich riesig. „Na, wie lang musst du noch?"

„Das weißt du doch", antwortete ich grinsend und fing an seinen Einkauf zu scannen.

„Wir könnten eigentlich spontan heute nach der Arbeit an die Küste fahren. Zwei Nächte im Hotel verbringen und Sonntagabend wieder zurückfahren. Hast du Lust dazu?"

Überrascht schaute ich von der Brötchentafel auf. „Meinst du, dass wir so spontan ein Zimmer bekommen?"

Sandro nickte bekräftigend. „Irgendetwas ist immer frei. Es ist doch Nebensaison."

Draußen war es sonnig. Zwar kühl, aber es sah traumhaft schön aus für Ende September. Und so war es auch für das Wochenende angesagt worden.

„Warum eigentlich nicht?" Ein kleiner Urlaub tat mir sicher gut. „Aber wie kommen wir denn dahin? Weder du noch ich haben ein Auto."

„Meine Eltern haben eins. Ich ruf sie gleich an und kläre ab, ob ich es haben kann."

Nachdem Sandro seinen Einkauf bezahlt hatte, stand ich auf, kletterte aus der Kasse, küsste Sandro kurz und räumte dann den Kassenbereich auf.

Die zwei Stunden vergingen schneller denn je. Endlich hatte ich Feierabend und Wochenende. Erleichtert machte ich mich auf den Heimweg und checkte dabei meine Nachrichten.

> *Sandro, 14:15 Uhr: Wir bekommen das Auto. Ich hole es schon mal ab. Packst du dann direkt, wenn du zu Hause bist?*

Ich hatte es eilig heimzukommen, doch wie immer in solchen Situationen war jede Ampel rot und wurde endlos lange nicht grün. Während ich wartete, antwortete ich Sandro.

> *Louisa, 15:08 Uhr: Bin schon auf dem Heimweg. Muss ich irgendetwas Besonderes einpacken?*

Zu Hause angekommen, fing ich sofort mit dem Packen an. Frische Wechselkleidung, mein Akne Inversa Material – falls doch noch ein Biest kam und mir das Leben schwer machte – sowie der Kulturbeutel mit dem Kram für das Badezimmer fanden ihren Platz im Koffer. Ich prüfte nochmal mein Smartphone.

> *Sandro, 15:31 Uhr: Nimm doch Badekleidung mit. Falls das Wetter gar nichts ist, können wir ins hoteleigene Schwimmbad.*
> *Louisa, 15:38 Uhr: Hast du schon ein Hotel gebucht?*

Ich war überrascht, da ich dachte, wir würden gleich zusammen schauen, wohin wir fuhren. Außerdem war das Budget gar nicht abgesprochen. Sandro war nicht so sehr darauf angewiesen, auf sein Geld zu achten, wie ich.

Sandro, 15:39 Uhr: Ja, direkt am Strand. Sah gut aus und das Angebot war unschlagbar! Ich fahr jetzt los. Bis nachher!

Seufzend legte ich das Smartphone auf den Nachttisch, setzte mich auf das Bett und überlegte, wo ich meinen Badeanzug liegen hatte. War ich dieses Jahr überhaupt Schwimmen gewesen? An den meisten heißen Tagen hatte ich so viele Wunden, dass ich es mich nicht getraut hatte. Zumindest hatte ich immer Angst, dass es durch den Kontakt mit Bakterien noch heftiger schmerzen oder es gar zu einer Sepsis kommen würde.

Nachdenklich wühlte ich mich durch den Schrank. Irgendwo musste das Stückchen Stoff doch sein. Als nur noch die Unterwäscheschublade übrig blieb, durchwühlte ich diese und fand dabei die Ouverts, die ich vor einiger Zeit gekauft hatte, die bisher jedoch noch nicht zum Einsatz gekommen waren. Sollte ich sie vorsichtshalber einpacken? Wir waren in einem Hotel an der Küste. Ein romantischer Sonnenuntergang am Meer könnte mich vielleicht beflügeln, mich endlich auf mehr einzulassen.

Ich brauchte Orientierung. Zu sehr war ich von meinen Erfahrungen mit Elias eingeschränkt. Jemand Außenstehendes musste mir eine Einschätzung geben. Daher schrieb ich Bianca an, da mir klar war, dass Nele sowieso schreiben würde, dass ich ihn endlich bespringen sollte.

Louisa, 15:44 Uhr: Hey Bianca, ich war mit Sandro noch immer nicht intim und jetzt bin ich zum Glück mal frei von Beulen. Sollte ich die Chance nutzen oder ist es nach 6 Wochen Beziehung zu früh? Bin so hin- und hergerissen. Würde mich interessieren, wie du das siehst?!

Während ich auf eine Reaktion wartete, fand ich endlich den Badeanzug und packte ihn in meinen Koffer. Gefühlt hatte ich alles, dennoch zögerte ich wegen der Ouverts. Sollte ich sie einpacken oder nicht? Was war, wenn Sandro sie finden und sich Hoffnung auf mehr machen würde, die ich aber dann doch nicht erfüllen würde?

Einerseits wollte ich unbedingt mit ihm schlafen. Andererseits war die Erinnerung an die Nacht mit Elias noch immer präsent. Rational wusste ich, dass Sandro nicht Elias war und mir sowas niemals antun würde. Dennoch war da irgendetwas in mir, das mich blockierte und mir eine höllische Panik einredete. Etwas, das ich weder ignorieren noch stoppen konnte. Das war frustrierend. Ich würde so gern meine Erinnerungen auf Reset setzen und mit Sandro neu durchstarten. Warum war das nur so schwer? Machte ich mir mal wieder viel zu viele Gedanken? Sollte ich nicht einfach machen, statt immerzu nur zu denken?
Der Nachrichteneingangston holte mich aus diesem Gedankenwirrwarr.

Bianca, 15:47 Uhr: Ich habe es hinter mir und bin im siebten Himmel. Wir haben das Licht ausgemacht. Ich trug die Halterlosen Strümpfe, die perfekt gehalten haben und mir das Gefühl gaben, extrem begehrenswert zu sein. Es war so toll! Wenn du sogar keine Abszesse hast, nutze es unbedingt aus. Drücke dir die Daumen und wünsche dir viel Spaß mit deinem heißen Italiener!

Ihre Schwärmerei brachte mich zum Lächeln. Sicherheitshalber schrieb ich Nele doch noch.

Louisa, 15:48 Uhr: Ich bin endlich mal ohne Abszesse unterwegs!

Wie ich Nele kannte, würde sie bestimmt eine Aufforderung zum Sex schicken. So war sie nun mal gestrickt, was mir enorm gefiel. Manchmal wäre ich auch gern so locker wie sie. Als ich schon die Ouverts im Koffer versteckte, erklang erneut der Nachrichteneingangston.

Nele, 15:50 Uhr: Dann spring ihm endlich auf den Schoss und nimm dir, was dir zusteht!

Lachend packte ich Massageöl ein. Möglicherweise würde ich Sandro verwöhnen und verführen. Mit ein wenig Alkohol würde ich das ohne weiteres hinbekommen.

Als es klingelte und ich die Tür öffnete, stand Sandro lächelnd vor mir. Er ließ den Schlüssel um seinen Finger kreisen. Ich trat zur Seite und ließ ihn eintreten.

„Oh! Du bist ja schon fertig mit Packen."

Ich hatte ihm nicht gesagt, dass ich heute mal komplett schmerzfrei war und keinerlei Abszesse hatte. Sollte ich es nun nachholen?

Plötzlich schlug Sandro sich gegen die Stirn. „Ich habe doch vorhin Dinkelbrötchen gekauft. Die habe ich gar nicht gegessen. Ich flitze schnell herüber und mach sie eben für uns als Reiseproviant fertig. Sonst taugen sie am Sonntagabend ohnehin nur noch als Türstopper."

Schneller, als ich irgendetwas entgegnen konnte, verschwand er und ich hörte in der Ferne die Haustür zuknallen. Wäre es nicht sinnvoller gewesen, wenn er den Koffer wenigstens schon mal ins Auto gepackt hätte oder ich mitgegangen wäre? Irgendwie verhielt er sich merkwürdig.

Während Sandro in seiner Wohnung unseren Proviant vorbereitete, nutzte ich die Zeit und zog mich nochmal um. Für die Autofahrt wäre ein Kleid mit einer Strumpfhose bequemer als die Jeans. Außerdem schminkte ich mir meine Augen etwas und trug Lipgloss auf.

Wenige Minuten später klingelte es erneut. Sandro war verdammt schnell.

„Ich weiß nicht, warum ich ohne dich abgehauen bin. Entschuldige!“, sagte er atemlos und betrachtete mich von oben bis unten. „Bellissima!“

„Danke.“ Ich lächelte ihn an. „Wollen wir dann los?“

Sandro nickte und ich reichte ihm meinen Koffer. „Was ist da drin? Steine?“

Ich streckte ihm die Zunge entgegen, ergriff meine Jacke, schloss die Tür hinter mir ab und gemeinsam liefen wir zum Auto.

40

Sobald wir auf der Autobahn waren, drehten wir das Radio auf. Wir sangen laut, falsch und begeistert mit. Es war lustig und machte enorm viel Spaß. Irgendwann wurden wir von den Nachrichten unterbrochen. Ich drehte das Radio leiser und zupfte meinen Rocksaum zurecht.

„Wie hast du so spontan für das Wochenende frei bekommen? Ist da nicht euer Hauptgeschäft?“

„Ich habe Urlaub genommen. Wenn es auf Weihnachten zugeht, wird es schwierig, ihn zu nehmen, da dann immer die ganzen Firmenfeiern sind. Daher muss ich jetzt nach und nach schauen, dass ich einige Tage nutze.“

„Ich habe auch noch Urlaubstage. Erinnere mich doch am Montag mal, dass ich auf den Plan schaue, wann ich noch Urlaub nehmen kann. Vielleicht bietet es sich an, dass wir nochmal für einen längeren Zeitraum wegfahren.“

„Das ist eine ausgezeichnete Idee. Jetzt sind die Temperaturen am Mittelmeer weitaus erträglicher. Vielleicht könnten wir meine Verwandtschaft in Italien besuchen. Dort warst du doch noch nie.“

Das Herz schlug mir bis zum Hals. Ich war so froh, dass er Pläne mit mir schmiedete. Das bestärkte mich in dem Gefühl, wirklich ein Teil seines Lebens zu sein.

„Wo wir bei der Verwandtschaft sind: Wie hat denn deine Mutter das mit Giulia aufgenommen?“, fragte ich voller Neugierde, da ich wusste, dass Sandro diese Woche endlich mit seiner Mutter sprechen wollte. Durch meine vielen Frühschichten hatten wir uns die letzten Tage kaum gesehen. Er hatte die Frist seinem Vater gegenüber immer wieder verlängert. Doch letztlich hatte es ihm gereicht.

„Da ich es ihr anstelle meines Vaters gesagt habe, natürlich nicht so toll. Im Moment ist es auf der Arbeit auch nicht witzig. Die beiden reden nur das Nötigste miteinander. Außerdem ist mein Vater stinkig auf mich, weil er meint, ich sei ihm in den Rücken gefallen." Seufzend wechselte Sandro auf die linke Spur, um einige LKWs zu überholen.

„Er hat vor vielen Jahren deine Mutter betrogen und nun bist du der Schuldige?"

Er nickte. „Ich weiß gar nicht, wie ich das finden soll. Mein Bruder Giovanni, der Glückspilz, weiß gar nichts."

„Meinst du, die Ehe deiner Eltern übersteht das?" Falls nicht, würde es für ihn als Familienmensch hart werden.

„Ich weiß es nicht. Wollen wir es mal hoffen, dass meine Mamma ihm verzeiht."

„Das wird schon werden." Ich legte ihm beruhigend eine Hand auf den Oberschenkel.

Bei der nächsten Lücke zog Sandro wieder auf die rechte Spur. Wir lauschten der Musik aus dem Radio und sagten eine ganze Weile nichts mehr. Während ich in meinen Gedanken hing und weiterhin das Pro und Contra für den Sex mit Sandro durchging, kamen immer mehr Windkraftanlagen in Sicht.

Wir schafften es noch rechtzeitig ans Meer, sodass wir den Sonnenuntergang dort genießen konnten.

Aneinander gelehnt standen wir im Sand und beobachteten die immer tiefer sinkende Sonne, die von einem faszinierenden Farbenspiel begleitet wurde und genossen die Zweisamkeit. Es war so friedlich.

Plötzlich kramte Sandro in seinen Jackentaschen. Er zauberte zwei Piccoli hervor.

„Gibt es etwas zu feiern?" Hatte ich irgendetwas vergessen? Er hatte erzählt, er habe im Februar Geburtstag und meiner war auch noch nicht.

„Wir sind jetzt sechs Wochen ein Paar", antwortete er feierlich und reichte mir eine der kleinen Flaschen.

Peinlich berührt sah ich zu Boden. Wie konnte mir das nur entgehen, dass Sandro der Typ Mann war, der so etwas wichtig nahm?

„Ich bin so glücklich mit dir!" Er stieß mit seiner Flasche gegen die meine, beugte sich zu mir herunter und küsste mich sanft.

Nun wurde mir so einiges klar. Dann hatte er das also alles geplant? Wie süß von ihm. Ich war total gerührt und konnte nur mit Mühe die Freudentränen zurückhalten.

Ich fasste mir ein Herz, sah ihm tief in die Augen und sprach endlich aus, was mir schon so lange bewusst war: „Ich liebe dich!"

„Ich dich auch", erwiderte er sofort.

Es war das erste Mal, dass wir uns das laut sagten. Ich war so glücklich. Es fühlte sich an, als würde ich ein Stück über dem Boden schweben. Sandro zog mich in seine Arme. Trotz der salzigen Luft nahm ich seinen frischen und herben Duft wahr. Seine Körperwärme durchdrang meine viel zu dünne Kleidung. Er beugte sich hinab und küsste mich erneut.

Irgendwann löste ich mich von ihm und sah zurück zum Sonnenuntergang. Die Sonne war schon fast im Meer versunken. Ich trank den ersten Schluck Sekt und spürte das Prickeln der Kohlensäure bis hinab in den Magen.

„Hast du das alles geplant?", fragte ich, ohne den Blick von dem kleinen Stück Sonne über dem Horizont abzuwenden.

Sandros Hand strich meinen Rücken entlang. „Nein, eigentlich wollte ich dir eine Liebeserklärung machen. Ich habe nicht geplant, dass du mir zuvorkommen würdest."

Grinsend löste ich meinen Kopf von seiner Brust und sah zu ihm auf. „Es ist wirklich traumhaft. Danke, dass du diesen Tag so wertschätzt und das alles im Geheimen ausgeheckt hast."

Sanft drückte er mir seine Lippen auf die Stirn. „Für dich würde ich alles tun."

41

Kurze Zeit später waren wir in unserem Hotelzimmer. Vom Fenster aus hatten wir einen direkten Blick auf das Meer. Es war so dunkel, sodass ich bedauerlicherweise nichts mehr sah. Durch den Wechsel vom Kalten ins Warme merkte ich direkt das bisschen Sekt, das ich getrunken hatte. Ich war angenehm beschwipst.

„Das war eine gute Idee." Ich drehte mich zu Sandro um, der den Minikühlschrank inspizierte.

„Außer Limo, Wasser und Bier gibt es nichts. Soll ich Cocktails von der Bar holen?"

Ich nickte begeistert. Das würde mir etwas Zeit für eine kleine Überraschung verschaffen.

„Was möchtest du denn trinken?", fragte Sandro, während er seine Schuhe wieder anzog.

„Ich weiß gar nicht, was es gibt. Schau doch mal in die Karte und such etwas Fruchtiges aus. Aber nichts mit Wodka, bitte."

„Okay, bis gleich."

Kaum war er weg, öffnete ich meinen Koffer, kramte nach einem Ouvert und dem passenden BH. Aufgeregt rannte ich ins Bad, zog die Strumpfhose herunter und tauschte den Slip. Dann folgte das Kleid, damit ich an den BH herankam. Schnell wechselte ich ihn und überprüfte einmal mehr meinen Körper auf neue Knötchen oder Abszesse, doch es war weiterhin alles in Ordnung. Ich war mir nicht sicher, ob Alkohol ein Problem für die Akne Inversa war, daher durfte ich nicht zu viel Zeit verlieren. Womöglich waren die nächsten Stunden die letzten ohne irgendwelche Biester.

Kaum war ich wieder angezogen, klingelte mein Smartphone. Verwundert nahm ich es ab. „Was gibt es?", fragte ich atemlos.

„Warum bist du so außer Atem?“, fragte Sandro.

„Ich war im Bad und …“ Schnell sah ich mich im Zimmer um, doch mir fiel nicht ein, was ich jetzt weiter darüber sagen sollte.

„Ach so.“ Zum Glück kürzte Sandro das Spiel ab. „Magst du Tequila Sunrise? Ist Orangensaft ein Problem?“

„Nein, das passt gut.“

„Okay, dann bis gleich.“ Er legte auf.

Da Sandro gerade erst die Bestellung aufgab, blieb mir noch etwas Zeit. Etwas langsamer lief ich zurück ins Bad. Vorsichtig zog ich mir die Strumpfhose an, damit ich mir auf keinen Fall eine Laufmasche zog. Dann sprühte ich mir etwas frisches Deo und Parfüm auf. Sollte ich mir die Zähne putzen oder war das zu auffällig? Ich entschied mich dagegen und trug stattdessen etwas Lipgloss auf.

Im Zimmer überlegte ich, wie ich Sandro empfangen sollte. Stehen bleiben und warten? Auf das Bett legen? An dem kleinen Schreibtisch lehnen? Oder doch besser auf den Stuhl setzen?

Testweise legte ich mich auf das Bett, dabei hatte ich jedoch das Gefühl, dass damit mein Körper noch unförmiger wirkte, als er faktisch war. Verdammtes Übergewicht! Sofort setzte ich mich wieder auf, strich mir durch das Haar und überlegte weiter. Was sah gut aus? Wobei würde ich mich am wohlsten fühlen? Welche Haltung würde nicht sofort verraten, was ich vorhatte? Nervös rieb ich mir die Hände. Ich schaltete alle Lichtquellen aus, mit Ausnahme des indirekten Lichts über dem Bett. Das war gedämmt genug, dass es für mich passend war.

Letztlich setzte ich mich auf die Bettkante am Bettende und wartete aufgeregt auf Sandros Rückkehr. Wie sollte ich es angehen? Ich bereute, ihm nicht gesagt zu haben, dass mein Körper mich mal zur Abwechslung nicht quälte, sondern funktionierte – ohne all diese fiesen Beulen. Dann könnte er den ersten Schritt machen.

Aufgeregt schlug ich ein Bein über das andere, um es dann wieder herunterzunehmen. Was würde Nele tun? Sie war lässig und nahm sich, was sie wollte. Sollte ich ihm die Getränke abnehmen und ihn ohne weiteres auf das Bett schubsen? Bevor ich mir weitere Gedanken machen konnte, hörte ich ein Geräusch vor der Zimmertür. Schnell sprang ich auf und öffnete die Tür.

„Danke. Es war echt voll an der Bar. Damit habe ich nicht gerechnet."

„Kein Problem."

Die Zimmertür fiel geräuschvoll ins Schloss. Ich war so nervös. Ob er das merkte?

Er reichte mir einen Cocktail, den ich dankbar annahm. Endlich hatte ich etwas zum Festhalten. Schnell trank ich einen Schluck. Mein Herz schlug mir schon wieder bis zum Hals. Obwohl Sandro mich noch gar nicht angefasst hatte, spürte ich die erregte Anspannung in meinem Körper. Ich sah seinen prüfenden Blick auf mir liegen, trotzdem sagte er nichts. War er ebenfalls gehemmt? Hatte ich ihn zu oft abgewehrt, sodass er sich nicht mehr traute?

Ich nahm noch einen großen Schluck von meinem Cocktail, stellte dann das Glas zur Seite und trat direkt vor Sandro. Ich ergriff seine Hände. Dabei wurde mir klar, wie kalt meine Finger schon wieder waren.

„Frierst du noch?", fragte er mit einem tiefen Blick in meine Augen.

Ich schüttelte kaum merklich den Kopf. Mein Sprachzentrum war abgeschaltet. Ich brauchte all die Kraft und den Mut für den nächsten Schritt. Es war jetzt nicht der Moment, an Elias, Konsequenzen oder Angst zu denken.

Ich konzentrierte mich voll und ganz auf den Augenblick. An Sandros Seite würde mir nichts passieren. Er hatte gesagt, dass er mich liebte, und das glaubte ich ihm. All diese Kilometer war er gefahren, um uns ein schönes Wochenende zu bescheren. Die Planungen, die Absprachen für seinen Urlaub und all die Bemühungen, dass ich bloß nichts mitbekam. Er hatte sich wahrlich Mühe gegeben.

Endlich überwand ich den letzten Abstand zwischen uns und küsste ihn. Ich ließ seine Hände los und strich mit den Fingerkuppen von der Hüfte hinauf zu seinen Achseln. Ich zog ihn näher an mich heran. Seine Körperwärme zu spüren, ermutigte mich, daher presste ich meinen Busen an seine harte Brust.

Sandros Hände blieben jedoch auch nicht untätig. Ohne Zeit zu verlieren, ließ er sie auf meine Hüften sinken.

In mir tobte ein Sturm aus Nervosität, Lust und Eile. Ich wollte ihn. Gleichzeitig mahnte ich mich zur Ruhe. Es war unser erstes Mal. Das musste doch besonders werden. Sandro sollte es gefallen.

Ich ließ meine gespreizten Finger über seine Schultern hinab zu seinem Po gleiten. Dort griff ich kurz zu, um festzustellen, wie fest und knackig seine Rückseite war. Flüchtig grinste ich in den Kuss. Dadurch, dass er mich anstandslos alles machen ließ, wurde ich mutiger. Meine Hände glitten über seine Seiten nach vorn. Ich ergriff den Saum seines Pullovers und zog ihn mit Schwung hinauf.

Sandro verstand ohne Worte und hob die Arme.

Mit seiner Hilfe streifte ich ihm das Kleidungsstück vom Körper, ließ es zu Boden fallen und ergriff den Saum seines T-Shirts, das nur wenige Sekunden später dem Pullover auf dem Boden Gesellschaft leistete. Mein Blick traf seine trainierte Brust, die vom Sommer gebräunt aussah. Meine Finger streichelten sanft über die weiche, warme Haut.

Sandro beugte sich wieder zu mir, küsste meinen Hals und strich mit seinen Händen meine Seiten entlang.

Ohne weitere Zeit zu verlieren, griff ich zu seinem Hosenbund, öffnete den Knopf und zog den Reißverschluss herunter. Wohlige Schauer rannen meinen Körper auf und ab. Sandros Atem kitzelte mich auf eine erregende Art und Weise, die meinen Körper noch weiter erhitzte. Die Nervosität fiel allmählich von mir herab. Als er den Verschluss am Kleid langsam herunterzog, traf mich eine enorme Welle der Lust und beförderte ein wohliges pulsierendes Gefühl zwischen meine Schenkel.

Sandro ergriff den Saum des Rockes und zog mir das Kleid in einer fließenden Bewegung über den Kopf. Sein Blick blieb auf meine Augen gerichtet.

Langsam rollte ich den Strumpfhosenbund hinab. Ohne unsere Verbindung zu lösen, schaffte ich es, die Strumpfhose auszuziehen.

Unterdessen zog Sandro seine Jeans aus. Zwischen uns lag eine elektrisierende Spannung, die meine Nippel hart werden ließ. Ich löste den Blick von seinen Augen und glitt damit über seinen Körper. Die definierten Muskeln in seinem Oberkörper waren so hart wie eh und je. In der engen Boxershorts zeichnete sich deutlich seine Erektion ab. Er war bereit für mich, doch mein Blick glitt weiter. Seine festen Oberschenkel waren sehnig und genauso durchtrainiert wie sein Oberkörper. Man konnte deutlich sehen, dass er regelmäßig joggte. Verlegen biss ich mir auf die Unterlippe. Würde er jetzt endlich die Führung übernehmen?

Als ich wieder aufsah, waren seine Augen immer noch auf mein Gesicht gerichtet. Vorsichtig schob ich mich rückwärts auf die Bettkante. Sandro schien zu verstehen. Er folgte mir. Ich atmete seinen frischen und herben Duft ein.

Leider beruhigte mich das dieses Mal nicht. Zitternd ließ ich meine Hände über seinen Bauch wandern.

Daraufhin packt mich Sandro bei den Hüften und schob mich weiter auf das Bett. Souverän kletterte er hinterher und legte sich endlich auf mich. Zärtlich küsste er mich. Dann ließ er seine Lippen über meinen Hals hinab zu meinem Brustansatz wandern und verteilte sanfte, heiße Küsse auf meiner Haut. Danach wanderte er mit seinen Lippen zum Bauch, den ich aus Reflex anspannte. Doch sobald mir in den Sinn kam, dass ich mit gespreizten Beinen unter ihm lag und er mit einem schnellen Blick noch weit mehr sehen könnte, vergaß ich meine Speckrollen und zog Sandros Gesicht sofort wieder zu mir hoch. Mein Herz schlug so schnell, als würde ich rennen.

„Ich liebe dich", hauchte er.

„Ich dich auch." Dann ließ ich endlich meine Ängste und Unsicherheiten los und umschloss mit meinen Beinen seine Hüfte, drängte mich fester an seinen Körper.

Ich wollte mehr.

Ich brauchte viel mehr.

Er ließ seine Hand streichelnd zwischen uns hinab zu meinem Höschen gleiten. Ganz langsam. Er schob sich unter den Stoff meiner Ouvert. Sollte ich etwas sagen oder es ihn selbst herausfinden lassen? Ich unterdrückte ein Grinsen und wartete, was passieren würde.

„Muss ich aufpassen, wo ich hin fasse?"

Ich schüttelte den Kopf. „Alles in Ordnung."

Dann weiteten sich seine Augen. Er richtete seinen Oberkörper etwas auf und sah nach unten zwischen meine Beine.

„Oh, du …" Er schnaubte mit einem breiten Grinsen und zog seine Hand wieder heraus und ließ sie über den Stoff gleiten, bis er sein Ziel gefunden hatte. „Praktisch."

Das Gefühl seiner warmen Finger an meinem Geschlecht ließ mich vor Verzückung aufstöhnen. Ich spürte, wie meine Brüste weiter anschwollen, daher zog ich kurzerhand den BH aus und befreite mich aus der Enge dieses Gefängnisses. Sandro strich weiterhin sanft über mein Geschlecht, ohne weiter vorzudringen. Ich spreizte ein wenig weiter die Beine, sehnsüchtig nach mehr. Er legte sich neben mich, küsste mich zärtlich und strich langsam tiefer. Ich hörte das feuchte Schmatzen, doch ich war so überwältigt von all den Gefühlen und Empfindungen in meinem Körper, dass es kaum in die Sinneswahrnehmung eintauchte. Der Orgasmus rollte direkt auf mich zu. Halt suchend griff ich in die Laken und dann kam ich.

Laut.

Erschütternd.

Alles zerberstend.

Ich brauchte einen Moment, ehe ich wieder im Hier und Jetzt ankam, doch Sandro machte weiter. Er musste eine Beherrschung haben, auf die jeder buddhistische Mönch eifersüchtig wäre.

Während ich noch mit den letzten Wellen des Orgasmus beschäftigt war, startete Sandro die nächste Runde. Als er mit seinem Daumen den richtigen Punkt massierte, verlor ich vollkommen die Kontrolle über meinen Körper und war im Strudel des nächsten Orgasmus gefangen.

Was zur Hölle machte er da nur mit mir? Woher wusste er so genau, was er tun musste, damit es sich so köstlich anfühlte?

Er ließ seinen Finger in mir und beobachtete mich. Sein Blick war mir nicht unangenehm. Ich war entspannt und geil. Eine Kombination, die ich schon lange nicht mehr gespürt hatte. Ich ließ das Laken wieder los, drehte mich vorsichtig auf die Seite und küsste seine weichen Lippen, ließ meine Hände zu seiner Boxershorts gleiten und zog sie aus. Ich wollte ihn – mehr denn je. Am heutigen Tag sollte es geschehen. Heute wollte ich ihn endlich in mir.

Sanft umschloss ich die samtige Haut seines Geschlechts. Ich fuhr mit dem Daumen über die Spitze und ließ dann meine Hand auf und ab wandern. Sandro stöhnte erregt. Daraufhin pumpte ich ihn schneller, doch er ergriff mein Handgelenk.

„Wenn ich kommen soll, dann mach weiter. Solltest du noch etwas anderes vorhaben, stoppe jetzt besser", sagte er mit vor Lust heiserer Stimme.

Da ich mehr wollte, ließ ich von ihm ab. Sandro drehte sich auf die Seite, griff zu seiner am Boden liegenden Hose und holte seine Geldbörse hervor. Ich beobachtete, wie er ein Kondom herausholte und es sorgsam überzog.

„Möchtest du den Slip anbehalten?", fragte er anschließend.

Ich nickte stumm. Sandro ließ sich zwischen meine Beine gleiten und küsste mich wieder.

Schließlich drang er in einem Rutsch ein. Keuchend drückte ich meinen Rücken durch. Sandro verharrte für einen Moment und wir schauten uns tief in die Augen. Dann bewegte er sich langsam in mir. Ich umklammerte mit meinen Beinen seine Hüften, sodass ich ihn immer tiefer in mich zog. Meine Fingernägel kratzten über seinen Rücken. Ich schloss die Augen, spürte nur noch seine weiche Haut, seinen warmen Atem und seine volle Länge in mir. Eine Welle aus Lust und Erregung wurde größer und intensiver, rollte los und knallte mit einem alles zerstörenden Orgasmus auf mich ein und ließ mich endlich vergessen. Einfach loszulassen, war bisweilen schwer, doch heute schaffte ich es ohne Probleme, sodass ich von der Sehnsucht nach mehr erlöst wurde.

Es war zu viel. In der Ferne nahm ich wahr, wie Sandro weiter auf mir lag und in meinen bebenden Körper stieß, doch der Orgasmus hatte mich übermannt.

Als Sandro laut stöhnte, kam ich aus dem Chaos aus Gefühlen zurück in die Gegenwart und spürte das Pulsieren seines Höhepunkts in mir. Dann sank er zusammen.

Bebend.

Verschwitzt.

Befriedigt.

42

Am nächsten Morgen war ich durcheinander. Obwohl wir Arm in Arm eingeschlafen waren, wartete ich auf die bittere Enttäuschung. Sandro verhielt sich jedoch wie immer. Er war genauso liebevoll und zuvorkommend wie vor der gemeinsamen Nacht. Ich wusste nicht genau, womit ich gerechnet hatte, aber in meinem Inneren war wieder einmal diese Unruhe, diese Angst vor dem, was kommen könnte. War das Einbildung oder Vorahnung? Was hielt der Tag für eine Überraschung für mich bereit?

Das üppige Frühstücksbuffet hatte einige Leckereien zu bieten, sodass ich trotz meiner krankheitsbedingten Einschränkungen genug Auswahl hatte. Sandro und ich trafen uns am festgelegten Tisch, von dem wir einen Blick auf den Sandstrand hatten.

„Was unternehmen wir heute?“, fragte er, während ich an meinem Kaffee nippte.

„Das Wetter sieht doch vielversprechend aus. Wie wäre es mit einem Spaziergang am Strand direkt nach dem Frühstück?“

Da Sandro soeben in sein Brötchen gebissen hatte, nickte er lediglich.

Vergangene Nacht hatten wir nicht mehr miteinander gesprochen, weil ich erschöpft eingeschlafen war. Die Unruhe über eine mögliche Enttäuschung ließ mich nicht los. Sollte ich ihn fragen? Einerseits würde es mir sowieso keine Ruhe lassen, bis ich eine Antwort hatte. Andererseits war er alt genug und könnte es von sich aus ansprechen, wenn etwas falsch lief.

Ich wog das Für und Wider ab, aber letztlich zog mir meine Schüchternheit einen Strich durch die Rechnung. Es war egal, wie viel dafür sprach, ihn zu fragen, wenn ich wieder einmal den Mut nicht aufbrachte, meine Gedanken auch auszusprechen.

Ich umklammerte meinen Kaffeebecher und sah hinaus. Die Wolken zogen schnell über den Himmel. Es war augenscheinlich windig.

„Ist alles in Ordnung?“, fragte Sandro.

Ich wandte den Blick von den Wolken ab, räusperte mich und stellte meinen Becher ab. „Ja, schon.“

Sandro taxierte mich mit einem durchdringenden Blick.

„Wirklich.“

Er schob seine Hand über den Tisch und legte sie sanft auf meine. Das liebevolle Lächeln auf seinen Lippen ließ mein Herz höher hüpfen.

„Warum habe ich das Gefühl, dass etwas nicht in Ordnung ist?“

Las er etwa meine Gedanken? War es so auffällig? Ich zuckte mit den Schultern. Sein Daumen strich über meinen Handrücken. Das Gefühl der Wärme seiner Haut kombiniert mit der zärtlichen Berührung löste ein Kribbeln in mir aus. Ich war glücklich mit ihm. Dennoch war da diese verdammte Angst, dass es zu schön war, um wahr zu sein. Konnte er sich das nicht denken? War das alles nur in meinem Kopf? Kannte er diese Realität nicht? Was konnte ich nur tun, um in seine Weltwahrnehmung zu kriechen? Ich wollte raus aus den Selbstzweifeln, weg von der Angst, wieder benutzt zu werden, und endlich hin zu einer besseren Erfahrung. Welcher Weg führte mich dahin?

„Wenn etwas nicht in Ordnung ist, müssen wir darüber sprechen. War dir das gestern Abend doch zu schnell?“

Seine Worte überraschten mich.

„Bereust du es?“

War er genauso verunsichert wie ich? Ich spürte, wie mein Mund stumm auf und zu klappte, und räusperte mich erneut. „Nein, ich bereue es nicht.“ Nach Worte suchend rieb ich meine kalten Finger aneinander.

„Aber?“

„Ich …“ Doch da unterbrach mich der Kellner, der an den Tisch trat und schon das nicht mehr benötigte Geschirr einsammelte.

Sandro sah genervt zu ihm auf. So ungeduldig kannte ich ihn gar nicht. „Der hat auch kein Gespür, wann man an einen Tisch geht und wann besser nicht.“ Er seufzte und warf dem Kellner einen weiteren genervten Blick hinterher, als dieser verschwand. Dann ergriff er wieder meine Hände. „Du kannst mir alles sagen.“

„Es ist alles in Ordnung. Das ist nur in meinem Kopf. Nichts, worüber du dich sorgen müsstest.“

„Was würde ich nur dafür geben, da hinein schauen zu können“, sagte er und deutete mit einem Nicken auf meine Stirn. „Kannst du mir nicht wenigstens einen kleinen Hinweis geben?“

„Dir gefallen meine Zweifel doch ohnehin nicht“, sagte ich schnippischer, als ich eigentlich sein wollte. „Entschuldige. So war das nicht gemeint.“

Sandro zog seine Stirn in Falten. „Zweifelst du an dir oder an mir?“

„Mehr an mir als an dir …“

Sandro rieb sich seine Schläfen. „Warum denn nur?“

Ich zuckte mit den Achseln. „Mittlerweile ist es offenbar ein nutzloser Automatismus.“

Das Gespräch wurde immer unangenehmer. Warum bohrte er nur weiter? Wie beendete man das Thema geschickt?

Wieder schob Sandro seine Hand über den Tisch und ergriff die meine. „Ich liebe dich wirklich.“

Das kam so unvermittelt, dass ich erst einen Moment brauchte, um das einzuordnen. „Ich dich auch."

„Warum reden wir dann über Zweifel?"

„Ich weiß es nicht."

„Was kann ich nur tun, damit du aufhörst, an uns zu zweifeln?"

Seufzend ließ ich die Schultern hängen. „Ich weiß es doch auch nicht. Es nervt mich ja selbst. Irgendwann hört das bestimmt von selbst auf, oder?"

Zum Mittagessen besuchten wir ein kleines Strandcafé direkt an der Promenade. Der Laden war stark frequentiert. Wenngleich das Gespräch am Frühstückstisch wie ein Gang auf rohen Eiern gewesen war, hatten wir den restlichen Vormittag harmonisch verbracht. Meine Zweifel waren kein Thema mehr. Nachdem wir das Essen bestellt hatten, schlug das Wetter um und es fing an zu regnen.

„Perfekt abgepasst", sagte Sandro mit einem Blick aus dem Fenster.

„Als hätten wir es kommen sehen. Was machen wir, wenn es nicht aufhört?"

Sandro grinste mich zweideutig an. „Mir würde da schon etwas einfallen." Er ließ die Augenbrauen auf und ab hüpfen.

Ich spürte die Hitze in meinem Gesicht aufsteigen. Wieso errötete ich nur immer wieder wegen solcher Kleinigkeiten? „Stimmt eigentlich", warf ich ein, um ihn zu necken. „Ich habe das Schwimmzeug dabei. Dann sollten wir es auch nutzen."

Sein ungläubiger Blick war köstlich anzusehen.

„Das ist ein genialer Vorschlag für danach", sagte er dann.

Grinsend beugte ich mich über den Tisch und küsste ihn. Erst als der Kellner mit unserer Bestellung kam, löste ich mich von ihm.

Als wir bezahlt hatten, hatte es Sandro plötzlich eilig, zurück zum Hotel zu kommen. Wir rannten durch den Regen die Promenade entlang. Es waren nur wenige Menschen unterwegs. Als meine Seiten anfingen zu stechen, blieb ich nach Luft japsend stehen. Sandro drehte wieder um und kam zu mir zurückgelaufen.

„War das etwa zu schnell?"

Offenbar war seine Frage weniger unverschämt, als sie geklungen hatte, doch gab sie mir die nötige Motivation, um wieder loszulaufen. Der kalte Regen traf mich im Nacken und lief mir eisig den Rücken hinunter. Der Wind blies mit einer Kraft, dass es schwer war, überhaupt voranzukommen.

Sobald wir im Hotel angekommen waren, eilte ich zum Aufzug. Ich wollte nur noch raus aus der nassen Kleidung. Meine Lippen zitterten vor Kälte. Sandro klapperte ebenfalls mit den Zähnen. Er zog mich in seine Arme, doch das wärmte mich auch nicht.

„Wir sind schon so nass, da lohnt sich das Schwimmen fast nicht mehr", sagte er und deutete auf die Pfütze, die sich um unsere Schuhe gebildet hatte.

Bevor ich etwas sagen konnte, kam der Fahrstuhl und öffnete quietschend seine Türen. Wir waren die einzigen Fahrgäste. Sandro warf mir einen vielsagenden Blick zu. „In vielen Filmen nutzen die Leute den Aufzug schon fürs Vorspiel."

In dem Moment hielt der Fahrstuhl jedoch schon auf unserer Etage an und die Türen öffneten sich rumpelnd.

„Da waren wir wohl nicht schnell genug."

Wir verließen den Fahrstuhl und eilten zum Zimmer. Kaum war die Tür hinter uns ins Schloss gefallen, zog Sandro sich aus und stand wenig später nur noch in Boxershorts im Zimmer. Er klaubte die Kleidung vom Boden auf und eilte ins Bad. Ich atmete tief durch, fasste mir ein Herz und zog mich ebenfalls aus. Als Erstes knöpfte ich die weiche, karierte Bluse auf. Dann glitten die nassen Finger zur Jeans, öffneten den Knopf, zogen den Reißverschluss herunter. Zögernd hielt ich inne. Warum war ich nur wieder so gehemmt? Er hatte mich doch schon nackt gesehen. Aber die Tatsache, dass es letzte Nacht wesentlich dunkler gewesen war als jetzt, ließ sich nicht verdrängen.

„Soll ich deine Kleidung auch über die Badewanne hängen?", hörte ich Sandro aus dem Badezimmer rufen.

Fast panisch streifte ich die nasse Hose von den Beinen. Was sollte er nur denken, wenn ich ewig zum Ausziehen brauchte? Ich wollte kein weiteres Gespräch über meine Komplexe führen müssen.

Entschlossen ignorierte ich alle unangenehmen Gefühle und Gedanken und zog das Top aus, das ich unter der Bluse trug. Zuletzt folgten die Socken. Dann sammelte ich die Kleidung ein und brachte sie an mich gedrückt ins Bad.

„Gerne."

So unbekleidet fühlte ich mich verlegen, doch Sandro schien das gar nicht wahrzunehmen. Sorgsam drückte er das Wasser über dem Waschbecken heraus und zog die Kleidung glatt, um sie dann auf den Badewannenrand zu hängen.

Schnell griff ich nach meinem Handtuch und verließ das Badezimmer wieder. Während ich mein Haar abtrocknete, kam Sandro zurück.

„Ich hätte nicht gedacht, dass der harmlos aussehende Schauer uns so durchnässt", entgegnete er.

Ich öffnete den Koffer und suchte nach einem frischen Paar Socken für meine kalten Füße. Plötzlich stand Sandro hinter mir. Ich spürte seinen Körper direkt an meinen gedrückt.

„Noch nicht wieder anziehen", hauchte er mir lasziv zu.

Ich hielt in der Bewegung inne. Abwartend, was folgen würde. Sandros Hände legten sich an meine Schultern. Sanft knetete er die Muskeln. Wie automatisch ließ ich den Kopf gegen meine Brust sinken und genoss seine massierenden Berührungen. Genussvoll seufzte ich auf. Ich schloss meine Augen und spürte, wie seine Hände jede Verspannung fanden.

„Ich weiß, wir sind keine Teenies mehr ...", flüsterte Sandro nah an meinem Ohr, sodass eine Gänsehaut über meinen kompletten Körper zog. „Aber ich muss so einiges nachholen."

Er drehte mich um. Mein Handtuch fiel zu Boden. Ich wusste nicht, ob ich es zu locker umgewickelt oder Sandro es gelöst hatte. Schon lagen seine Hände auf meinen Hüften. Mit drängenden Küssen schob er mich zum Bett. Als ich die Bettkante in meinen Kniekehlen fühlte, ließ ich mich zurückfallen in ein aufregendes Spiel aus Lust und Nähe.

43

Der Kurzurlaub verging schneller, als ich es mir gewünscht hätte. Wir hatten viel Zeit im Bett verbracht. Mich überraschte, wie viel lockerer mich dieses Wochenende machte. Mit Sandro nackt im Bett zu liegen, war mit jedem Mal weniger unangenehm gewesen.

Heute Morgen hatte ich es sogar über das Herz gebracht und war mit ihm zusammen duschen gegangen. Das war für mich eine Premiere. Sandro schaffte es jedoch mir, ohne viele Worte, begreiflich zu machen, wie wunderschön er mich fand. Er starrte keine Sekunde auf irgendeine Narbe. Weder Mitleid noch Ekel waren in seinem Gesicht zu sehen. Ich bewunderte ihn für die Stärke, mich so anzunehmen, wie ich war. Das war für mich eine neue Erfahrung und tat enorm gut. Ich hätte nie erwartet, dass er so entspannt mit meiner Erkrankung umgehen würde.

Schneller als gedacht, machten wir uns schon wieder auf den Weg in Richtung Heimat. Sandro fuhr. Dafür war ich ihm dankbar. Schon wieder regnete es, was die Sicht auf die Straße erschwerte. Ein Grund mehr, der mich darin bestärkte der Beifahrer sein zu wollen.

Die Autobahn wurde voller, je näher wir unserem Ziel kamen.

„Weißt du, was ich erfreulich finde?“

Fragend schaute ich zu ihm hinüber.

„Dieses Wochenende konnte ich mal eine Louisa sehen, die entspannter war als sonst.“

Lächelnd wandte ich den Blick ab, weil ich spürte, wie mir die Wärme ins Gesicht stieg. „Das Wochenende hat mir gutgetan. Es war eine großartige Idee.“ Nachdem ich tief durchgeatmet und das Gefühl hatte, dass die Röte etwas nachließ, sah ich wieder zu ihm. „Danke.“

„Wofür?“

„Dass du einfach du bist und so geduldig mit mir bist.“ Verdammt, klang das gefühlsduselig.

Plötzlich kamen wir ins Rutschen, doch Sandro schaffte es, das Auto wieder unter Kontrolle zu bekommen und es zurück in die Spur zu lenken.

Mit schwitzenden Händen drehte ich die Musik leiser und klammerte mich dann an der Tür fest.

„Hast du Angst? Ich habe doch alles im Griff.“

„Es regnet echt heftig. Fahr lieber etwas langsamer.“

Plötzlich leuchtete die ESP-Lampe im Cockpit auf.

„Sandro, die ESP-Lampe!“

„Das ist nichts.“

Ich starrte auf den Tacho. Die Motorenzahl drehte hoch.

„Fahr bitte langsamer!“

Noch ehe Sandro reagieren konnte, kamen wir ins Rutschen, viel heftiger als beim ersten Mal. Reflexartig verzog er das Lenkrad, aber nichts passierte.

„Brems doch!“

„Es geht nichts!“

Fieberhaft überlegte ich, was der Fahrlehrer damals für so eine Situation empfohlen hatte, doch ich erinnerte mich nicht mehr. Da kam einfach nichts. „Sandro, mach irgendetwas!“ Ich klammerte mich fester an den Türgriff.

„Ich versuch es doch schon“, sagte er und drückte immer wieder auf die Bremse.

Plötzlich zog das Auto ruckartig zur Seite.

„Scheiße, verdammt!“, schrie ich.

Das Auto drehte sich um die eigene Achse und kam mit quietschenden Reifen zum Stehen. Mit Schrecken stellte ich fest, dass es entgegen der Fahrtrichtung auf der linken Spur stand. Mein Herz schlug mir bis zum Hals. Doch wenigstens waren wir nirgends hinein gekracht. Erleichtert atmete ich auf und sah hinüber zu Sandro. Er schien ebenfalls in Ordnung zu sein.

Ich schaute nach vorn. Doch das, was ich sah, gefiel mir gar nicht. Autos, viele Autos, die auf uns zugerast kamen und immer größer wurden.

„Sandro, mach etwas!“

Er drückte die Warnblinkanlage und hämmerte auf die Hupe. Ich war wie gelähmt. Im Zeitlupentempo nahm ich wahr, wie das erste Auto immer näher kam und nicht langsamer zu werden schien.

Ich schloss meine Augen. „Bitte lass die Autos anhalten“, flehte ich eindringlich. Ich hörte einen ohrenbetäubenden Knall. Dann wurde alles schwarz.

44

„Junges Paar verunglückt.

Am Sonntagnachmittag hat der Fahrer eines Fords auf der Autobahn A1 die Kontrolle über sein Fahrzeug verloren. Nach ersten Erkenntnissen hat sich das Fahrzeug auf der regennassen Fahrbahn um die eigene Achse gedreht und ist in entgegengesetzter Fahrtrichtung auf der Fahrbahn zum Stehen gekommen. Der nachfolgende Audifahrer konnte offenbar nicht mehr rechtzeitig bremsen und kollidierte frontal mit dem verunglückten Ford. Beide Insassen des Audis verstarben noch an der Unfallstelle. Die traurige Unfallbilanz bringt zwei Tote und zwei Verletzte, nebst 40.000 € Sachschaden."

Ich legte die Zeitung beiseite und schluckte schwer. Wie sollte ich das Sandro nur beibringen? Er lag nach dem Unfall wegen einer komplizierten OP im Krankenhaus. Im wahrsten Sinne waren wir mit einem blauen Auge davongekommen. Mein Gesicht war blau-grün-gelb verfärbt. Dazu hatte ich ein Schleudertrauma und das rechte Handgelenk war verstaucht. Offenbar hatte mein Schutzengel gestern Überstunden gemacht, um mich zu retten. Sandros Bein und Nase waren gebrochen. Durch den Aufprall waren die Airbags ausgelöst worden und hatte uns mitten ins Gesicht getroffen. Zumindest hatte man mir das so mitgeteilt. Ich war erst im Krankenhaus wieder aufgewacht. Die Erinnerung an den Unfall war nur schemenhaft. Dass das Paar im entgegengekommenen Fahrzeug tot war, erschreckte mich zutiefst. Mein Herz schlug schmerzhaft in meiner Brust. Mir war kalt. Ich zitterte. Wie kämen wir nur mit dem Wissen um den Tod zweier Unbekannter klar?

Melissa saß neben mir auf der Bank des Krankenhausvorplatzes, auf der wir auf den Ausgang von Sandros OP warteten.

„Wie haben wir das nur überlebt?“, fragte ich.

„Ich weiß es nicht. Selbst die Polizei ist überrascht.“

„Warum haben sie es nicht geschafft?“, fragte ich weiter, als hätte Melissa nichts gesagt.

„Vielleicht ist es nicht clever, so jung schon einen so hochmotorisierten Audi zu fahren. Nicht um sonst kann man manche Autos erst ab einem gewissen Alter mieten.“

„Weißt du, was das für ein Fahrzeugtyp war?“

Melissa schüttelte den Kopf. „Auf jeden Fall scheint es das Auto des Vaters vom Fahrer gewesen zu sein.“

Ich biss mir auf die Unterlippe und Tränen stiegen mir in die Augen. „Wie soll ich das nur Sandro sagen?“

Melissa zog mich in ihre Arme und hielt mich fest. Immer heftiger weinte ich.

„Es ist doch nicht eure Schuld.“

Schniefend löste ich mich von ihr. „Wir haben uns unterhalten. Er war mit Sicherheit meinetwegen abgelenkt. Es ist alles meine Schuld.“

„Nein! Das ist weder Sandros noch deine Schuld!“

Ich konnte mich nicht gut genug erinnern, aber tief in mir drin, wusste ich, dass wir schuldig waren.

Als Francesca völlig übernächtigt mit roten Augen zu uns kam, zog sie mich sofort in ihre Arme. Sie war seit gestern Abend ununterbrochen im Krankenhaus gewesen, um ihren Sohn und auch mir beizustehen.

„Er wird schon wieder. Die OP ist zu Ende. Er ist im Aufwachraum. Es ist alles gut verlaufen.“

Eine tonnenschwere Last fiel von mir ab.

„Aber hältst du es für eine gute Idee, hier draußen mit

deinem Schleudertrauma zu sitzen? Hast du deine Eltern endlich angerufen?"

Ich hob die Zeitung von der Sitzfläche und reichte ihr wortlos den aufgeschlagenen Artikel. Mit einem fragenden Blick ergriff sie diese, begann zu lesen und schaute nicht eher wieder auf, bis sie den Unfallbericht zu Ende gelesen hatte. Ihr mitleidiger Blick schmerzte fast so sehr wie die Tatsache an sich. Zwei Menschen waren unseretwegen gestorben.

„Wie sagen wir ihm das?"

Francesca setzte sich neben mich auf die Bank und zog mich an ihre Brust. Ihr schweres Parfüm umschloss mich. „Ihr werdet das schon schaffen."

Hoffentlich würde sie recht behalten. „Machen wir das zusammen?"

Sie nickte. „Ich bin so froh, dass euch nichts Schlimmeres passiert ist."

Am Abend war Sandro wieder auf seinem Zimmer und wach. Als ich reinkam, fiel mein Blick direkt auf ihn. Er sah so lädiert aus, wie ich mich fühlte. Wir hatten uns vor der OP nur kurz gesehen, um so froher war ich, jetzt endlich wieder bei ihm zu sein. Francesca wollte noch mit dem Arzt sprechen. Aus diesem Grund durfte ich zuerst hinein.

„Wie geht es dir?", fragte er, sobald ich auf einem Stuhl saß.

„Ich habe die letzte Nacht in der Notaufnahme verbracht, bin dann kurz nach Mitternacht auf die Station gebracht worden, wo sie mich dann bis heute Morgen beobachtet haben. Da so weit alles erstmal unauffällig war, haben sie mich nach dem Frühstück entlassen." Ich wollte nicht darüber reden. Mir war viel wichtiger, wie es Sandro ging, denn ich kam schon wieder in Ordnung. „Wie geht es dir?"

„Der Nasenverband stört und die Nase tut auch weh“, antwortete Sandro. „Was ist denn mit den anderen?“

Ich schaute ihn fragend an. Erinnerte er sich noch an mehr als ich? „Welche anderen?“

„Die im Audi, die in uns hinein gefahren sind.“

Ich biss mir auf die Unterlippe. Als es an der Zimmertür klopfte, atmete ich erleichtert auf.

Francesca kam ins Zimmer gestürzt und umarmte ihren Sohn sofort, der vor Schmerz aufstöhnte. „Wie geht es meinem Bambino?“

„Es geht schon.“ Räuspernd schaute er zu mir und dann wieder zu seiner Mutter. „Was ist mit den Leuten im Audi?“

Ich wechselte einen Blick mit Francesca. Hoffentlich würde sie es ihm sagen, denn ich brachte es nicht über meine Lippen.

Sie ergriff seine Hand. „Es tut mir so leid, mein Bambino. Sie haben es nicht geschafft.“ Ihr Blick war so liebevoll, dass mein Herz schwer wurde.

Sandro setzte sich auf, keuchte und ließ sich wieder in die Kissen sinken. „Was heißt das?“

Ich ergriff seine andere Hand und hielt sie ganz fest. „Sie sind beide gestorben.“

Sandros Augen weiteten sich. „Tot?“

Francesca und ich nickten stumm.

Seine Mutter streichelte sanft seinen Unterarm, doch Sandro entriss sich unwirsch unseren Berührungen. Ihm stiegen die Tränen in die Augen. „Lasst ihr mich bitte allein?“

Ich wollte nicht gehen. Ich wollte bei ihm bleiben und seine Hand halten. Ihn auffangen, doch er entzog sich mir und wandte den Blick ab.

Francesca gab mir ein Zeichen. Gemeinsam verließen wir

das Zimmer. Kaum war die Tür ins Schloss gefallen, brach ich in Tränen aus.

„Gib ihm etwas Zeit", flüsterte sie, nahm mich in den Arm und strich mir sanft über den Rücken. „Ihr braucht beide Ruhe und ein Schläfchen nach der ganzen Aufregung."

Wie sollte ich nach alldem, schlafen und Seelenruhe finden? Ich war körperlich zwar erschöpft, aber mein Kopf war so voller Sorgen und Gedanken.

„Ich bring dich heim", entgegnete Francesca, die, ohne Widerworte abzuwarten, meinen Arm ergriff und mich zum Ausgang bugsierte.

„Wird er damit fertig?"

„Das wird er. Da bin ich mir sicher. Sandro ist zäh."

45

Zwei Wochen später war die Welt immer noch aus den Fugen. Seit seiner Entlassung drei Tage nach der OP, meldete sich Sandro nur spärlich bei mir. Ich versuchte, unsere Nähe wieder herzustellen, scheiterte jedoch kläglich. Egal, wie oft ich bei ihm klingelte, er ließ mich nicht an sich heran. Ich war verzweifelt. Am liebsten hätte ich die Tür aufgebrochen, um nach ihm zu sehen und ihn endlich wieder in meine Arme zu schließen. Mich davor stehen zu lassen, ohne sich zu regen, war mittlerweile so vertraut wie einst seine Lippen.

Außerdem telefonierte mir mein Chef ständig hinterher, weil ich schon wieder krankgeschrieben war. Was er genau wollte, wusste ich nicht. Bisher hatte ich nicht abgenommen. Ich hatte nicht die Energie, mich für meine Verletzungen zu rechtfertigen.

Wenn ich nicht gerade um Sandro kämpfte, verbrachte ich die Zeit im Bett – weinend, erschöpft und völlig überfordert von den wiederkehrenden Albträumen. Ich schlief hundsmiserabel und lag viele Stunden wach, ehe ich überhaupt eine Minute Schlaf fand. Dazu kamen die Schmerzen meiner Verletzungen sowie die Abszesse, die durch all den Stress erneut die Macht unter und auf meiner Haut ergriffen. Wenigstens waren die Verfärbungen im Gesicht fast verschwunden.

Trotzdem war es zermürbend. Ich wollte nur raus hier. Mein Leben war nicht mehr dasselbe wie vor dem Unfall. Würde es jemals wieder so werden? Was würde aus Sandro und mir? Wieso ließ er mich nicht an sich heran? Was hatte ich nur getan, dass er mich von sich schob?

Ich war bei der Krisenhilfe im Nachbarort gewesen und hatte mich dort beraten lassen, weil ich das Gefühl hatte, allein nicht mehr klarzukommen. Das Gespräch hatte mir zumindest insofern geholfen, dass ich wusste, wie ich an einen Therapieplatz kommen könnte – wenn ich denn bereit dazu wäre. Außerdem waren die Mitarbeiter sehr einfühlsam, was mir immens geholfen hatte. Jetzt hatte ich zumindest begriffen, dass es ein Unfall war und keiner von uns die Schuld daran trug. Solche Sachen passierten eben.

Trotzdem war dadurch nicht alles wieder gut. Wenngleich mein Gehirn wusste, wie der Unfall logisch zu betrachten war, hatten das Herz und der Magen weiterhin eine komplett andere Meinung dazu. Mir war ständig übel und mein Herz stach ungemein. Ich fühlte mich so einsam und allein wie schon lange nicht mehr. Egal, ob ich Sandro etwas selbst Gekochtes vorbeibrachte oder ihm anbot, Einkäufe zu erledigen, ich kam an meinen Freund nicht heran. Er öffnete nicht einmal die Tür. Dabei würde es uns beiden sicherlich helfen, wenn wir es gemeinsam durchstehen könnten.

Ich hatte einige Telefonate mit Francesca geführt, doch sie schien ebenfalls kaum an Sandro heranzukommen. Durch sein gebrochenes Bein war er weiterhin krankgeschrieben. Wie er seinen Alltag allein bestritt, war mir ein Rätsel.

Ich unternahm viele Spaziergänge. Die Unruhe in mir förderte einen Bewegungsdrang. Nach einem kleinen Spaziergang kam ich auch heute nach Hause. Der Postkasten war voller Werbeflyer. Zwei Briefe waren ebenfalls dabei. Ich erschrak, weil einer von meinem Arbeitgeber kam. Für die Lohnabrechnung war es noch viel zu früh. Nervös riss ich den Umschlag auf und holte zitternd das Blatt Papier heraus.

Als ich *Kündigung* fett gedruckt im Betreff las, fiel mir der

Brief zu Boden. Tränen stiegen in meine Augen. Wieso kündigte er mich? Durfte er das?

Ruhelos streifte ich durch die Wohnung. Was war jetzt zu tun? Durfte er mich trotz Krankschreibung kündigen? War man da nicht geschützt? Hatte ich eine Rechtsschutzversicherung, sodass ich im Notfall dagegen vorgehen könnte? In meiner Panik griff ich zum Smartphone und schrieb Melissa, Bianca und Nele mit dem jeweils gleichen Nachrichtentext an.

> *Louisa, 15:01 Uhr: Ich habe soeben die Kündigung von meinem Chef erhalten. Darf er das? Was mache ich jetzt nur?*

Nach dem Absenden wandelte sich die Panik in Verzweiflung. Würde das Arbeitslosengeld ausreichen, um die Wohnung halten zu können? Ich liebte es, hier am See zu wohnen, und würde nur ungern von hier wegziehen wollen.

> *Nele, 15:03 Uhr: Was für ein Arschloch! Der tickt doch nicht mehr sauber. Du hattest einen Unfall! Geh zum Anwalt!*

> *Melissa, 15:04 Uhr: Du musst dich umgehend beim Arbeitsamt arbeitssuchend melden, damit du keine Sperre erhältst.*

Das auch noch. Daran hatte ich bisher gar nicht gedacht. Zittrig taumelte ich an meinen Laptop und fuhr diesen hoch. Während ich wartete, kam wieder eine Nachricht.

Bianca, 15:08 Uhr: Schick mir mal ein Foto des Kündigungsschreibens. Ich ruf meinen Onkel an. Der ist Anwalt.

Mit wackeligen Beinen stand ich auf, klaubte den Brief vom Boden, strich das Papier glatt und fotografierte es. Erst beim dritten Anlauf bekam ich ein scharfes, nicht verwackeltes Foto zustande, das ich direkt an Bianca schickte.

Louisa 15:12 Uhr: Danke, würdest du ihn auch wegen Beihilfe für die Anwaltskosten fragen? Ich verdiene ja nicht sonderlich viel.

Bianca, 15:13 Uhr: Mache ich sofort. Melde mich schnellstens zurück!

Während ich versuchte, mich auf der Homepage des Arbeitsamts zurechtzufinden, meldete sich erneut mein Smartphone mit einer neuen Nachricht.

Bianca, 15:34 Uhr: Mein Onkel fragt, ob du schon mal eine Abmahnung erhalten hast.

Louisa, 15:35 Uhr: Nein. Ist die Kündigung nur mit Abmahnung wirksam?

Nervös drückte ich auf Senden und starrte auf mein Smartphone, doch es rührte sich nicht mehr. Ich wandte den Blick ab und fand dann endlich den Bereich zum online arbeitssuchend melden. Genervt startete ich den Registrierungsprozess. Als ich damit fertig war, klingelte mein Smartphone. Biancas Name blinkte auf dem Display auf.

„Hallo Bianca."

„Hi, ich dachte, bevor ich das jetzt alles tippe, sprechen wir schnell direkt!"

„Das macht Sinn." Ich schob den Laptop von meinem Schoss und stand auf, um durch die Wohnung zu laufen. „Was hat das Gespräch mit deinem Onkel ergeben?"

„Die Kündigung ist auf den ersten Blick unwirksam, weil er dich verhaltensbedingt kündigt, aber dafür muss man immer zuerst abgemahnt werden. Damit er dich wegen einer Krankheit entlassen kann, muss er nachweisen können, dass weitere Krankentage zu erwarten sind. Weiß er, warum du vorher krankgeschrieben warst?"

Ich schüttelte den Kopf, aber dann fiel mir ein, dass sie mich gar nicht sah. „Nein, ich habe es ihm nicht gesagt. So oft war ich auch gar nicht krankgeschrieben."

„Dein Chef ist auf jeden Fall ein Trottel. Eine unwirksame Kündigung auszustellen, ist so dumm."

„Und was mache ich jetzt? Ihn anrufen und auslachen, dass er dazu zu blöd ist?"

„Bloß nicht. Mein Onkel sagt, du sollst die Füße stillhalten. Er fragt, ob du gewerkschaftlich organisiert bist."

Ich überlegte, doch dann fiel mir ein Stein vom Herzen. „Ja, ich bin in der ver.di."

„Louisa, das ist sehr gut. Ruf dort an. Die Gewerkschaft hilft dir und regelt das alles für dich."

Beflügelt von den guten Nachrichten lehnte ich mich an die Küchentheke und atmete tief durch. „Danke Bianca. Das hilft mir gerade so enorm."

„Gerne. Es tut mir echt leid, dass du das alles jetzt auch noch durchstehen musst. Wie geht es dir denn?"

„Ich habe Nackenschmerzen und mein Handgelenk ist auch noch nicht wieder in Ordnung."

„Wie geht es Sandro?"

Beim Klang seines Namens schossen mir Tränen in die Augen. Ich unterdrückte mit einiger Mühe ein Wimmern und räusperte mich. „Ich weiß es, ehrlich gesagt, nicht. Er lässt mich kaum an sich heran."

„Wieso? Ihr seid doch zusammen in den Kurzurlaub gefahren? Lief es dort nicht so gut wie sonst?"

Die Worte bohrten sich in mein Herz wie eine Dolchspitze. Es schmerzte zu hören, was einmal war und von jetzt auf gleich nicht mehr zu existieren schien.

„Ich habe so Vieles versucht, doch er blockt alles ab. Er lässt mich nicht einmal in seine Wohnung." Ich klammerte mich an die Küchenarbeitsplatte und nahm allen Mut zusammen, um zu sagen: „Unter Umständen war das sein Ausweg. Der Unfall hat ihm endlich die Möglichkeit gegeben, mich wieder loszuwerden, ohne dass er es auf die Akne Inversa schieben musste."

„Meinst du wirklich?", fragte Bianca und klang zweifelnd. „Vielleicht braucht er auch einfach ein bisschen mehr Zeit … ich meine, ihr hattet einen schweren Autounfall." Sie stoppte und dennoch dachte ich wieder an den Moment, als das Auto auf uns zufuhr.

Ich fixierte meinen Blick auf die Wanduhr, bei der sich der Sekundenzeiger langsam vorwärtsbewegte. „Wir hatten das erste Mal Sex an dem Wochenende und jetzt will er quasi nichts mehr von mir wissen. Wäre ein komischer Zufall oder meinst du nicht?"

„Hmm …"

„Ich mein, er blockt alles ab. Jede Nachricht. Ich habe ihm mehrfach Essen gebracht und er hat einfach die Tür nicht geöffnet … Ich weiß nicht mehr, ob sich weiterkämpfen lohnt."

„Wenn du ihn von ganzem Herzen liebst, zahlt sich der Kampf immer aus. Gib ihm die Zeit. Sei so geduldig, wie er es mit dir war."

Zweifelnd kratzte ich mich an der Stirn. Was sollte ich dazu nur sagen?

„Ich weiß, es ist aktuell dunkel auf weiter Flur bei dir, aber bitte gib nicht auf", fuhr Bianca fort. „Ich höre mich in der Zwischenzeit um, ob ein anderer Supermarkt eine Angestellte sucht. Lass den Kopf nicht hängen. Es wird weitergehen!"

„Danke, Bianca."

Eine Stunde später hatte ich für den nächsten Tag einen Termin bei der Gewerkschaft organisiert und mich online arbeitssuchend gemeldet, sodass diese Formalitäten wenigstens erledigt waren. In der Küche kochte ich mir einen Tee und schaute sehnsüchtig durch das Fenster hinüber zu Sandros Wohnung. Wie viel Freiraum sollte ich ihm lassen?

In dieser Situation brauchte ich ihn mehr denn je zuvor. Ich wollte ihm geben, was er brauchte, doch ich konnte es nicht. Das Vermissen war mittlerweile so schmerzhaft, dass ich es kaum noch aushielt. Da er hin und wieder auf meine Nachrichten antwortete, griff ich nach dem Smartphone und tippte eine.

Louisa, 16:46 Uhr: Mein Chef hat mir die Kündigung geschickt.

Während ich wartete, dass Sandro reagierte, kaute ich auf meinen Fingernägeln herum. Eine neue schlechte Angewohnheit, der ich früher nie nachgegangen war, doch seit dem Unfall war es mir kaum möglich, es sein zu lassen. Als endlich der erlösende Ton einer neueingegangenen Nachricht ertönte, griff ich hektisch nach dem Smartphone, sodass es zuerst auf den Boden fiel. Gott sei Dank blieb das Display heil.

Sandro, 16:53 Uhr: Komm rüber.

Zwei Worte, die mein Herz höher schlagen ließen. Würden wir jetzt wieder in unsere Beziehung zurückkehren und er mir endlich erlauben, ihm beizustehen?

46

Sobald ich bei Sandro auf der Couch saß, sehnte ich mich nach dem vertrauten Gefühl der Geborgenheit, aber es war so kühl und distanziert zwischen uns, dass es kaum vorstellbar war, wie wir uns jemals so nah gewesen sein konnten. Zur Begrüßung hatten wir uns noch nicht einmal geküsst. In der Wohnung lagen allerhand Sachen herum. Dreckiges Geschirr türmte sich in der Küche. So unordentlich hatte ich es hier noch nie zuvor gesehen.

„Soll ich uns etwas zu trinken holen?“, fragte ich, damit Sandro nicht noch einmal mit seinen Krücken loshumpeln musste.

Er nickte stumm. Ein ungepflegter Bart verunstaltete sein sonst so ebenmäßiges Gesicht. Ich holte zwei Flaschen Wasser aus der Küche und setzte mich wieder ihm gegenüber.

„Wieso hat dein Chef dir gekündigt?“ Sein Blick war traurig und seine Augen wirkten so müde und leer.

„Mein Chef hat das im Kündigungsschreiben nicht begründet, doch der Onkel von Bianca meinte, das Ganze sei unwirksam. Er hat verhaltensbedingt gekündigt, aber es gab gar keine Abmahnung und die muss es erst geben.“

Er nickte schweigend. Auf seinem T-Shirt waren Flecken. Ich suchte nach seinem Blick, doch er wich mir aus.

Die Spannung zwischen uns war nahezu greifbar. Würde es je wieder so werden wie zuvor? Hatten wir überhaupt eine Chance oder sah ich das Ganze zu Schwarz?

„Wie ist es bei dir?“

Die Verfärbungen in seinem Gesicht sahen schon besser aus als beim letzten Mal. Außerdem war der Nasenverband verschwunden. Es klebte nur noch eine Schiene auf seinem Nasenrücken.

„Das Nasenmoped werde ich diese Woche los. Den Gips werde ich noch ein Weilchen tragen", sagte Sandro und deutete auf sein Bein. „Es juckt allmählich."

Am liebsten wäre ich aufgestanden, zu ihm hinübergegangen und ihn einfach geküsst, aber durfte ich das überhaupt? Ich war so verunsichert.

„Was ist mit uns?"

Sandro sah mich nicht an.

„Sind wir noch zusammen?", fragte ich, obwohl es mir die Kehle zuschnürte.

Ich war nicht bereit, eine negative Antwort zu erhalten, doch dieser distanzierte Zustand zermürbte mich noch viel mehr. Ich liebte ihn. Und er liebte mich doch auch, oder nicht?

Sandro trank einen Schluck seines Wassers. Noch immer sah er mich nicht an.

„Sind wir ein Paar oder nicht?" Ich spürte, wie die Panik in mir wuchs. „Ich verstehe dein Leid, aber lass dir doch von mir helfen. Du musst da nicht allein durch."

Er schwieg weiterhin.

„Sandro, sprich doch endlich mit mir. Was ist denn los? Erst sagst du mir, dass du mich liebst, schläfst mit mir viele Male in diesem Hotel und jetzt tust du so, als gehe dich unsere Beziehung nichts mehr an." Kurz wartete ich auf eine Reaktion, doch von Sandro kam weiterhin nichts. „Wolltest du ebenfalls nur über mich her, damit sich der Aufwand gelohnt hat, und mich dann wieder loswerden? War das alles nur ein Plan, um mich rumzukriegen?" Mit jedem Wort wurde ich hysterischer.

„Ich brauche jetzt Zeit für mich. Fängst du schon wieder an, deine Zweifel auf mich zu projizieren?"

„Was soll ich denn sonst bei deinem Verhalten denken? Du schweigst mich an, reagierst die meiste Zeit nicht auf meine Nachrichten und bist so kalt und abweisend zu mir!“

„Hast du überhaupt eine Vorstellung, wie es ist, zwei Menschen auf dem Gewissen zu haben? Und jetzt noch deinen verdammten Job?“, fragte Sandro wild gestikulierend. „Sei froh, dass dieser Mistkerl von Chef dich gekündigt hat und du endlich einen Grund hast, deiner wahren Bestimmung zu folgen. Schreib dich für das nächste Semester ein. Studiere BWL, Wirtschaftsrecht oder was immer dir gefällt. Du kriegst Arbeitslosengeld und nimmst dir Zeit für dich, bis es mit dem Studium losgeht.“

Es war lange her, dass wir darüber gesprochen hatten, doch er erinnerte sich. Ich biss mir auf die Unterlippe.

Sandro holte tief Luft. „Dir stehen jetzt alle Türen offen, aber ich muss lernen, weiterzuleben mit dem Wissen, dass ich das Wetter unterschätzt habe und meinetwegen zwei junge Menschen gestorben sind. Es ist ganz und gar meine alleinige Schuld, weil ich nicht auf dich gehört habe und nicht langsamer gefahren bin. Hast du überhaupt eine Vorstellung, wie es in mir aussieht?“

Stille Tränen liefen über meine Wangen und wurden mit jedem Wort, das er sprach, mehr. An seine Sicht auf den Unfall hatte ich schon gedacht, aber irgendwie war mein Fokus immer wieder bei mir und meinen Bedürfnissen gelandet. „Warum sprichst du dann nicht mit mir?“

„Wenn es so leicht wäre, Loui!“ Sandro seufzte kraftlos. „Ich bin fix und fertig. Ich kann nicht mehr.“ Ihm standen Tränen in den Augen.

Ich wollte aufstehen und ihn in den Arm nehmen, ihn festhalten, bis es wieder besser wurde, doch ich konnte es nicht. Es funktionierte nicht. Meine Beine gehorchten mir nicht. Zu tief war die Angst, dass er mich erneut fortstieß. Wie im Krankenhaus.

Als ich einfach gehen sollte, statt ihn zu trösten.

„Sandro, das war ein Unfall. Das ist weder deine noch meine Schuld. Wie kann ich dir helfen?"

„Gib mir Zeit – einfach nur Zeit. Ich weiß, du musst hören, dass ich dich weiterhin liebe, aber ich kann uns beide im Moment nicht auffangen. Dafür reicht meine Kraft nicht."

Ein Kloß bildete sich in meinem Hals. Ich hatte die Kraft, uns beide aufzufangen, wenn er mich nur lassen würde.

„Ich war bei der Krisenhilfe im Nachbarort. Das hat mir enorm geholfen. Soll ich dir ebenfalls einen Termin dort machen? Oder sollen wir ein paar Therapeuten anrufen, damit du professionelle Hilfe bekommst?"

„Das bringt doch alles nichts. Weißt du überhaupt, wie lange man in Deutschland auf einen Therapieplatz wartet?" Er winkte ab.

„Du hast ein Trauma und brauchst Hilfe. Die sind verpflichtet, dir zumindest ein Erstgespräch anzubieten."

„Dafür muss man aber genauso bereit sein, sich therapieren zu lassen. Ich halte von dem Konzept nichts. Ich schaff das schon. Es dauert eben."

Warum ließ er sich denn nicht helfen? Wollte er lieber wie ein Verdurstender durch die Wüste irren, statt an der nächsten Oase anzuhalten?

„Die meisten psychischen Erkrankungen benötigen eine schnelle Behandlung, deswegen spricht man bei Depressionen auch davon, bereits nach nur zwei Wochen nach Beginn der Symptome zum Hausarzt zugehen und das nicht mit sich selbst auszumachen."

„Ich bin nicht depressiv! Ich muss das nur erst verdauen und das dauert nun mal länger als vierzehn Tage." Er schlug mit der flachen Hand auf den Tisch. Sein Gesicht war wutverzerrt.

„Nein, aber du bist traumatisiert und dafür kann man auch Hilfe bekommen!“

„Ich brauch das nicht!“, rief er und ich hielt daraufhin besser meinen Mund.

Schweigend saßen wir da und tranken unser Wasser.

Nach einer Weile sagte ich in die Stille hinein: „Also willst du hier einfach sitzen und warten?“

Sandro nickte stumm.

„Und ich soll dabei von der anderen Straßenseite aus zusehen?“

Erneut machte er eine zustimmende Kopfbewegung.

Ich schüttelte den Kopf und musste ein Schnauben unterdrücken. Das brachte ihn nicht weiter. War ihm das nicht klar? Nele hatte mal diese berührende Rede gehalten und hatte Bianca und mir gesagt, dass wir unser Leben beim Schopfe packen sollten, um aus unserem Schicksal Narbengold zu machen. Das galt doch für diese Situation genauso.

„Sandro … Das kann doch nicht dein Ernst sein.“

„Geh einfach.“

Ich starrte ihn einen Moment lang an.

„Jetzt geh verdammt nochmal und lass mich alleine!“

Erschüttert stand ich auf und lief langsam zur Tür. In der Hoffnung, dass er wieder zu Verstand kommen und mich zurückhalten würde, aber nichts geschah. Leise zog ich die Wohnungstür hinter mir ins Schloss. Ich lehnte meinen Hinterkopf an das kalte Holz und kniff die Augen zusammen, damit ich nicht auf der Stelle losheulte.

Wieso zum Teufel ließ er sich denn nicht von mir oder irgendjemand anderem helfen? Das hier war doch kein Zustand, um das zu verarbeiten. Allein würde er das nie schaffen.

47

Die Tage zogen sich wie Kaugummi, dennoch waren schon wieder anderthalb Wochen vergangen. Zum Glück war es Freitag und damit fast Wochenende. Mein Handgelenk war endlich wieder normal belastbar. Die Verfärbungen im Gesicht waren ebenfalls verschwunden.

Der Termin bei der Gewerkschaft hatte mich erleichtert. Sie hatten den Fall an sich genommen und die nötigen Schritte eingeleitet. Mit Biancas Hilfe hatte ich meine persönlichen Sachen aus der Filiale geholt und mich von den Kollegen verabschiedet. Dafür hatte ich extra einen Tag gewählt, an dem mein Chef nicht da war. Ich wollte mich ihm nicht stellen. Der würde seine Abreibung noch vor dem Arbeitsgericht bekommen.

Sandros Vorschlag folgend, hatte ich sogar eine Studienberatung durch das Arbeitsamt organisiert, an der ich gestern teilgenommen hatte. Voller Tatendrang saß ich am Laptop und suchte die Unterlagen zusammen, die ich für die Bewerbung um einen Studienplatz benötigte.

Trotz allem war ich verzweifelt, da sich Sandro weiterhin so vor mir verschloss und mich aus seinem Leben ausgrenzte. Ihn zu zwingen, einen Therapeuten aufzusuchen, war nicht möglich, aber ungeachtet dessen schmerzte es mich ungemein, dass er sich nicht helfen ließ. Außerdem war mir immer noch ständig übel. Da meine Menstruation zwar etwas verspätet, aber dennoch gekommen war, machte ich mir darüber keine weiteren Gedanken.
Offenbar stressten mich die derzeitigen Umstände.

Nachdem ich mich mit drei Onlineportalen verschiedener Universitäten herumgeschlagen hatte, um mich dort für einen Studienplatz zu bewerben, gab ich für heute auf.

Ich war nicht mehr konzentriert genug. Spontan schrieb ich daher Nele an.

Louisa, 16:23 Uhr: Huhu! Hast du Lust, heute Abend mit mir ins Kino zu gehen?

Ich wartete auf eine Antwort und schaute nebenher schon einmal in die Programmübersicht des örtlichen Kinos. Gestern waren einige neue Filme angelaufen. Etwas Ablenkung bei all dem Drama würde mir zweifellos helfen. Außerdem war das Kino fußläufig zu erreichen. Damit war es unnötig, in ein Auto zu steigen, was mir weiterhin Angstschweiß auf die Stirn trieb.

Nele, 16:26 Uhr: Hi! Ich bin leider schon verabredet. Ein anderes Mal? Schönen Abend!

Enttäuscht blies ich mir eine Haarsträhne aus dem Gesicht und schrieb Bianca an. Sie war zwar eher Fan von Actionfilmen, und vor allem diese Superheldenfilme hatten es ihr angetan, aber selbst das war besser, als hier allein herumzuhängen und meinen Gedanken nachzuhängen.

Louisa, 16:27 Uhr: Huhu! Hast du heute Abend schon etwas vor?

Bianca, 16:27 Uhr: Ich bin mit meinem Freund verabredet. Wir gehen ins Kino. Magst du dich uns anschließen?

Enttäuscht lehnte ich ab. Ich hatte kein Interesse, das fünfte Rad am Wagen zu sein. Zuletzt schrieb ich Melissa an, in der Hoffnung, dass wenigstens sie bislang nichts vorhatte.

Louisa, 16:29 Uhr: Hey Melissa, wie geht es dir? Hast du Zeit und Lust, heute Abend etwas zu unternehmen?

Melissa, 16:30 Uhr: Huhu, leider habe ich schon meiner Schwester zugesagt, ihr zu helfen, die Tapete von den Wänden zu reißen, und wir sind noch immer nicht fertig. Wenn du Lust hast, komm doch dazu?

Melissas Schwester war so anstrengend. Außerdem schmerzten mir die Achseln mal wieder. Dabei würde Tapeten abreißen nicht sonderlich hilfreich sein.

Louisa, 16:31 Uhr: Nein, danke für den Vorschlag. Ich muss mich noch etwas schonen nach dem Schleudertrauma. Liebe Grüße an deine Schwester.

Demzufolge würde ich offenbar den Abend allein verbringen – wieder einmal. Ich hatte schon lange nicht mehr so viele Freundinnen gleichzeitig und dennoch waren alle anderweitig verabredet und hatten keine Zeit für mich. Das war doch blöd.
Ich zog den letzten Strohhalm, obwohl er faktisch hoffnungslos war, aber einen Versuch war es mir wert.

Louisa, 16:33 Uhr: Hast du Lust, dass ich rüberkomme und wir zusammen etwas kochen?

Nachdem ich die Nachricht abgeschickt hatte, wartete ich ungeduldig auf eine Reaktion von Sandro. Ich wusste, er benötigte Zeit, aber seit unserem letzten Gespräch waren mittlerweile schon wieder anderthalb Wochen vergangen. Die Sehnsucht machte mich verrückt. Vielleicht ging es ihm ja auch so und er traute sich nach seinen forschen Worten nicht mehr, mir das zu sagen? Wann würde es endlich wieder alles so sein wie früher? Wie weit war er mit seinem Alleingang, den er Traumabewältigung nannte? Fast eine halbe Stunde später ertönte der Nachrichteneingangston.

Sandro, 17:00 Uhr: Aber nur ohne Drama.

Ich atmete tief durch und versuchte, so humorvoll wie möglich zu antworten.

Louisa, 17:01 Uhr: Ich kann nicht versprechen, dass ich nicht beim Zwiebelschneiden weinen werde.

Sandro, 17:03 Uhr: So viel Drama halte ich gerade noch aus. Dann komm gern rüber. Ich habe aber nicht massig Vorräte da.

Louisa, 17:04 Uhr: Kein Problem, ich bring alles Nötige mit.

Vollbepackt stand ich wenig später vor Sandros Wohnungstür. Er benötigte weiterhin seine Krücken, sodass es ihm unmöglich war, mir etwas abzunehmen. Gemeinsam liefen wir in die Küche.

„Was planst du denn zu kochen?“, fragte Sandro, als ich anfing, die Zutaten auszupacken.

„Ich hatte an Kartoffelgratin gedacht.“

Er holte ein paar Sachen aus dem Schrank. Ständig stand er auf einem Bein. Ich konnte es gar nicht mit ansehen.

„Sag mir doch, wo was liegt. Dann hol ich es selbst heraus.“

„Ich schaff das schon." Sandro humpelte mit einem Schneidebrett und einem Schälmesser zum Tisch.

Nachdem er unfallfrei beim Küchentisch angekommen war, atmete ich beruhigt auf.

„Ist irgendetwas?", fragte Sandro.

„Nein, alles in Ordnung!"

Es fühlte sich ein wenig so an, als wenn ich auf rohen Eiern lief. Ich stellte Sandro die Kartoffeln hin.

„Schälst und schneidest du sie bitte? In Scheiben", fragte ich, um ein Lächeln bemüht.

Sandro nickte und machte sich sofort an die Arbeit. Es war still zwischen uns. Ich überlegte, was es Neutrales zu erzählen gab. War es jemals zuvor zwischen uns so schwierig gewesen wie heute?

Vor dem Unfall hatten wir über alles gesprochen, doch jetzt war ich verkrampft und empfand es als anstrengend, hier zu sein.

„Darfst du deinen Fuß schon belasten?", fragte ich, während ich die Zwiebeln schälte.

„Nein, der Gips wird erst nächste Woche entfernt und dann fängt die Krankengymnastik an."

„Hast du denn noch Schmerzen?"

Sandro schüttelte den Kopf. „Wie ist es bei dir?"

„Ich habe nur etwas Nackenschmerzen vom Schleudertrauma, aber sonst ist es so weit alles wieder in Ordnung."

„Und deine Akne Inversa?"

„Wie immer", antwortete ich und zuckte mit den Achseln.

Da lief die erste Träne vom Zwiebelschneiden die Wange hinunter. „Sorry, ich muss jetzt die Zwiebeln mit Drama schneiden!"

Sandro schaute auf und grinste mich müde an.

Mein Herz ging auf. Wann hatte er mir das letzte Mal ein

Lächeln geschenkt? Ich wischte mir mit dem Handrücken die Träne aus dem Gesicht und schnitt zügig die Zwiebeln zu Ende. Danach holte ich eine Schüssel hervor und schlug die Eier auf, mischte sie mit Sahne und schaute in Sandros Gewürzregal nach Salz, Pfeffer und Muskatnuss.

„Mist! Ich habe die Speckwürfel vergessen. Hast du welche da?“, fragte ich, als ich sie in meinem Korb nicht fand.

„Ich glaube, ich habe Schinken im Kühlschrank. Geht das auch?“ Er wollte schon aufstehen, doch ich gab ihm ein Zeichen, sitzen zu bleiben, und lief zum Kühlschrank.

Er hatte tatsächlich noch ein paar Scheiben Schinken, die ich sofort in kleine Streifen schnitt.

„Hat der Unfall einen neuen Schub provoziert? Oder wodurch kommt das?“

„Der Unfall hat mich gestresst. Außerdem habe ich die Ernährung schleifen lassen“, entgegnete ich, während ich die Schinkenstreifen und die Zwiebel in die Eiersahne hineingab. „Hast du Petersilie oder Schnittlauch?“

„Schau mal im Kühlfach. Wenn ich es habe, dann dort in der gefrorenen Variante.“

Ich fand die Petersilie und gab einige Löffel in die angerührte Eiersahne.

„Sieht echt appetitlich aus, was du da anrührst. Ist das die Soße?“

Ich nickte und fettete dann Sandros Auflaufform.

„Mach das bloß ordentlich dick. Die Form ist echt tückisch.“

Da sich Sandros Verhalten zu normalisieren schien, entspannte ich mich und verließ die Hab-Acht-Stellung, in der ich mich seit meiner Ankunft befunden hatte.

„Und warum hast du dich nicht so an die Ernährung gehalten?“

Seufzend drehte ich mich um und warf ihm einen bedeutungsschwangeren Blick zu, den er mit einem fragenden erwiderte.

„Du hast gesagt, du willst kein Drama." Ich wandte mich ab. „Welchen Film hast du zuletzt gesehen?"

„Hast du meinetwegen weniger auf dich geachtet?"

Ich zuckte wortlos die Achseln. Wollte er jetzt über mein selbstzerstörerisches Verhalten sprechen? Was war aus seiner kein-Drama-Planung geworden?

„Ich möchte nicht, dass es dir schlecht ergeht. Bitte achte darauf."

Wieder zuckte ich die Achseln, ohne darauf einzugehen. „Wie weit bist du mit den Kartoffeln?" Ich sah zu ihm hinüber.

Er hatte schon sechs Stück geschält, aber bisher nicht geschnitten. Daher ging ich mit einem Messer zu ihm und schnitt sie in Scheiben. Sandro sah mich mit einem durchdringenden Blick an, doch ich konzentrierte mich auf die Kartoffeln, die vor mir lagen.

„Warst du denn bei dem Wundzentrum wegen dieser lAight-Therapie?"

Ich schüttelte stumm mit dem Kopf.

„Warum nicht?"

„Ich bin in wenigen Tagen arbeitslos. Da kann ich mir das ohnehin nicht leisten."

„Aber du bekommst doch dann Arbeitslosengeld."

Ich legte das Messer beiseite und hob den Blick. „Das ist aber deutlich weniger als mein bisheriges Einkommen. Ich werde auf Dauer eine kleinere und günstigere Wohnung suchen müssen."

„Warum?"

„Ich hatte gerade mal zweitausend Euro Bruttogehalt. Rechne es dir selbst aus, was davon netto übrig geblieben ist. Und das Arbeitslosengeld ist ja nochmal weniger. Damit sind keine großen Sprünge drin. Dafür ist die Wohnung mit direktem Seeblick zu teuer."

Sandro schluckte. „Das ist alles meine Schuld."

Ich schüttelte den Kopf. „Der hatte mich schon ewig auf dem Kieker. Er hätte mich definitiv über kurz oder lang rausgeworfen. Ich denke, ich werde dann zu meinen Eltern ziehen, bis ich eine neue Wohnung gefunden habe."

Sandro kaute auf seiner Unterlippe herum. „Du kannst zu mir ziehen."

Ich schüttelte den Kopf.

„Warum denn nicht?"

War das sein Ernst? Er verhielt sich über Wochen hinweg wie der letzte Einsiedler und wollte jetzt, dass ich bei ihm einzog?

„Du willst kein Drama, aber fragst mich nach meiner Erkrankung und jetzt auch noch, ob ich hier einziehe? Heute ist der erste Abend, an dem wir verhältnismäßig normale Zeit miteinander verbringen. Ist das dein Ernst?"

Sandro schaute mich perplex an, blieb aber stumm.

„Du hast mich seit unserem Urlaub nicht mehr angefasst, nicht mehr geküsst, mir nicht auch nur eine Sekunde gezeigt, dass ich dir wenigstens ein Fünkchen bedeute. Ich war genauso bei dem Unfall dabei. Mein Leben hat sich auch von einer Minute auf die nächste verändert. Spätestens für das Studium muss ich in eine günstigere Wohnung oder in ein Studentenwohnheim, sofern mich überhaupt eine Uni annimmt …"

„Moment mal … Du hast dich für ein Studienplatz beworben?", unterbrach mich Sandro in meinem Schimpfschwall.

Ich nickte.

„O Loui, das ist fantastisch!"

„Lenk nicht ab!", wies ich ihn an. „Du kannst nicht immer wieder dieses Lava-und-Eis-Spiel mit mir spielen!"

„Was spiele ich?"

„Dieses ständige Hin und Her, was wir eigentlich mit dem Beschluss, dass wir jetzt vernünftig sind und uns eine Chance geben, beendet haben. Seit dem Urlaub spielst du das erneut mit mir und ich will das nicht mehr. Entweder nehme ich jetzt wieder einen festen Platz in deinem Leben ein und du bekämpfst das verdammte Trauma mit mir an deiner Seite oder wir beenden das hier und heute. Ich kann das nicht mehr. Du fehlst mir und ich brauche einen Partner, auf den ich mich verlassen kann, wenn es hart ist und der mich andersherum nicht ständig wegschubst, wenn es ihm schlecht geht. Dafür ist man in einer Partnerschaft, damit man sich gegenseitig unterstützt."

„Ich weiß, ich war nicht fair dir gegenüber."

„Nicht fair?" Ich lachte auf. „Das ist ja wohl die Untertreibung des Jahres!"

Sandro schob seinen Stuhl näher an mich heran und ergriff meine Hand. „Loui, es tut mir leid. Ich wollte dir nicht so wehtun. Ich habe nur an mich und meinen Schmerz gedacht. Ich war bei der Krisenhilfe und habe mich dort beraten lassen. Du hattest vollkommen recht. Ich schaffe das nicht allein und die haben mir enorm geholfen, sodass ich bei einigen Therapeuten auf der Warteliste stehe."

Verdutzt sah ich ihn an. Er hatte auf mich gehört?

„Endlich verstehe ich diese Ohnmacht, die du mit der Akne Inversa durchmachst. Ich bin so machtlos. Meine Psyche macht, was sie will. Es ist so …" Er hielt nachdenklich inne und strich sich ein paar Locken aus dem Gesicht.

„Überfordernd?"

„Ja. Ich will nur noch zurück zum Anfang. Wieder an dem Strand spazieren gehen und dieses Glück spüren, dass du da bist.“ Er hielt inne. Seine Wangen färbten sich rot. „Ich hätte dich neulich nicht rauswerfen dürfen … Du fehlst mir so!“

Mein Herz setzte einen Schlag aus, um dann noch schneller zu schlagen. „Ich vermisse dich auch.“

Sandro beugte sich vor und küsste mich vorsichtig. Seine Lippen nach all der Zeit zu spüren, weckte die längst vergessenen Schmetterlinge in meinem Bauch auf. Ich intensivierte den Kuss und legte die Arme um seinen Nacken. Er sollte nicht aufhören, mich zu küssen. Zu lange hatte ich mich danach gesehnt.

Außer Atem lösten wir uns einige Minuten später voneinander und sahen uns tief in die Augen.

„Tu mir das nie wieder an“, flüsterte ich.

„Es tut mir leid. Wie kann ich das nur jemals wieder gutmachen?“

„Lass dir helfen, von mir, von deiner Familie oder von Ärzten und Therapeuten, aber stoß uns alle nicht einfach weg. Wir wollen nur dein Bestes.“

„Ja, du hast so recht.“ Sandro nickte.

„Außerdem schuldest du mir noch eine Information: Ich will endlich wissen, was bei der allerersten Übernachtung geschah.“

„Aber das ist doch mein Geheimnis.“ Sandro grinste.

„Wenn du mit mir zusammenwohnen willst, sollte ich das Geheimnis endlich kennen.“

„Ich liebe dich! Ziehst du hier bitte ein?“

„Erst das Geheimnis!“

Sandro fuhr sich mit den Händen durch die lockigen Haare und seufzte. „Na gut.“

Ich betrachtete ihn mit einem forschenden Blick, gespannt, was kommen würde.

„Was ist das Letzte, woran du dich erinnerst?“

48

„Wir hatten über die Ehe deiner Eltern gesprochen und du hast den Münzwurf gemacht.“

Sandro dachte kurz nach. „Danach hattest du noch eine Schmerztablette genommen und hast mein Weinglas geleert, statt eine neue Flasche Wasser zu holen. Ab da wurde es dann ziemlich witzig. Wir hatten Musik eingeschaltet und zusammen getanzt, bis ein langsames Lied kam.“ Sandro unterbrach sich. Sein Gesicht färbte sich tiefrot.

Was hatte das zu bedeuten? „Und warum hast du davon gesprochen, dass du anhänglich warst?“

„Nun ja …“ Sandro räusperte sich. „Das war schon sehr romantisch, wie wir getanzt haben.“

Das beantwortete noch immer nicht meine Frage. Warum antwortete er so ausweichend?

„Sandro“, ermahnte ich ihn drohend. „Ich ziehe nicht eher ein, bis ich einen detaillierten Bericht vorliegen habe, der erklärt, wie wir gemeinsam in meinem Bett gelandet sind.“

„Also gut!“ Sandro seufzte ergeben. „Beim Münzwurf habe ich genau genommen ausgewertet, ob ich es wagen sollte, bei dir zu übernachten.“

Damit hätte ich nie im Leben gerechnet. Mein Herz schlug mir schmerzhaft gegen die Brust.

„Nur übernachten oder willst du damit etwas umschreiben?“

„Nein, übernachten selbstverständlich! Ich war so verunsichert, ob du mich nicht rauswerfen oder es gar missverstehen würdest.“ Er raufte sich die Haare. „Als wir so tanzten und dieses langsame Lied kam, habe ich deine Nähe so genossen. Ich wusste sofort, dass ich es nicht über mich bringen würde, dich allein zurückzulassen. Gleichzeitig wusste ich aber auch, dass ich es nicht fertigbrachte, dich zu fragen, ob ich bleiben dürfte. Aber bitte glaub mir. Ich habe es nicht getan, um deine Wehrlosigkeit auszunutzen. Bitte verstehe das nicht falsch."

Diese Information musste ich für einen Moment schlucken. „Und was geschah dann?"

„Ich habe dich immer wieder geküsst. Ich konnte es auch nicht sein lassen. Du erinnerst dich doch, dass ich eben so viel Alkohol intus hatte."

Sein Blick war bange auf mich gerichtet. Ich bestätigte mit einem Nicken, das ich mich zumindest daran erinnerte.

„Nun ja. Irgendwann warst du müde und ich brachte dich ins Bett."

„Hast du mich denn wenigstens gefragt, ehe du dich zu mir gelegt hast?"

Er nickte. „Du fandest die Idee wirklich gut und hast dich bereitwillig an mich gekuschelt."

Warum machte er daraus so ein Geheimnis?

Ich betrachtete ihn eingehend. „Und das ist alles?"

Sandro schob sich ein paar Locken aus dem Gesicht. „Ich habe dir sogar meine Gefühle gestanden. Du hast gar nicht reagiert, sondern bist nahezu sofort eingeschlafen, nachdem du in meinen Armen lagst. Ich hingegen lag wach neben dir und habe dich eine ganze Weile betrachtet. Ich konnte mein Glück kaum fassen."

„Du hast was?"

Er nickte.

„Jetzt verstehe ich auch endlich, warum du auf mein Späßchen mit Frau Müller so komisch reagiert hast."

Sandro nickte erneut. „Außerdem war ich mir nicht sicher, ob du es tatsächlich nichts mehr wusstest oder nur so getan hast. Das war eben mein Schutzmechanismus."

„Meine Güte, wir hätten uns echt viel erspart, wenn wir

miteinander geredet hätten und du mir sofort geglaubt hättest, dass ich davon wirklich nichts mehr gewusst habe." Ich lachte.

„Also ziehst du nun bei mir ein?"

Meinte er das ernst? War es dafür nicht noch viel zu früh?

„Zieh' du doch zu mir. Ich habe den besseren Blick auf den See."

Als ob er dazu jemals ja sagen würde.

Grinsend küsste mich Sandro. „Ich ruf die Möbelpacker an. Das wird großartig."

Zwei Wochen später hatte Sandro seinen Gips endlich runter und war fleißig bei der Krankengymnastik sowie bei der Psychotherapie.

Wir hatten endlich wieder zueinander gefunden. Er ließ mich in sein Leben und es war schon fast wieder genau so harmonisch wie vor dem Unfall. Ich war weiterhin etwas zurückhaltend nach all dem Drama und den Verletzungen. Es brauchte eben seine Zeit.

Trotzdem hatten wir beschlossen, dass Sandro zu mir zog. Wir verbrachten ohnehin die meiste Zeit miteinander. Wenn es schiefging, dann war es nun mal so. Morgen würden sein Bruder Giovanni und sein Kumpel Alex vorbeikommen, um den Umzug zu erledigen. Sandros Mietvertrag war gekündigt. Damit hatten wir drei Monate, um den Umzug zu vollenden, doch Sandro wollte keine Zeit verlieren und zog sofort zu mir. Daher verbrachte ich die meiste Zeit mit dem Einpacken von Sandros oder dem Aussortieren meiner Sachen, die ich nicht mehr brauchte, damit wir beide Hausstände in die kleine Wohnung bekamen.

Am Abend saßen wir auf der Couch und entspannten uns von dem Tag.

„Wie verhütest du eigentlich? Findest du nicht, wir sollten über eine sicherere Methode als nur Kondome nachdenken?", fragte Sandro.

„Ich habe eine Zeit lang die Pille genommen, aber nach Elias habe ich damit aufgehört, weil ich keine Lust mehr auf Männer hatte."

„Würdest du sie denn für mich wieder nehmen?"

„Ja, warum nicht? Wir müssten uns aber die Kosten teilen."

Sandro machte eine wegwerfende Bewegung. „Das sollte kein Thema sein."

Am nächsten Morgen klingelte der Wecker früh. Während ich mich für den kurzen Besuch bei der Frauenärztin vorbereitete, kochte Sandro Kaffee. Seine Maschine war das Erste, was bei mir eingezogen war, weil er meine Kaffeemaschine leid war.

„Füllst du mir den in den To-Go-Becher?", fragte ich, während ich prüfte, ob meine Versichertenkarte in der Geldbörse war.

„Wie? Möchtest du nicht mit mir frühstücken, ehe du zur Frauenärztin fährst?"

„Meinen Berechnungen zufolge bekomme ich heute die Menstruation, demnach könnte ich dann direkt mit der Einnahme anfangen. Außerdem hat meine Ärztin freitags nicht so lange auf. Wenn ich früh komme, hoffe ich, dass ich auf jeden Fall gleich das Rezept erhalte. Ich bin mir nicht sicher, ob sie mich vorher untersuchen will."

„Gute Idee. Ab wann wirkt die Pille dann?"

„Sofort ab dem ersten Tag."

Sandro grinste. „Endlich weiß ich, was wir heute Abend machen."

„Während ich blute?" Ich sah ihn mit Skepsis an.

Sandro zuckte mit den Schultern. „Ich will dich immer. Egal, ob mit Eiter, Blut oder Abszessen.“

Ich gab ihm einen sanften Klaps gegen den Oberarm und nahm dann den fertigen To-Go-Becher von der Arbeitsplatte.

„Bis nachher.“ Nach einem kleinen Abschiedskuss verschwand ich.

Die Arzthelferin an der Anmeldung schien meinen spontanen Besuch nicht so witzig zu finden. Trotz der Erklärung, dass heute die Menstruation einsetzen würde und ich daher direkt mit der Pille beginnen wollte, sah sie nicht ein, mir ein Rezept auszustellen. Als meine Frauenärztin zufällig an die Anmeldung kam, wandte ich mich direkt an sie.

„Frau Doktor, ist es möglich, dass ich heute ein neues Pillenrezept bekomme? Meine Menstruation wird bald einsetzen und dann könnte ich direkt damit beginnen.“

„Frau Lange, wir geben die Rezepte bei Neueinnahme der Pille nur nach Untersuchung heraus. Lassen Sie sich bitte einen Termin geben.“

„Dann wäre ich erst in drei Monaten dran, hat Ihre Sprechstundenhilfe vorgeschlagen. Das ist mir aber zu spät.“

„Frau Hofmann, könnten Sie bitte einmal schauen, ob wir Frau Lange heute dazwischenschieben können?“, fragte sie ihre Sprechstundenhilfe.

Ich verkniff mir ein Grinsen.

„Wir sind voll.“

„Wissen Sie was Frau Lange, kommen sie eben. Die Acht-Uhr-Patientin ist noch nicht da, das dauert ja nicht so lange.“

Grinsend folgte ich der Frauenärztin in ihr Behandlungszimmer.

„Sind sie denn bereits sexuell aktiv?“, fragte sie, während ich mir die Hose auszog.

„Ja, wir verhüten mit Kondomen.“

Die Frauenärztin machte einen Ultraschall und schaute auf den Bildschirm. Dann hielt sie plötzlich inne und drückte ein paar Knöpfe. Das tat sie sonst nicht.

„Ich glaube, für die Pille sind wir etwas zu spät.“

„Das kann nicht sein. Ich habe jeden Monat pünktlich meine Menstruation bekommen und die Pille muss ich doch erst am ersten Tag der Blutung nehmen. Das wäre heute.“

Sie drehte den Bildschirm und zeigte auf einen winzigen Punkt.

Geschockt klappte mein Mund auf. „Was ist das?“

„Frau Lange, sie sind schwanger. Sechste Woche.“

„Das kann nicht sein. Wir haben Kondome benutzt.“

Die Ärztin drückte einige weitere Knöpfe und zog dann die Ultraschallsonde aus mir heraus.

„Kondome bieten keinen einhundertprozentigen Schutz.“

Der Schock saß tief. Ich kletterte mit zitternden Beinen vom Behandlungsstuhl. Das konnte doch nicht wahr sein.

Eine halbe Stunde später stand ich vor der Praxis mit einem Ultraschallbild, möglichem Geburtstermin und einem tiefen Schock. Wie sollte ich das Sandro nur erklären? Offenbar hatte er es geschafft, mich gleich beim ersten Mal zu schwängern.

Als mein Smartphone klingelte, nahm ich, noch immer wie in Trance, ab.

„Loui, kannst du im Baumarkt eine neue Transportrolle für das Rollbrett besorgen? Uns ist da vorhin ein kleines Missgeschick passiert."

„Uns? Du darfst doch gar nicht so viel belasten."

„Giovanni hat die Bordsteinkante vergessen. Ich habe nichts gemacht. Wirklich!"

„Okay, ich brauche aber noch etwas."

„Kein Problem. Hast du das Pillenrezept bekommen?"

„Lass uns später in Ruhe darüber sprechen", sagte ich, da ich nicht bereit war, diese Nachricht telefonisch durchzugeben.

„Okay. Oh, Giovanni hör auf, das bringt doch nichts. Das Rad ist hinüber."

„Bis später."

Ob er wohl gemerkt hatte, dass ich so kurz angebunden war? Wir waren gerade erst wieder zusammen und nun das.

Nachdem ich in der Drogerie in der Babyabteilung umherlief und überlegte, ob ich etwas kaufen sollte, um damit Sandro die Nachricht zu überbringen, klingelte schon wieder mein Smartphone.

„Wie weit bist du?", fragte Sandro kaum, dass ich das Gespräch angenommen hatte.

Völlig verwirrt, überlegte ich, was er von mir wollte.

„Ich bin beim Frauenarzt bereits fertig."

„Warst du schon im Baumarkt?"

„Ach ja! Glatt vergessen. Mach ich sofort."

Ich flitzte zum Ausgang und entschied mich gegen den Kauf von Babykrams.

„Wo bist du denn? Ist alles in Ordnung?"

„Ja, alles gut. Ich bin schon auf dem Weg zum Baumarkt."

Sandro bohrte noch ein paar Mal nach, doch ich wandte mich letztlich mit der Lüge heraus, eine alte Freundin getroffen und mich verquatscht zu haben. Das schluckte er anstandslos.

Sobald ich zu Hause ankam, wurde ich freudig von den Jungs empfangen, die sehnsüchtig auf das Rad warteten.

„Warum habt ihr nicht einfach schon mal ein paar von den Kartons herüber getragen, die ich die letzten Tage gepackt habe, statt zu warten?“

Giovanni winkte ab. „Das ist mit den Rollbrettern doch viel besser.“

Sandro verdrehte die Augen.

„Wie lange wollt ihr heute hier weitermachen?“, fragte ich ihn leise.

Er sah mich mit einem prüfenden Blick an. „Weiß noch nicht, wieso?“

Ich räusperte mich und überlegte, was ich dazu sagen sollte. „Ich habe Kopfschmerzen und würde mich gern nachher etwas hinlegen.“

„Dann fangen wir jetzt mit dem Schlafzimmerzeugs an, damit wir dich da anschließend nicht mehr stören. In Ordnung?“

Ich nickte stumm.

Am Abend saßen Sandro und ich beim Abendessen. Noch immer hatte ich nichts von der Schwangerschaft gesagt und wusste auch nicht, wie ich das Thema ansprechen sollte. Die meisten seiner Sachen waren mittlerweile hier. Die restlichen Möbel hatte er in ein Kleinanzeigenportal eingestellt, um sie zu verkaufen.

Wie wir allerdings in dieser Wohnung auch noch ein Baby unterbringen sollten, wo hier nicht mal ein zusätzliches Zimmer war, blieb mir ein Rätsel.

„Sind deine Kopfschmerzen noch immer so schlimm?", fragte Sandro in die Stille hinein.

Ich war schweigsam, weil ich weiterhin so überfordert mit der Neuigkeit war, dennoch schüttelte ich den Kopf, damit ich zurück zur Wahrheit kam.

„Wie viel kriegst du denn nun für die Pille? Wie gesagt, ich beteilige mich an den Kosten."

Ich trank einen Schluck Wasser und bemerkte, wie meine Hand zitterte.

Sandro legte den Kopf schief. Wortlos stand ich auf und holte meine Lederhandtasche. Zurück am Küchentisch reichte ich ihm ohne Erklärung das Ultraschallbild.

Sandros Augen weiteten sich. Er schlug sich eine Hand vor dem Mund. „Wie ist das passiert? Wir haben doch verhütet. Jedes einzelne Mal."

Ich nickte.

„Sechste Woche", las er vom Ultraschallbild ab. „Das war das Wochenende an der Küste."

Wieder nickte ich.

„Das ist unmöglich." Damit sagte er das, was ich die ganze Zeit schon dachte.

„Die Frauenärztin sagt, Kondome schützen eben nicht zu einhundert Prozent."

Sandros Augen weiteten sich noch mehr.

„Wir sind in der sechsten Woche. Noch können wir es rückgängig machen."

„Was soll das heißen?"

„Ich zwinge dich nicht zu diesem Kind …"

Sandro stand auf und kam um den Tisch herum. „Loui, ich freue mich riesig. Wenngleich ich auch etwas unvorbereitet und geschockt bin. Du trägst mein Bambino unter dem Herzen." Er legte seine Hand auf meinen Bauch und küsste mich.

„Du freust dich?"

„Klar, das ist großartig! Ich werde Papa! Wir bekommen ein Mädchen. Oder einen Jungen. Oder einfach beides – Zwillinge! Louisa, du machst mich so glücklich." Er zog mich zärtlich in seine Arme und drückte mich fest an sich. „Wir schaffen das. Ich liebe dich!"

Danke

Jonas, danke, dass du mir stets den Rücken freihältst, mir bei der Wundversorgung hilfst und für mich alles tust, was du kannst. Danke, dass du an meine Träume glaubst. Ein Leben ohne dich an meiner Seite kann ich mir nicht mehr vorstellen.

Liebe Mama und lieber Papa, euch möchte ich danken, denn ihr habt mich so stark gemacht, dass ich mich traue, meine Ideen aufzuschreiben und zu veröffentlichen. Ihr seid mein Anker, mein Zuhause, mein Ein und Alles. Ich liebe euch mehr, als ich jemals in Worte fassen könnte.

Andrea und Julia, ihr wisst, wie sehr ich euch liebe und dass ich so dankbar bin, dass ihr meine Geschichten immer fleißig lest und ehrlich eure Meinung dazu sagt. Ohne euch wäre mein Leben nur halb so schön.

Kerstin, du hast nicht nur Test gelesen, sondern warst immer da, wenn ich dich brauchte. Dein unermüdlicher Kampf für uns Aille ist unglaublich. Hör niemals auf damit. Du hast mich zu dem Titel inspiriert, denn das, was du tust, ist mehr als Narbengold. Größer als wir alle.

Carina, danke, dass du immer für mich da bist und immer eintausend Prozent für meine Erkrankung und mich gibst. Ohne dich hätte ich 2021 nicht überstanden und alles hingeschmissen. Du bist einzigartig und wundervoll. Ich wünsche jedem HS-Patienten eine Fee wie dich. Du bist für mich ganz besonders und ich bin dankbar, dass du in mein Leben getreten bist.

Noch nie zuvor habe ich solche Menschen wie Anne und Maximilian kennengelernt. Bei euch in der Praxis konnte ich endlich das finden, was ich all die Jahre gesucht habe: Respekt, Behandlung und Verständnis. Jedes Mal, wenn ich zu euch fahre, freue ich mich darauf, euch zu sehen, dabei hatte ich früher immer Angst vor Ärzten. Wenngleich der Maulwurf unter meiner Haut ein Leben lang bleiben wird, konnte ich bei euch meinen Seelenfrieden finden und endlich akzeptieren, dass HS nun eben ein Teil von mir ist. Ich kann euch nicht sagen, wie dankbar ich euch für immer sein werde.

Ich danke Lenicura für die Entwicklung der lAight-Therapie, die mein Leben wieder lebenswert gemacht hat, und für den stetigen Kampf für alle, die wie ich, mit der Erkrankung leben.

Den Selbsthilfegruppen bei Facebook, die mir für Interviews zur Verfügung standen und mir damit die Möglichkeit gegeben haben, unsere Geschichte und nicht meine eigene zu erzählen, gilt auch mein Dank. Insbesondere danke ich dem mullewupp e.v., die stets an meiner Seite waren, und vor allem Gerd, ohne den ich mich niemals getraut hätte, einen schwerbehinderten Ausweis zu beantragen.

Darüber hinaus möchte ich noch meiner Testleserin Alexandra danken, die sich trotz all der Widrigkeiten unserer Erkrankung die Zeit nahm, um mir als Betroffene noch eine neue Sicht zu geben. Ohne dich hätte ich viele Sachen vergessen, zu erwähnen, weil ich nie durchmachen musste, was Louisa hier übersteht.

Mein Twinny Silvana möchte ich auch danken, dass du nach all den Jahren Pause immer noch gern meine Geschichten liest und mir auch deine Zeit fürs Testlesen geschenkt hast.

Dankbar bin ich auch für den handwerklichen Input von Birte und Lillith, die mir stets bei allen Fragen zur Seite standen und mir geholfen haben, diese Geschichte nicht nur für Betroffene zu schreiben.

Außerdem möchte ich noch Isabell danken, die mich an ihrer Expertise teilhaben lässt und mir das wundervolle Cover gebastelt hat. Ich habe so viel gelernt. Danke, dass du dir immer die Zeit für alle meine Sorgen und Nöte nimmst und meinem Klappentext den letzten Schliff gegeben hast.

Zu guter Letzt möchte ich dem Akne Inversa Stammtisch Münster danken, dass sie mich so liebevoll in ihrer kleinen Runde aufgenommen haben. Ich wünschte, ich hätte euch viel früher gefunden und den Mut gehabt, zu euch zu kommen. Ihr seid so wertvoll für mich, denn durch unseren Körper fließt Narbengold. Ich habe mich lange so allein mit meiner Erkrankung gefühlt. Danke für das Verständnis, die offenen Ohren und die guten Ratschläge.

Und jetzt wirklich zum Schluss: Danke an dich liebe/r Leser/in, dass du das Buch gekauft hast. Erzähl es weiter. HS muss genauso bekannt werden wie MS. Im Durchschnitt brauchen Betroffene 10 Jahre, um eine Diagnose zu bekommen. Das muss sich ändern und dafür brauchen wir euch alle. Nur gemeinsam kriegen wir die Lobby, die diese Erkrankung braucht, um endlich jemanden zu finden, der an einer Heilung oder einer dauerhaften Therapie forscht. Zerstört die Vorurteile, klärt auf, seid wachsam und sagt es weiter. Vielen Dank und bis zum nächsten Buch, das garantiert nicht nochmal so eitrig sein wird…